P.G.Wodehouse

ウッドハウス・コレクション

それゆけ、ジーヴス

Carry ON, Jeeves

P・G・ウッドハウス 著

森村たまき 訳

国書刊行会

目次

それゆけ、ジーヴス

バーナード・レ・ストレンジへ

1. ジーヴス登場

ジーヴスの話をしよう。ご存じの僕の執事のことだ。僕らの様子は今どうかって？　僕が彼に頼りすぎだと考える人は多い。実際、僕のアガサ伯母さんなどはジーヴスのことを僕の飼育係だとまでのたまっている。しかし僕はこう答えたい。それがどうした。彼は天才だ。襟から上、並ぶものなしだ。彼が僕のところに来てからほんの一週間で、僕は自分で自分のことを何とかしようとするのをまるきりやめてしまった。あれは今から五、六年ほど前のことになるか、フローレンス・クレイと僕のウィルビー伯父さんの本、それとボーイスカウトのエドウィンの、あのとんでもない騒動のすぐ後のことだ。

シュロップシャーにある伯父の邸宅、イーズビー荘に僕が戻った時に話は始まる。僕は毎夏恒例そこで一週間かそこら過ごしていたのだが、途中でロンドンに帰って新しい執事を探さねばならなくなった。イーズビー荘に同行させていたミドウズが、僕の絹の靴下をコソ泥しているのを見つけてしまったのだ。心ある者には断じて許せぬ所業である。さらに判明したところでは、奴は邸のそこら中から他にもさんざん略奪行為を重ねていたのだ。僕は心ならずもこの悪党をお払い箱にせざるを得なくなり、ロンドンに出かけて仲介所に別の人材発掘を頼んできた。そこで仲介所がよこしたのがジーヴスだ。

彼が来た朝のことはいつまでも忘れられない。たまたま前の晩に陽気な夕食の小席に招かれてきたところで、その朝は気分が悪くて床に臥《ふ》していた。そのうえ僕はフローレンス・クレイがくれた本を読もうとしていたのだった。彼女はイーズビー荘の滞在客の一人で、僕がロンドンに発つ二、三日前に僕らは婚約したのだ。僕は週末にはイーズビー荘に戻ることになっていたから、彼女がそれまでに僕にこの本を読了させるつもりでいるのはわかっていた。つまり、彼女は自分の知的レベルの少しでも近くに僕を引き上げるのにひどく熱心なのだ。彼女は横顔は素晴らしいのだが、どこを押しても真剣な決意がしみ出てくるような女性である。僕に読むようにとよこした本の題名が『倫理学の諸形態』であると言ったら、僕の置かれた状況がこの上なくよくおわかりいただけよう。出《で》鱈目《たらめ》にページをめくると、書き出しは次のような具合だった。すなわち、

発話行為が必然的に伴う公準ないし共通理解は、それが備える義務において、言語がその道具であるところの社会有機体、ならびに言語がその促進に寄与するところの目的と、確かに外延《がいえん》を等しくするものである。


じゅうじゅうごもっともである。まさしくそのとおりだ。しかし二日酔いの朝の頭にぶつけてくれるような話ではない。

この賢明なる小部の書物からなにがしかを汲み取ろうと最善を尽くしていた時、ベルが鳴った。僕がソファから這《は》い降りてドアを開けると、色の浅黒い、風采の立派な人物が一人で立っていた。

「仲介所の紹介で参りました」彼は言った。「執事をご用命でいらっしゃるとお伺いいたしまして」

葬儀屋の方に来てもらいたい気分だったが、男に入るように言うと、彼は癒しのそよ風のように音もなく玄関口をふわりと浮かんで通り抜けた。初《しょ》っ端《ぱな》からこれには瞠目《どうもく》させられた。ミドウズは偏平足でどすどす歩いたものである。この男には足がないかのようだ。さらさらと水の流れるが如しである。顔つきは謹厳だが人情味がある。若い連中と付き合うのがどんなものか自分にはわかっている、と言っているみたいだ。

「失礼いたします」彼は静かに言った。

次の瞬間彼の姿がちらりと揺らいだように見えた。と、もうそこにはいない。台所で何かしている物音がしたら、もう戻ってきてグラスを盆に載せている。

「こちらをお上がり頂けるとよろしいのですが」御典医が病気の王子に興奮剤を注射するみたいな様子で彼は言った。「これはわたくしの考案に係りますもので、この色はウスターソース、滋養のため生卵が入っております。赤唐辛子は気分をしゃんとさせます。遅い夜の翌朝のこの一杯はきわめて気分爽快であると、紳士各位にお褒《ほ》めを頂いております」

その朝はどんな命綱にだってすがり付きたい気分だったから、僕はそいつを飲み干した。たちまち僕の脳天で誰かが爆弾を破裂させて火のついたトーチを持って咽喉《のど》をぐるぐると降りてくるような気分がして、そして次の瞬間突然全てが大丈夫になった。窓には陽光が射し入り、小鳥は樹上に囀《さえず》り、全般的に言って、希望の曙光《しょこう》が再び輝きを放っている。

「採用だ！」口がきけるようになってすぐ、僕は言った。

この人物が世界一の働き手で、一家に必須の存在であると僕は明瞭に理解したのだ。

「有難うございます、ご主人様。　わたくしの名前はジーヴスと申します」

「君はすぐに働けるのかい？」

「早速に、ご主人様」

「あさってはシュロップシャーのイーズビー荘に行かなくちゃならないんだ」

「かしこまりました」彼は僕の肩越しにマントルピースに目をやると言った。「こちらはレディー・フローレンス・クレイ様の素晴らしいお写真でございますな。お嬢様に最後にお目にかかりましてから二年ほどになりましょうか。わたくしは一時ワープルスドン卿の許でお勤めをさせて頂いたことがございます。閣下が正装用のズボンにフランネルのシャツと狩猟用ジャケットを合わせてお召しでお食事をなさりたいとおおせられますのを正視できませず、お暇《いとま》を頂戴いたしました次第でございます」

　あの親爺《おやじ》の変人ぶりについて彼の言ったことに耳新しいところはない。このワープルスドン卿なる人物はフローレンスの父親で、それから数年後のある朝、朝食に降りてきて皿の蓋《ふた》をとり「たまご！　たまご！　たまご！　たまごのこん畜生！」と上ずった調子で叫ぶと、速やかにフランスに向かい、家族の胸ふところに再び戻ることはなかった。しかしながらこれは家族の胸ふところにとってはちょいとばかり幸運と言うべきであった。このワープルスドン卿なる親爺さんは、この国一番の癇癪《かんしゃく》持ちだったからである。

　僕はこの家族を子供の時分から知っているが、この親爺は少年時代の僕に死の恐怖というものを思い知らせてくれた。偉大な癒し手たる時の力をもってしても、厩舎で彼のとっておきの葉巻を吸っていたところ――当時僕は弱冠十五歳の少年であった――を見つかった折の記憶を拭い去ることはできない。彼は狩猟用の乗馬むちを手に、僕がこの地球上で最も望むものは孤独と静謐《せいひつ》であるということを理解し始めたまさにその瞬間に、僕を見つけると二キロもでこぼこの田舎道を追いかけ続けたのだった。フローレンスとの婚約という純粋な歓びのうちに、欠陥と呼べるものがもしあるとしたら、それは彼女がむしろ父親似だという事実であり、いつ彼女が暴発しないとは誰にも言えない点である。とはいえ彼女の横顔は実に素晴らしいのだ。

「レディー・フローレンスと僕は婚約しているんだ、ジーヴス」僕は言った。

「さようでございますか、ご主人様？」

おわかりいただけるだろうか、彼の素振りにはなんだかおかしなところがあった。すべて申し分なく完璧なのだが、快いとは言いがたい。彼はフローレンスがあまり好きではないという印象を僕は受けた。無論そんなことは僕の知ったことではない。彼がワープルスドン卿のところで執事をしていた折に、彼女が何か気に障るようなことをしたのだろう。フローレンスは愛すべき娘だし、横から見ると恐ろしく端正な顔をしている。しかしもし欠点があるとしたら、それは彼女が使用人に対して少しばかり横柄だという点であろう。

ここで玄関でまたベルが鳴り、ジーヴスはゆらめき消え去ると電報を手に戻ってきた。開封すると、こう書いてあった。

《すぐ戻られたし。きわめて緊急。次の汽車に乗ること。フローレンス》

「なんだこりゃ！」僕は言った。

「いかがなさいましたか、ご主人様？」

「いや、なんでもない！」

こうしてみると、この当時いかに僕がジーヴスを知らず、ためにこの問題にジーヴスを踏み込ませなかったかということがわかる。ジーヴスにどう思うか訊ねることなしにおかしな便りに目を通すことなど、今では考えられない。しかもまたこの電報はおそろしく不審である。つまりだ、フローレンスには僕が翌々日にはイーズビー荘に戻ることがわかっているのだ。ではなぜに急げと言ってよこすのか。無論何かが起きたにちがいない。しかし僕には一体全体何が起きたのか皆目《かいもく》見当がつかなかった。

「ジーヴス」僕は言った。「昼過ぎにイーズビー荘に発つことになった。何とかなるか？」

「かしこまりました。ご主人様」

「荷造りやら何やら大丈夫か？」

「たやすいことでございます、ご主人様。ところでご旅行にはどのスーツをお召しでお出かけあそばされるおつもりでいらっしゃいましょうか？」

「これで行く」

その朝僕は陽気な若向けの市松模様のスーツを着ていた。非常に気に入っていたものだ。実際僕はこの服には少なからず思い入れがあった。慣れるまではいささか唐突な印象を与えるかもしれないが、クラブその他の友人から手放しの賞賛を得ている。

「かしこまりました、ご主人様」

またもや彼の様子には何やらおかしなところが見えた。彼の言い方に、である。おわかりいただけるだろうか、彼はこのスーツが好きではない。僕はわが意志を主張すべく身構えた。用心してつぼみのうちに摘み取らないと、こいつは今に僕に指図をするようになると何かが僕に告げたような気がしたのだ。彼の顔には堅忍不抜の意志を感じさせるところがある。

うむ、そんなことは決して僕の許すところではない。絶対にだ！　僕は今まで主人が執事の完全な奴隷と堕した例を何件も目にしている。哀れなオーブリー・フォザーギルの奴がある晩クラブで僕にこう話したのを思い出す――目に涙をいっぱいに浮かべて、なんと哀れな様であったことか！――自分はお気に入りの茶色の靴をあきらめなければならない、それというのも執事のミーキンが許してくれないからだ、と。この手の輩には己《おの》が分というものをわきまえさせなければならない。「鉄の手をビロードの手袋に包んで」の格言のとおりことを進めねばならないのだ。彼らに何と言ったか何かしらを与えるならば、彼らは何だったかを取るのだ［インチを与えればエルを取るという諺、少し親切にするとすぐつけあがるの意］。

「君はこのスーツが嫌いなようだな、ジーヴス」僕は冷たく言った。

「いいえ、滅相《めっそう》もないことでございます、ご主人様」

「どこが嫌なんだ？」

「大変結構なスーツでございます」

「だからどこが気に入らないんだ？　いいから言ってみろ！」

「わたくしにご提案をお許しいただけますならば、シンプルな茶か紺でおとなしめの綾織が……」

「何たるたわ言だ！」

「かしこまりました、ご主人様」

「まったく何て見下げ果てたことを言うんだ！」

「お心のままに、ご主人様」

もう一段あると思って階段に足をかけたら、なかった時みたいに拍子抜けがした。僕はいかなる反抗をも受けて立とうというような気分だった――こう言っておわかりいただけるだろうか――で、反抗してくる相手がいない、みたいな具合か。

「よろしい、では」僕は言った。

「はい、ご主人様」

それから彼は自分の仕事を片づけに行き、僕は僕で『倫理学の諸形態』に再び向かい「特殊心理学的倫理学」と題する章に取りかかることにした。


その日の午後、汽車に乗っている間じゅうほぼずっと僕は彼岸で何が起こっているのだろうかと思案に暮れていた。一体何があったというのか、まるでわからなかった。イーズビー荘というのは、読者諸賢が上流階級を描いた小説で読むような、お若い令嬢がバカラの誘惑に身をゆだねた末に骨の髄までしゃぶりつくされて宝飾品をむしりとられる、といったような類いの田舎の邸宅ではない。僕が滞在を共にしていた客人たちは全員、僕と同じく遵法《じゅんぽう》市民ばかりだった。

その上、僕の伯父という人は邸宅内でのその種の行為を堅く禁じていた。彼は堅物《かたぶつ》の几帳面《きちょうめん》な老人で、静穏な生活を好んでいる。彼はこの一年かけて執筆してきた一族の歴史だか何やらを仕上げているところで、ほとんど図書室から離れない。男子たるもの若い時分の放蕩《ほうとう》はいい肥やしの譬《たと》えどおりの人物で、若い頃のウィルビー伯父さんはいささか無頼《ぶらい》であったという話だが、今日の彼の姿からはとてもそんなことは想像できない。

伯父の家に着くと執事のオークショットが、フローレンス様はご自室でメイドが荷造りするのをご検分中でいらっしゃいますと教えてくれた。その晩三十キロほど離れた家でダンス・パーティーがあり、フローレンスはイーズビー荘の滞在客のいく人かと車で出かけてそのまま何晩か泊まって来るらしかった。オークショットは僕が着いたらすぐ彼女に知らせるよう言いつかっているとのことだったので、喫煙室で待っていると彼女が入ってきた。一見して彼女が動顚《どうてん》し、狼狽《ろうばい》しているのがわかった。目は血走り、全体にきわめて不機嫌な印象である。

「ダーリン！」と僕は言い、抱擁を交わそうとしたが、彼女はバンタム級のボクサーみたいにひらりと身をかわすと言った。

「よして」

「何がどうしたって言うんだい？」

「何から何まで大変なことなの！　バーティー、あなた出かける前に伯父様の機嫌をよくとっておくようにって私におっしゃったの憶《おぼ》えてる？」

「ああ」

つまり、こういうことだ。当時僕はウィルビー伯父さんに経済的にいくらか頼っていたから、伯父の了承なしに結婚するわけには行かない。フローレンスの父親と伯父さんとがオックスフォード大学以来の友人であることを思えば伯父に異論のあろうはずはないが、ことは手堅く進めたいものだ。それで彼女には老人を喜ばせるように言っておいたというわけだ。

「あなた私に、伯父様の書いてらっしゃる一族の歴史を読んできかせてくれるように言えばきっと喜ぶっておっしゃったのよ」

「喜ばなかったのかい？」

「喜んだわよ。昨日の午後に書き上がったとかで、昨晩私にほとんど全文を読んでくだすったわ。私、生まれてからこんなにショックだったことはなくてよ。とにかく大変な本なの。とんでもないわ、ひどいのよ！」

「わが一族はそんなにひどいってわけじゃないはずなんだがなあ」

「一族の歴史なんかじゃないのよ。あなたの伯父様は回想録を書いたの！『長き生涯の追想』なんですって！」

事情が飲み込めてきた。先述したように、ウィルビー伯父さんは若い頃はピリ辛目の人物であった。これが長き生涯を追想し始めたとなるとかなりきわどい話が飛び出してくるのは間違いない。

「あの話がもし半分だって本当だとしたら、あなたの伯父様の若い頃ってそれはすさまじくひどいものよ」フローレンスは言った。「まず読み始めてすぐに、伯父様と私の父が一八八七年にミュージック・ホールから放り出された話にいきなり突入なの」

「どういうわけで？」

「とても言えないわ」

また恐ろしくひどい話にちがいない。一八八七年にミュージック・ホールから放り出されるには、相当のことをしなければならない。

「あなたの伯父様は父がその夜の始まりにシャンパンを二本飲み干した話をご詳細に書き記してらっしゃるの」彼女は続けた。「あの本にはそんな話ばっかりよ。エムズワース卿に関するものすごい話もあったわ」

「エムズワース卿だって？　僕らの知ってるあのブランディングズ城の？」

ご存じだろうか。庭を小すきで掘り返す他は何にもしない、尊敬すべきご老体のことだ。

「まさしくそのエムズワース卿よ。あの本が言語道断だって言うのはそこなの。今まさに品行方正の鑑《かがみ》みたいな人物が八十年代のロンドンでは捕鯨船の甲板でだって許されないようなことをしでかしてたっていう話で満ち満ちているのよ。あなたの伯父様は二十代前半の若い人の起こす不名誉なことなら何だって忘れないみたい。ロッシャービル・ガーデンのサー・スタンレイ・ジャーヴァス＝ジャーヴァスの話もあったわ。その微に入り細を穿《うが》つ詳細さっていったらもう悪魔的なの。サー・スタンレイって人は……ああ、もう言えないわ！」

「話しちゃえよ！」

「いやよ！」

「だけど、心配することはないだろう。そんなにひどい本なら出版してくれる版元が見つかりゃしないさ」

「残念でした。リッグス・アンド・バリンジャー社と契約ができてるって伯父様はおっしゃったわ。すぐに印刷にまわすようにって明日原稿を送るんですって。あの出版社はその手の本が得意なの。レディー・カーナビーの『我が八十年の愉快なる思い出』を出した所よ」

「あれなら読んだ！」

「じゃあレディー・カーナビーの『思い出』なんて、あなたの伯父様の『追想』と比べたらまるで目じゃない、って言ったら私の心境がわかっていただけるかしら。またほとんど全篇に私の父が出てくるのよ。父が若い頃にしたことを思うと気が遠くなるわ！」

「どうしたらいい？」

「原稿がリッグス・アンド・バリンジャー社に届くのを断固阻止して、あとは破棄粉砕よ！」

僕は座り直した。

それはまた冒険的なことだ。

「で、君がどうやってそんなことをするんだい？」僕は訊いた。

「私にできるわけがないじゃない。小包は明日発送だって言ったでしょ？　私は今夜マーガトロイド邸にダンスに行って月曜まで帰れないの。あなたにやってもらわないといけないわ。だから電報を打ったのよ」

「何だって！」

彼女は僕をにらんだ。

「バーティー、あなた私を助けるのは嫌だっておっしゃるの？」

「いや、だけど僕は……」

「簡単なことよ」

「でも仮に僕が……いや、僕にできることはもちろん何だってするよ、だけどさ……」

「バーティー、私と結婚したいって言ったわよね」

「そりゃもちろんそうだけど……だけどさ」

一瞬彼女は父親そっくりの顔つきになった。

「あの『追想』が出版されるようなことになったら、私は絶対あなたとは結婚しません」

「だけど、フローレンス、愛する人！」

「私はそのつもりよ。バーティー、これは一種のテストだと考えてもらっていいわ。これを成し遂げるだけの才覚と勇気がおありなら、それはあなたが皆が言ってるような間抜けでふがいない人じゃないっていう証拠だってことになると思うの。もし失敗したら、あなたのアガサ伯母さんがあなたのことふにゃふにゃの無脊椎《むせきつい》動物っておっしゃって私に結婚しないようにって強く勧めてらしたのは正しかったって思うことにするわ。原稿を盗むなんて簡単なことよ。ちょっと決心が要るだけじゃない」

「でもウィルビー伯父さんが僕を捕まえたらどうするんだい？　小遣い打ち切りになるぞ」

「あなたは伯父様のお金のほうが私よりも大切なのね……」

「いや、断じてそんなことはない！」

「じゃあいいわね。原稿の入った小包は明日玄関ホールのテーブルの上に置かれて、それからオークショットが他の郵便物といっしょに村に運ぶの。あなたはテーブルからそれを取って処分すればいいの。そうすれば伯父様は原稿は郵送中になくなったって思うはずよ」

僕にはそいつはだいぶ心細い計画のように思えた。

「写しがあるんじゃないかなあ」

「ないわ。タイプ原稿じゃないの。手書きの原稿を送るって言ってらしたわ」

「でもまた書き直せるんじゃないか？」

「そんな気力が残ってればね！」

「でも……」

「これ以上つまらない言いがかりをつけるつもりなら、バーティー……」

「僕は単に何点か確認をしてるだけだよ」

「そんなことはいいの。一度だけ言うわ、あなたは私のためにこの小さな親切をしてくださるのかしら、くださらないのかしら？」

彼女の言い方で僕はひらめいた。

「エドウィンに頼んだらどうだい？　家族の中だけのことにしたらどうだろう。それにあの子にしてみりゃ面白いことなんじゃないか？」

僕にはすごくいい考えに思えた。エドウィンというのは彼女の弟で、休暇をイーズビー荘で過ごしている。フェレット顔のガキで、生まれた時から僕はこいつが嫌いだ。実際、追想というか思い出を語らせてもらえば、九年前僕が葉巻を吸っているところに自分の親父を引っぱってきてあの不快な事件をひき起こしたのは幼きエドウィンであった。奴は今十四歳で、ボーイスカウトに入団したばかりだ。いわゆる徹底型で、ボーイスカウトとしての己《おの》が責務を真剣に考えてはいるが、一日一善の段取りがいつもつかなくて一日中ばたばたしている。どんなに一生懸命やっても必ず失敗する。こういう奴が屋敷中をうろつき回っては一日一善のネタをあさってその日の義務を何とか果たそうとしているのだから、いまやイーズビー荘は人と獣の双方にとって完全なる地獄の様相を来《きた》しつつあるのだ。

僕のアイディアはフローレンスには気に入らなかったようだ。

「そんなことは絶対できなくてよ、バーティー。私があなたをこんなに信頼すればこそ、是非にあなたにってお願いしてあげてるのがわからないのかしら……」

「いや、それはわかるんだが僕が言いたいのは、つまりエドウィンは僕よりずっとうまくやるんじゃないかって、つまりボーイスカウトってのはこういう冒険にずっと向いてるんじゃないかっていうことなんだ。追跡したり、変装して潜入したりとかするんだろう?」

「バーティー、あなたは私のために、こんな完全に些細なことをして下さるのかしら、して下さらないのかしら? もしお嫌なら今すぐそうおっしゃって。それであなたが私のことちょっとでも気遣ってくださってるなんてふりをする茶番はもうよしにしましょ」

「ねえ僕の魂。君のことを心から愛してるよ!」

「それならして下さるの? 下さらないの?」

「わかった、わかったよ」僕は言った。「わかった、わかった、わかった!」

そして僕はよろめきつつ去り、考えをまとめなおすことにした。部屋を出ると廊下ですぐジーヴスに会った。

「失礼いたします、ご主人様。ただいまお探し申し上げておりましたところでございます」

「なんだい?」

「申し上げておくべきかと存じまして、ご主人様。どなたかがあなた様の茶色いウォーキング・シューズに黒い靴墨を塗っておしまいでございます」

「何だって! 誰が? どうして?」

「わかりかねます、ご主人様」

「なんとかならないかなあ?」

「なんともいたしかねます、ご主人様」

「コン畜生!」

「はい、ご主人様」

あれ以来、しばしば僕は、世の殺人鬼とかいう連中は次の仕事の計画を練っている間じゅうどうやって平静を保っていられるものなのだろうかと考えるようになった。僕の仕事は彼らのと比べればずっと簡単なはずだが、そいつのことを考えただけで震え上がって一睡もできず、翌日の僕は完全な廃人と化していた。目の下には隈《くま》ができた――誓って言う！　僕はジーヴスを呼んで救命特効薬をこしらえてもらって気合づけをしなければならなかった。

朝食後ずっと、僕は自分が鉄道駅の鞄の引ったくり男になったような気がしていた。玄関ホールのテーブルに小包が置かれるのをうろうろしながら待たねばならなかったが、そいつはまだ置かれない。ウィルビー伯父さんは偉大なる傑作に点睛《てんせい》の一筆を加えるべく図書室に腰を据《す》えているのだろう。考えれば考えるほど、僕はこの仕事が嫌になった。成功する確率は三対二といったところか。失敗したらどうなるかを考えると背中に悪寒《おかん》が走る。ウィルビー伯父は普段はきわめて温厚な老人だが、怒ったところを見たことはある。まったく、伯父さんのライフワークを盗み出そうとするところなんぞを捕まったら、限界を超えて激怒するに決まっているのだ。

小包を小脇にかかえて伯父さんが図書室からよっこらしょと出てきたのは、四時近くになってようやくのことだった。伯父さんはテーブルに小包を置くと、またよっこらしょと去っていった。僕は南東側の鎧一両の後ろにしばらく隠れていたのだが、飛び出してテーブル目指して全力疾走し、それから贓物《ぞうぶつ》を隠匿《いんとく》すべく階上に走り去った。まるで荒馬のように部屋に突入すると、もう少しで若き疫病神、ボーイスカウトのエドウィンを爪先で串刺しにしてしまうところだった。いまいましいことに奴はタンスの引出しの所に立って、僕のネクタイをいじくって台なしにしている。

「ハロー！」奴は言った。

「ここでいったい何をしてるんだ？」

「部屋を片づけてあげてるんだよ。これで先週の土曜日の分の一善は済んだんだ」

「先週の土曜のだって？」

「五日分遅れてるんだ。昨日の晩は六日分あったんだけど、あなたの靴を磨いてあげたから」

「するとお前が――」

「そうだよ、見てくれた？　たまたま気がついてしたことなんだけどさ。ここに来て見回ってたんだよ。あなたがいない間バークレイさんがこの部屋を使っていて、今朝出発したんだ。何か忘れ物があったら送ってあげられると思ったんだ。そうやって一日一善してあげることもよくあるんだよ」

「お前は皆の心の安らぎだよ！」

このクソいまいましいガキを何とかして可及的速やかに追い払わねばならないことは明白だった。小包は背中に隠していたから奴に見られたとは思わない。だが、誰かがやってくる前に何としても早いこと引出しの所に辿《たど》り着きたかった。

「部屋を片づけてもらっちゃあ悪いな」僕は言った。

「片づけるのは好きなんだ。全然なんでもないことだから、本当に」

「もうすっかり片づいてるじゃないか」

「僕がやればもっと片づくから」

実に全くいやな展開である。このガキを殺してしまいたくはないが、だがそうでもしない限りこいつを他所《よそ》に行かせる手はない。僕は思考のアクセルを踏みしめた。我が小さき脳みそは激しく、律動的に震動した。と、名案がひらめいた。

「やってもらえるともっと有難いことがあるんだ」僕は言った。「そこに葉巻の箱があるだろ。そいつを喫煙室に持って行って端を切っておいてくれないか。厄介が省けてずいぶん助かるんだ、頼むよ、なっ」

奴は疑り深そうな顔をしていたが何とか出て行ってくれた。小包を引出しに押し込んで施錠し、鍵をズボンのポケットに入れたところでだいぶ気が楽になった。僕は確かに低能かもしれないが、フェレット顔のただの小僧よりは上手だというものだ。僕は階下にまた降りていった。喫煙室の前を通ろうとしたところで、ドアが開いてエドウィンが出てきた。こいつに本当に一日一善をするつもりがあるなら、自殺してもらいたいものだと僕は思った。

「葉巻の端を切ってるとこだよ」奴は言った。

「どんどん切ってくれ！　どんどん！」

「長く切るのと短く切るのとどっちがいい？」

「中くらいだな」

「わかった、じゃあ続けるね」

「じゃあな」

こうして我々は別れた。

この種の事柄に詳しい――探偵とかいった類いの――諸兄は、この世で一番難しいのは死体の始末だと言うだろう。この種のいまいましい仕事をしたユージン・アラムという名の男に関する詩を暗誦させられた子供の時分を思い出す。今やその詩で思い出せるのは以下の箇所だけなのだが。こんな具合だった。

タムタム、タムタム、タムタムティータム
奴を殺してやった！　タムタムタムタム［トマス・フッドの物語詩「ユージン・アラムの夢」］

この哀れな悪党は、人生の貴重な時間の大半を死体を池に投げ入れたり土に埋めたりして費やすのだが、どうしても死体は彼のところに舞い戻ってしまうのだった。小包を引出しに押し込んで半時間もした所で、自分が全く同じ状況に直面していることに僕は気づいた。

フローレンスは原稿の処分についていかにも簡単そうに言ったが、いざそいつをする段になってみると、一体全体この大量の紙束を他人の家の真ん中でそれも夏の盛りにどうやって処分せよというのだろうか。温度計が摂氏二十七度を指しているときに、寝室の暖炉に火を入れてくれなどとは頼めない。燃やすのがだめなら一体どうしたらいいのか。戦場で人は機密文書が敵の手に渡らぬよう書類を食べたという話だが、ウィルビー伯父さんの『追想』を食べ終えるには一年はかかる。

この問題は絶対的に僕を悩ませたと言わねばならない。結局小包を引出しに入れたまま幸運を天に祈るしかなかった。

経験されたことがおありかどうか、己《おの》が犯罪のために良心の呵責を抱き続けるというのは、きわめて不快なものである。日の暮れる頃には引出しを見ただけで気が滅入るようになっていた。僕の神経はぎりぎりまで逆立っていた。僕が一人で喫煙室にいるところにウィルビー伯父さんが音もなく入ってきて、それと気がつく前に僕に話しかけてきたとき、座り高跳びの記録を、僕は塗り替えたと思う。

いつになったらウィルビー伯父さんは気がつくだろうかと、僕は始終やきもきしていた。版元から原稿到着の確認があるはずの土曜の朝までは何かあったかと不審に思う暇はあるまいと僕は踏んでいた。しかし、金曜の夜にはもう伯父は、図書室の前を通りかかった僕を中に招じ入れた。だいぶ動揺した様子だった。

「バーティー」伯父さんはいつものもったいぶった調子で言った。「きわめて不快な事態が出来《しゅったい》しておるのじゃ。お前も知ってのとおり、わしは昨日の午後、リッグス・アンド・バリンジャー社に送る本の原稿をテーブルに置いた。今朝一番の配達で向こうに着いておるはずなんじゃが、なぜかこう胸騒ぎがして小包の無事が気になってならん。そこでリッグス・アンド・バリンジャー社についさっき電話してみたんじゃが、驚いたことに向こうはわしの原稿をまだ受け取っておらんと言うんじゃ」

「そりゃ変ですねえ!」

「村へ運ぶのに十分間に合う時間に、玄関ホールのテーブルにわし自身が確実に置いたのは間違いない。だが不審なのじゃ。オークショットと話したんじゃが、ほかの郵便は郵便局に持って行ったが、小包を見た憶えはないと言うんじゃ。実際、奴は郵便を取りにホールに行った時、小包などなかったと断言しておる」

「変ですねえ!」

「バーティー、わしが疑っていることがあるんじゃが話して構わんか？」

「何なんです？」

「お前には信じがたいことと思われるだろうが、そうとしか説明のしようがないのじゃ。わしは小包は盗まれたものと確信しておる」

「えっ、そんなことは、絶対にないでしょう！」

「待て！　いいからよく聞くんじゃ。お前にも誰にも言ってなかったが、ここ数週間のうちにいくつもの物——高価な物もそうでない物もじゃ——が、この屋敷内で消え失せているという事実がある。屋敷内にクレプトマニアが潜んでおると結論せざるを得ん。知ってのとおり、目的物の内在的価値を識別できないのがクレプトマニアの特徴じゃ。奴らは古い上着でもダイアモンドの指輪でも、数シリングしかせんパイプでも重たい財布でも、同じ熱意でもって盗み取るのじゃ。わしの原稿とて外部の者には何の価値もないものであるという事実からして、わしは確信しておる……」

「だけど伯父さん、待ってください。盗まれたもののことなら、みんなあれは僕の執事のミドウズがしたことなんです。奴が僕の絹の靴下をコソ泥してる現場を押さえたんだから間違いありません」

伯父はきわめて深く感銘を受けた様子だった。

「驚いたぞ、バーティー！　ではその男をすぐ連れてきて聞き質そう」

「でももう奴はいません。奴が靴下泥棒だとわかってすぐ叩き出しました。それでロンドンに行って、新しい執事を見つけてきたんです」

「そのミドウズとやらがもう屋敷にいないとなると、わしの原稿を盗んだのはそいつではないな。となるとまるで説明がつかん」

それからしばらく我々はじっと考え込んだ。ウィルビー伯父さんは当惑した様子で部屋の中をぐるぐると歩き回った。僕はタバコをくわえながら、前に本で読んだことのある男のことを思い出していた。そいつは別の男を殺して食堂のテーブルの下に隠したのだが、そこに死体を置いたまま、ディナー・パーティーの華たる役目を務めねばならなかったのだ。罪深い秘密に僕は押しつぶされそうになり、もう我慢の限界だった。僕はタバコに火を点け、頭を冷やしに外を歩いてくることにした。

その晩はカタツムリの咳払いが二キロ先まで聞こえるような静かな夏の夕べだった。陽は丘の向こうに沈みかけ、ブヨがそこいらじゅうを飛びまわり、降《お》りかかった露やら何やら、何もかもとびきり上等のにおいがした。その安らぎを得て心もだいぶ落ち着いてきたところに、突然、僕の話をしている声が聞こえてきたのだった。

「パーティーのことなんです」

そいつは若き疫病神、エドウィンのいまいましい声だった！　しばらくはどこから聞こえてくるものか判然としなかったが、図書室からだとわかった。ぶらぶら歩くうちに開いた窓から数メートルのところに到着していたのだ。

僕は常々不思議に思ってきたのだが、本の登場人物というのはどうやってあんなふうに、つまり、十分かかってしかるべき一ダースの事柄を一瞬のうちにやってしまうのだろう。しかし、実際このとき僕は、タバコを投げ捨て、ちょっとののしりの言葉を吐き、十メートルほど跳躍して図書室の窓の近くの植え込みに飛び込み、耳をそばだててそこに立つ、と、これだけのことを一瞬でし遂げていた。ありとあらゆる種類のひどいことが起ころうとしているという確信が、僕にはあったのだ。

「バーティーについてだって?」ウィルビー伯父さんが言うのが聞こえた。

「バーティーと小父様の小包についてなんです。小父様と彼が話してるのをさっき聞きました。僕は彼が盗《と》ったんだと思います」

この恐ろしい言葉を聞いたのとまさに同じ時、木の梢からかなりの大きさのコガネムシが落っこちてきて僕の首の後ろに入り込んだ。こいつを叩きつぶしたくても僕には身じろぎひとつできない。これがどんなに気味の悪いものかおわかりいただけよう。何もかもが僕の敵だみたいな気分だった。

「どういう意味かのう、君? ついさっきバーティーとわしの原稿が消えたことで話をしたばかりじゃが、あいつもわしと同様、この謎に困惑しておると話しておったが」

「僕は昨日の午後バーティーの部屋にいたんです。一日一善をしてあげてたんですが、そこに彼が小包を持って入ってきたんです。後ろに隠そうとしてましたけど丸見えでした。それから彼は僕に喫煙室に行って葉巻の先を切ってくれないかって頼んだんです。二分くらいして下に降りて来た時にはもう何も持っていませんでした。ですから小包は彼の部屋にあるはずです」

ボーイスカウトというところはこういうクソガキに観察力とか推理力とかその他諸々をはぐくむべくじっくり教え込むものだと僕は理解している。僕に言わせれば全く悪魔的に無思慮、無分別なことだ。お陰でどんな厄介な始末になっているか見てもらいたいものだ。

「信じられんな」とウィルビー伯父は言ったので、僕はちょっぴり元気が出た。

「彼の部屋に行って見て来ていいですか?」若き疫病神のエドウィンが言った。「小包は絶対にあるはずです」

「しかし、こんなとんでもない窃盗《せっとう》をしてのけるあいつの動機というのは何じゃろう?」

「多分彼は、小父様がさっき言っていたあれですよ」

「クレプトマニアじゃと？　あり得んことじゃ！」

「そもそも最初から、あれこれ全部盗んだのはバーティーだったのかもしれませんよ」若き悪党は嬉しげに言った。「彼はラッフルズっていう泥棒紳士みたいなものかもしれません」

「ラッフルズとな？」

「本に出てくる、何でもコソ泥して回る男のことです」

「バーティーがコソ泥して回っておるなどとは……わしには信じられん」

「でも彼が小包を持ってるのは絶対確かです。どうすればいいかお教えしましょう。バークレイさんから何か忘れ物したと電報があったと言えばいいんです。彼はバーティーの部屋を使ってましたからね。探してやらないといけないと言えばいいんです」

「それならできるかの。わしは――」

皆まで聞く暇はない。事態は切迫している。僕は植え込みからそっと出ると、玄関に向かって全力疾走し、階段を駆け上がって小包を入れた引出しを開けようとして、そこで鍵がないことに気づいた。昨晩夜会服のズボンのポケットに入れたまま、取り出すのを忘れたのだと思い出すまでに時間はかからなかった。

僕の夜会服はいったいどこだ？　部屋中探した後で、ジーヴスがブラシを掛けに持って行ったにちがいないと思い至った。ベルの所にとんでいってそいつを鳴らすのは、一瞬の早業だった。ベルを鳴らすのと同時に、外で足音がして、すぐにウィルビー伯父さんが入ってきた。

「ああ、バーティー」伯父さんは顔を赤らめもせずに言った。「あー、バークレイから電報があってな、お前の留守中この部屋を使っていたんだが、そのー、煙草《たばこ》入れをな、送ってよこすようにと頼まれたんじゃ。この屋敷を発つときうっかり忘れたらしいんじゃな。階下には見つからんかったので、この部屋じゃないかと思ったわけじゃ。あー、ちょっと見せてもらうぞ」

そいつは僕が今まで見た中でもっとも醜悪な見世物だった。来世のことでも考えていればいいようなこの白髪の老人は、役者みたいに嘘をつきながらここに立っている。

「そんなものどこでも見かけませんでしたよ」僕は言った。

「それでも探させてもらう。あー、最善を尽くさんとな」

「ここにあったらすぐ気がついてるはずですよ」

「お前が気がつかんだけかもしれん。あー、多分、引出しのどこかじゃな」

伯父さんは嗅《か》ぎ回りはじめた。彼は引出しという引出しを引っ張り出し、年とったブラッドハウンド犬みたいにやたらとクンクン嗅ぎ回った。そしてそのあいだじゅうずっと、全くぞっとするような言い方で、バークレイ氏と彼の煙草入れのことをなにやらぶつぶつ話し続けていた。僕は一瞬また一瞬とやせ細りながらそこに立っているしかなかった。

とうとう彼は小包が隠してある引出しにたどり着いた。

「この引出しには鍵がかかっているようじゃが」引き手をがたがたさせながら彼は言った。

「そうなんですよ。開けようとしてもだめです。それは、えー、鍵がかかってるんですよ。そうなんです」

「鍵はないのか?」

やわらかい、丁重な声が僕の背後から聞こえた。

「こちらがご主人様のお探しの鍵と存じます。夜会服のおズボンのポケットに入っておりました」

ジーヴスだった。奴は僕の夜会服を持って音もなく入ってきて、あの鍵を捧げ持って立っていた。

僕はこの男を虐殺しそうになった。

「ありがとう」伯父さんが言った。

「とんでもないことでございます」

次の瞬間ウィルビー伯父さんは引出しを開けた。僕は目をつぶった。

「ない」ウィルビー伯父さんは言った。「ここには何もない。この引出しは空っぽじゃな。ありがとうバーティー。お前の邪魔をしたんでなければいいんだが。あー、バークレイはきっと煙草入れを忘れてなんぞいなかったんじゃな」

彼が行ってしまうと僕はドアを注意深く閉めた。それから僕はジーヴスに向き直った。この男は僕の夜会服を椅子の上に並べている。

「あー、ジーヴス！」

「はい、ご主人様？」

どう切り出したものかわからなかった。

「君は——あそこにあった——もしかして君は——」

「あの小包でしたらば、今朝他所《よそ》に運んでおきました、ご主人様」

「えー、あー、どうしてだい？」

「その方が賢明と存じてでございます、ご主人様」

僕はしばらく考え込んだ。

「無論君にとっては不可解なことだったろうな、ジーヴス？」

「滅相もないことでございます、ご主人様。わたくしは先夜のあなた様とレディー・フローレンス様とのお話をたまたま漏れ伺っておりましたのでございます、ご主人様」

「聞いてたって？」

「さようでございます、ご主人様」

「あー、ジーヴス。この小包の件についてはロンドンに戻るまで君がそのまま預かっておいてくれるということで頼みたいんだが――」

「承知いたしました、ご主人様」

「それからどこかに――あー――いわゆるだ――片づけてしまえばいい、な？」

「おおせのとおりでございます、ご主人様」

「それでは君に任せたぞ」

「お任せくださいませ、ご主人様」

「ジーヴス、君は実によくできた男だ」

「ご満足いただけますようあい努めております、ご主人様」

「百万人に一人だ！」

「まことにご親切痛み入ります、ご主人様」

「じゃ、これで大体済んだってことでいいかな」

「かしこまりました、ご主人様」

フローレンスは月曜に帰って来た。ホールで皆揃ってお茶を飲む時まで、彼女と顔をあわせる機会はなかった。一同が退散したところで、やっと二人きりで話ができた。

「で、どうだった、バーティー？」彼女は言った。

「すべて良好だよ」

「原稿は処分した？」

「いや、はっきりそうしたわけじゃないんだが――」

「どういうこと？」

「つまり絶対にってわけじゃ――」

「バーティー、こそこそしないで」

「わかったよ。こういうわけなんだ」

事情を説明しようとしたまさにそのとき、ウィルビー伯父さんが二歳の子供みたいに元気いっぱいに、ピョンピョン跳ね上がりながら図書室から出てきた。この老人は人が変わったようだ。

「まったく驚いたことじゃ、バーティー！　電話で今リッグス氏と話したんじゃが、今朝一番の配達でわしの原稿が届いたということじゃ。なぜ遅れたのかはわからんが、田舎の郵便事情はきわめて劣悪だからのう。本省に投書してやらねば。貴重な小包の配達がかくも遅れるようでは我慢がならぬわ」

そのとき僕はたまたまフローレンスの横顔をながめていたのだが、ここで彼女はこちらに顔を向けるとナイフで突き刺すみたいな目で僕を見た。ウィルビー伯父さんは蛇行しながら図書室に戻って行き、後にはスプーンですくえるくらい重く、濃い沈黙が残された。

「どういうわけだろう」やっとのことで僕は言った。「まったく理解できないよ」

「あら私にはわかってよ。完璧によくわかるわ、バーティー。あなたご分別がおありってことよ。結局伯父様を怒らせるより、あなたは――」

「ちがう、ちがうよ！　絶対！」

「あなた私よりもお金を選んだのよ。もしかして私が本気でああ言ったって思ってらっしゃらなかったのかもしれないけど、申し上げたことは全部本気ですからね。婚約は破棄します」

「だけど、僕は……」

「何もおっしゃらないで！」

「だけどフローレンス、愛しい人！」

「聞きたくないわ。あなたのアガサ伯母様のおっしゃったとおりだわ。ここで逃げおおせて幸運だったって思うの。辛抱して教育すればもっとましな人になるかって思った時もあったけど、あなたって本当にどうしようもない人だってことがよくわかったわ！」

そして彼女は行ってしまい、僕は置き去りにされてじっと破壊からの復興を待った。ある程度平静が回復されたところで僕は自室に戻り、ベルを鳴らしてジーヴスを呼んだ。奴は何事もなかったしこれからも何事もなしといった顔つきで入ってきた。捕われの身の上にしてはずうずうしい態度だ。

「ジーヴス！」僕は怒鳴《どな》りつけた。「ジーヴス、あの小包はロンドンに着いたぞ！」

「はい、ご主人様？」

「君が送ったのか」

「はい、ご主人様。それが最善と存じていたしたことでございます。あなた様とレディー・フローレンス様はどちらも、サー・ウィルビーの『追想』で言及された方々が、それを侮辱とお考えになられる危険を大きくお見積もり過ぎでおいでのものと拝察いたします。わたくしの経験でございますが、ご主人様、普通人というものは、どのような書かれ方であろうと自分の名前が活字になるのを喜ぶものでございます。わたくしには数年前に手足の腫《は》れで苦しんでおりました叔母がございますのですが、ご主人様、ウォーキンショウ高級軟膏《なんこう》を試してずいぶんと効き目がございましたもので、頼まれもいたしませんのに推薦の手紙を送ったほどでございます。使用前の下肢の説明――それは不快をもよおさせる以外の何物でもなかったのでございますが――といっしょに自分の写真が新聞に載った折の叔母の自慢げな様子と申しましたらばそれはもう大変なもので、それで確信をいたしたのでございますが、ほとんど誰もが、何であれ自分の名が人目に触れるのを望むものでございます。さらに、心理学のご研究をなされたことがもしおありでしたらば、ご主人様、尊敬すべき老紳士というものは、青年時代にきわめてやんちゃでいらしたと喧伝されることを決して嫌われるものではないということをおわかりいただけようかと存じます。わたくしには叔父がございまして――」

僕は彼やら彼の叔母やら彼の叔父やらその他彼の一族全員を呪《のろ》った。

「君はレディー・フローレンスが僕との婚約を破棄したことを知っているのか?」

「さようでございますか?」

同情のかけらもない! 今日はいい天気だなと言ったってこんな顔だろう。

「お前は首だ!」

「かしこまりました、ご主人様」

彼は静かに咳払いをした。

「わたくしはもはやあなた様の雇用下にはございませぬゆえ、かように申し上げても僭越《せんえつ》ではあるまいかと存じます。わたくしの意見ではあなた様とレディー・フローレンス様はお似合いのお二人ではございません。フローレンス様はお気の強いご性格でご機嫌は変わりやすく、あなた様とは正反対でおいでいらっしゃいます。わたくしはワープルスドン卿に一年近くお仕えいたしましたが、その間にお嬢様のご様子を拝見する機会は多々ございました。使用人部屋の意見はお嬢様に全く好意的ではございませんでした。お嬢様のご癇癪には、わたくしどもはそれはそれはたいそうな酷評を加えておりましたような次第でございます。実に全く手のつけられない時もございました。ご結婚された暁には、あなた様はお幸せにはおなりあそばされなかったものと拝察いたします」

「出ていけ！」

「あなた様に対する教育法も少々お気障りだったのではございますまいか？　お嬢様があなた様によこされたご本を拝見させて頂きましたが——あのご本はこちらに到着して以来ずっとテーブルの上にありましたものでございますから——わたくしの意見では、あれはあなた様には全くふさわしいご本ではございません。あなた様がお楽しみあそばされたわけがございません。お嬢様のメイドから聞いたことでございますが、こちらの滞在客のお一人でいらっしゃるマックスウェル様——どちらかの評論誌で編集のお仕事をなさっておいでの方でいらっしゃいますが——あの方とお嬢様が話しておられるのをたまたま漏《も》れ聞いたところによりますと、お嬢様はあなた様にまず最初にニーチェを読ませるおつもりであるとおおせでいらした、とのことでございます。ニーチェはお楽しみにはなれますまい。根本的に不健全な読み物でございます」

「出ていけ！」

「かしこまりました、ご主人様」


睡眠が人に及ぼす心境の変化というのは実に不思議なものだ。僕には何度も何度もそういう経験がある。どういうわけか朝目覚めてみると、昨日までの心の傷が実は半分もたいしたものではなかったといったふうに感じられるのだ。その日はまったくとびきり上等の朝で、窓からの陽の射し入り方や、つたの葉を小鳥が足でけとばす騒ぎの有様やらに、ジーヴスは正しかったのではあるまいかと僕に思わせる何かがあった。フローレンス・クレイの横顔はそれはすばらしかったが、彼女との婚約は傍で見るほどいいものだったろうか？　ジーヴスが彼女の性格について言ったことに正鵠《せいこく》を得ている点はなかったろうか？　僕の理想の妻とは、彼女とはまったく逆の、もっと甘え上手でしとやかでおしゃべり好きだったりするような女性だということが、僕にはだんだんわかってきた。

ここまで考えが進んだところで『倫理学の諸形態』が僕の目を捉えた。僕はそいつを開いてみた。率直に言おう。こう書いてあった。


ギリシャ哲学における二つの反対項のうち、現実的で自存しうるのはひとつだけである。すなわちそれはイデア的観念であり、それが洞察しそれを手本として形成するものに対置される。他方は我々の本性に対応し、それ自体現象的で、非現実的で恒常的足場を持たず、通時的に真であるような属性を持たない。要するに、現れては消える内在する現実を包摂することによってのみ否定から回復するのである。

うーん――つまりだ――何だというのだ？　それでニーチェだなんて、どう考えたってこれよりもっと悪い！

「ジーヴス」彼が朝の紅茶を手に入ってくると、僕は言った。「考え直したんだが、君をまた雇うことにしたよ」

「有難うございます、ご主人様」

気持ちよく一口啜《すす》ると、この人物の判断に対する大いなる尊敬の念が胸に溢れてきた。

「ああ、ジーヴス、あの市松模様のスーツのことだが」僕は言った。

「はい、ご主人様？」

「あれは本当にだめかなあ？」

「いささか奇抜に過ぎようかと存じます、ご主人様。わたくしの意見でございますが」

「だが友達はみんなどこで仕立てたのかって聞くぞ」

「その仕立て屋を避けるために相違ございません、ご主人様」

「ロンドン一の人物のはずなんだがなあ」

「その方の徳性についてとやかく申しておりますのではございません、ご主人様」

僕は少々躊躇《ちゅうちょ》した。このままこの男の掌中《しょうちゅう》に収められてしまったら、哀れなオーブリー・フォザーギルの奴みたいになって、己《おの》が魂を我がものと呼べなくなってしまうのではないかと恐れたのだ。

他方、この人物が実にまれに見る知性の持ち主であることは明らかだ。僕の代わりに考えるほうをやってもらえればいろいろな意味で快適だろう。僕は決心した。

「よし、ジーヴス」僕は言った。「よしわかった！　あのいまいましい服を誰かにやってくれ！」

彼は迷える子供を優しく見下ろす父親のような顔で僕を見た。

「有難うございます、ご主人様。あれでしたらば昨夜庭師の小僧にくれてやってしまいました。お茶をもう少しいかがでございますか、ご主人様？」

2. コーキーの芸術家稼業

僕の回想録をこうして読んでくださっている方なら、物語の舞台がたびたびニューヨーク界隈に移されるのにお気づきだろう。これが読者諸賢の困惑と驚きの表情を誘うとしてもむべなるかなである。「バートラムは愛する祖国を遠く離れて、一体全体何をしているのか?」と、当惑される向きも必ずやおありだろう。

まあ、話せば長い話なのだ。ちょっとかいつまんでさしあたり一巻物の映画に収まるくらいに端折《はしょ》るなら、つまりはこういうことだ。従兄弟《いとこ》のガッシーがヴォードヴィルの舞台に出てる女の子と結婚するのを阻止せよとの厳命を受け、アガサ伯母さんにアメリカに送りつけられはしたものの、すべてが滅茶苦茶ななりゆきとあい成り果てた例の一件の後、とんで帰ってこの件について伯母と和気あいあい長々と語り合うよりも、このままニューヨークにしばらく逗留する方がよほど健康的な計画だと僕は決断するに至ったのだ。

それで僕はジーヴスをやって然《しか》るべきフラットを見つけさせ、ひとときの亡命生活を過ごすべく身を落ち着けたのだった。

ニューヨークというところはひとときの亡命生活を余儀なくされるにはきわめてご機嫌な場所だ

と言わねばならない。誰も彼もがおそろしく親切だし、いつも山ほどいろんなことが起こっている。であるからして、総体的に言って、僕は恐るべき艱難辛苦《かんなんしんく》を耐え忍んでいたわけではまるでない。誰かが僕を友人に紹介してくれると、そいつがまた別の友達を紹介してくれて以下同文、以下同様、というわけで、またたく間に僕には申し分のない友達が一個連隊できあがった。セントラルパークのあたりに暮らす、うなるほど金のある連中もいれば、たいていがワシントン・スクウェア近辺で爪に火を点《とも》すようにして暮らしている貧乏な連中もいる。後者のほうは芸術家とか作家とか何とか、頭のいい人種である。

　これから僕が話をしようとしているコーキーという男は、芸術家の仲間だ。肖像画家、と自称しているが、実のところ現時点で作品はゼロだ。肖像画というやつの陥穽《かんせい》は——僕はちょっとこの問題について見聞を深めているのだ——誰かがやってきて描いてくれと頼むまでは描き始められないし、まず最初に山ほど描きあげてからでないと誰かはやってこないし頼んでもくれない、という点にある。したがって野心溢れる若者にとって、過酷というほどではないものの、ことはなかなか面倒なのである。

　コーキーは新聞のコミック欄に時たま描いたりして身過ぎ世過ぎをしのいでいる。いいアイディアさえ浮かべば奴にはなかなかお笑い方面の才能があるのだ。そのほかベッドの枠とか椅子とか何とか、広告のイラストなんぞも手がけている。とはいえしかしながら、奴の主たる収入は金持ちの叔父さんの脛《すね》を齧《かじ》ることによって得られている。アレクサンダー・ウォープルという、ジュート［黄麻。ツナソの繊維。ロープや麻袋などの材料］を商う事業をしている人物である。僕はジュートというものを余りよくは知らないのだが、明らかに大衆の熱狂するような何かしらであるらしい。というのは、ウォープル氏はそいつでもってはしたないくらいにどえらく儲けているからだ。

さて、多くの人は金持ちの叔父さんを持つのは気楽な稼業だと思っている。だが、コーキーによればそんなことはないらしい。コーキーの叔父さんは頑健強壮な人物で、不老不死ではないかと疑われるくらいだ。年齢は五十一歳だが、あとまだ同じくらいは生きそうだ。しかしながら、哀れなコーキーを嘆かせるのはこの点ではない。奴は狭量な男ではないし、この人物が生存を続ける点についてはなんら異議を唱えるものではないからだ。コーキーがいつもこぼすのは、右のウォープル氏が奴をのべつ追い立てるやり方のことだ。

おわかりと思うが、コーキーの叔父さんは奴に芸術家なんかになって欲しくはないのだ。奴にその方面の才能があるとはてんで思っていない。ご大層な「芸術」なんぞは放り出し、ジュート事業に専心して一番どん底下っ端からたたき上げて働くがよしとしきりに急き立てるのだ。それでコーキーの言うには、ジュート事業のどん底で人が何するものかは知らないが、言うも無残、筆舌に尽くし難き何ごとかであろうとは本能の告げるところであるそうだ。それだけではない。コーキーは芸術家としての己《おの》が未来あるを固く信じているのだ。いつの日かヒットを飛ばしてやるのだと奴は言う。そういうわけでとりあえず今のところ、最大限の知略と詭弁《きべん》を弄《ろう》し、何とか奴は叔父さんに四半期に一度、わずかばかりの小遣いをしぶしぶ払わせてきているのだった。

こんな調子で今までやってこれたのも、叔父さんにひとつの趣味があったればこそだ。ウォープル氏はこの点ではきわめて変わった人物である。僕の見るところ、アメリカ産業界の大物というものは執務時間外には何もしないのが普通だ。ひと仕事終えて会社の戸締りをしたら、あとはたちまち意識不明におちいって、再び目覚めて産業界の大物として活動開始するまでただひたすら昏睡《こんすい》するのが常である。しかしながら余暇時間のウォープル氏は、いわゆる鳥類学者に変身するのだ。彼は『アメリカの鳥』という本の著者であり、現在も続刊を執筆中である。次回作は『続アメリカの鳥』となるはずだ。そいつを書き終えたら、おそらくは三作目に取り掛かるものと予測され、アメリカの鳥の供給が尽き果てるまで延々とそれは続くものと思われる。コーキーは三月に一度、叔父さんを訪なってはアメリカの鳥に関するご高説を拝聴するのを常としてきた。まず最初にお気に入りの話題について存分に長広舌を振るわせた後ならば、ウォープル氏もずいぶんと御しやすい人物になってくれるのだ。そういうわけで、このささやかな歓談のひとときのお陰でもってコーキーはさしあたり十分なだけの小遣いを確保してきた。だがこれはこの哀れな男にとってはまるきり惨《みじ》めな話だった。おそろしく不安定きわまりない身の上だし、それに鳥などというものは、炙《あぶ》り焼きにされて冷えたワインのボトルを伴って現れるのでなければ、ひどいこと奴を退屈させるのだ。

ウォープル氏のキャラクター研究に関して最後にひとこと付言しておくならば、彼はきわめて機嫌の変わりやすい気分屋な人物であり、コーキーが哀れなバカで、奴が自分で判断して行うことはそれが如何《いか》なる方向性をとるとしても奴の先天的白痴性の新たな証明に過ぎないと考える全体的傾向がある。ジーヴスも僕のことをまったく同じように考えているとは僕の想像するところだ。

そういうわけで、コーキーがある日の午後、僕のアパートメントにふらっとやって来て、女の子を自分の前に押し出しながら、「バーティー、僕のフィアンセのシンガー嬢に会って欲しいんだ」と言った時に僕の脳裏に浮かんだ問題とは、まさしく奴が僕に助言を求めてやってきた当の問題に他ならなかった。まず第一番に僕が口にした言葉は、「コーキー、叔父さんのことはどうするんだ?」だった。

この哀れな男は一種陰惨な哄笑《こうしょう》を放った。不安で心配そうな顔つきだった。うまいこと殺人をやってのけてはみたものの、さて死体をどうしたものかがわからない、といった男みたいな具合にだ。「わたしたちとっても怖いんですの、ウースターさん」その女の子は言った。「あの方にわたしたちのことを打ち明けるいい方法をあなたなら思いついてくださるんじゃないかと思って、こうしておすがりしてるんですわ」

ミュリエル・シンガー嬢はたいそう物静かで、あなたって世界一素晴らしい方なのにご自分ではまだそのことがわかっていらっしゃらないのね、と言いたげな風情で大きな瞳を見開いて僕を見つめる、魅力的な女の子だ。おびえた様子でそこに座り、まるで「ああ、この素敵なたくましい殿方がわたしのことを傷つけなければいいのだけれど」と、ひとり言を言っているみたいに僕を見つめる。彼女は男性の保護者意識を刺激して、手を撫でさすってやりながら「大丈夫、大丈夫だよ、いい子だから!」とか、まあそうした効果の言葉をかけてやりたい気持ちにさせる種類の女の子だ。彼女のためならば何だってしてやりたい、と僕は思った。彼女は例の味わい甘やかなアメリカのカクテルみたいなもので、無知覚のうちに脳内組織に侵入し、気がついた時には、必要とあらば暴力も用いてでも世界を改編すべく活動開始して、途中で出あったそこらの大柄な男に、俺にそんなふうにガンをつけるならぶん殴って頭を吹っ飛ばしてやるぞと言ってしまっている、といった、そんなふうに人を蝕《むしば》むのだ。つまり僕は何が言いたいかというと、彼女は僕に、自分が俊敏で颯爽《さっそう》とした義侠の騎士か何かであるみたいに感じさせてくれる、ということだ。僕の力の許す限り、彼女に味方して力になってやりたいと僕は感じた。

「お前の叔父さんがものすごく大喜びしないって理由がわからないな」僕はコーキーに言った。「シンガーさんはお前の理想的な奥さんになるって思うに決まってるさ」

　コーキーが元気づけられた様子はなかった。

「お前は叔父貴のことがわかってないのさ。たとえミュリエルのことを気に入ったとしたって、そいつを認めやしないんだ。そういう頑固な馬鹿なんだよ、あの男は。何でもはねつけるのがあの親爺《おやじ》の原理原則なんだ。僕が大事な問題を相談もしないでひとりで決めたっていうことが、何より問題なのさ。それで何かっていうとすぐ怒鳴りつけるんだ。いつだってそうなのさ」

　僕はこの緊急事態に対応すべく頭をひねった。

「お前がシンガーさんの知り合いだってことを伏せたままにして、うまいこと彼女を叔父さんに引き合わせたらどうだ？　そこにお前が現れて――」

「だがどうやったらそんなことができるんだ？」

　奴の言いたいことはわかった。この点が落とし穴だ。

「なすべきことはただひとつだ」僕は言った。

「何だ、それは？」

「ジーヴスにまかせよう」

　そして僕はベルを鳴らした。

「お呼びでございますか、ご主人様？」突如彼は顕在化して現れた。ジーヴスの不思議なところは、タカのごとく目を凝らしていないと、めったなことでは部屋に入ってくる姿が見えない点だ。まるで、空中に身を投じて粉々になって宙を飛び、また部品を組み立てなおして目的地到着、という、インドにいる奇妙な連中みたいだ。いわゆる神智論者というのをやっている従兄弟《いとこ》が僕にはいるのだが、彼の言うところでは、自分もよくもう少しでそいつに成功しそうになるのだが、完全にはうまくいかない。おそらく怒りのうちに殺害されてパイに入れられた動物の肉を、子供のとき常食にしていたせいだと思う、ということだ。

この男がそこに立って尊敬に満ちた注目を降りそそいでいるのを目にした瞬間、僕のハートから重石が転がり落ちた。不在の父を見つけた迷子の子供みたいな気分だった。

「ジーヴス」僕は言った。「君の助言が欲しいんだ」

「かしこまりました、ご主人様」

僕はコーキーの悲しい事件について、言葉を選んで手短かに伝えた。

「わかったろう、ジーヴス。僕たちは君に、コーコラン氏がシンガー嬢とすでに知り合いだという事実を伏せたまま、ウォープル氏と彼女を引き合わせる何らかの方法を提案して欲しいんだ。いいかな?」

「完全に理解いたしましてございます、ご主人様」

「よし、じゃあ何か考えてくれ」

「すでに考えついております、ご主人様」

「もうできたって!」

「わたくしのご提案申し上げる計画で成功違うべくはなしとは存じますが、しかしながらそれには些少《さしょう》の欠陥がございます、ご主人様。すなわちある一定の財政支出が必要な次第とあい成る点でございます」

「彼の言ってるのはつまり」僕はコーキーに通訳してやった。「すごくいいアイディアがあるんだが、ちょいとばかり金がかかるってことだ」

当然ながらこの哀れな男の表情は沈んだ。それじゃあまるきり手も足も出ない、というわけだ。だが僕はまだこの女性の心とろかす熱視線の影響下にあったので、義侠の騎士として乗り出す場は今ここだと見てとった。

「そういうことは僕にまかせてくれていいんだ、コーキー」僕は言った。「よろこんで力になるよ。さあ、話してくれジーヴス」

「わたくしがご提案申し上げますのは、コーコラン様におかれましてはウォープル様の鳥類学へのご傾倒をご利用あそばされるのがよろしいのではあるまいかということでございます」

「一体全体親爺《おやじ》さんが鳥好きだなんて君はどうして知ってるんだ？」

「ニューヨークのアパートメントが建築されておりますその態様に由来するものでございます。ロンドンの家屋とはまったく異なり、各部屋の仕切りはきわめて脆弱《ぜいじゃく》かつ薄弱でございます。立ち聞きの意志はもとよりございませんが、わたくしがただいま申し上げた主題に関しましてコーコラン様が物惜しみない力強さでもってご見解をご表明あそばされるのを、いく度となく漏《も》れお伺いいたしております」

「なんと、そうなのか？」

「こちらのご令嬢様が、例えば『こどものためのアメリカのとり』と題します小部のご著書をお書きあそばされて、ご献辞をウォープル様にお捧げになられるというのはいかがでございましょうか？あなた様がご資金をお出しあそばされて、私家版をご出版なさることが可能かと存じます。無論そのご著書の大部分は、同じ主題に係るウォープル様の大部のご高著を賞賛する言及に費やされるものでございます。出版後可及的速やかにご献呈書をご恵投あそばされ、そこにこちらのご令嬢様が、大変な学恩を賜《たまわ》ったおん方のご知己に与かるご光栄をお許し願えますまいかと請うお手紙をお添えあそばされることをお勧め申し上げます。これによって所期の目的が結果するものと思料いたすところではございますが、申し上げましたとおり、ご出費もまた相当であろうかと拝察をいたします」

ヴォードヴィルの舞台の曲芸犬が、ノーミスで演《だ》し物を見事にやってのけた時の飼い主みたいな気分に僕はなった。僕はいつだってジーヴスに賭けてきたし、彼が僕を失望させないことはいつだってわかっている。これほどの天才に恵まれた男が、僕の着る物や何やらにアイロンを掛けて暮らしてそれで満足しているということに、僕はときどき衝撃を覚えるのだ。もし僕にジーヴスの半分だって脳みそがあったら、総理大臣か何かになってみるとかしていると僕は思う。

「ジーヴス」僕は言った。「そいつは絶対的に素敵な考えだ！　君の最高の名案のひとつだぞ」

「有難うございます、ご主人様」

だが女の子が異を唱えた。

「だけどわたしには本なんて絶対に書けませんわ。手紙だってちゃんと書けないくらいですもの」

「ミュリエルの才能は」、小さく咳払いしてコーキーが言った。「舞台芸術の方面にあるんだ、バーティー。言ってなかったが、僕らが少々神経質になっている理由のひとつは、ミュリエルがマンハッタンで『出口はどちら』ってショーのコーラスに出てるっていうニュースを、アレクサンダー叔父がどう受けとめるかってことなんだ。バカみたいに理不尽な話なんだけど、この事実は若い去勢牛みたいになんでも蹴りつけるアレクサンダー叔父の先天的傾向性をさらに強化するだろうって僕らは感じてるんだ」

奴の言いたいことはよくわかった。どういうわけかはわからない——たぶん心理学の専門家なら説明できるんだろう——だが叔父とか伯母といったものは、真っ当であろうがあるまいが演劇にはいつだって死ぬほど反対する種類の生き物なのだ。彼らにはどうしたって絶対に我慢できないものらしいのだ。

だが、もちろんジーヴスには解決策があった。

「小額の謝金で実際の執筆を引き受ける手許不如意《ふにょい》の作家を探すことは、簡単至極な仕事と拝察をいたします。表紙にこちらのご令嬢様のお名前が印刷されることだけが肝要なのでございます」

「そのとおりだ」コーキーが言った。「サム・パタースンが百ドルで引き受けてくれる。中編小説を一本、短編を三本、あと小説雑誌に連載を毎号一万語ずつ、全部違う名前で毎月書いてるんだ。これくらいの小さい仕事なんか奴には何でもない。すぐに奴を捕まえてくるよ」

「よし！」

「以上でよろしゅうございますか、ご主人様？」ジーヴスが言った。「それでは失礼をいたします。有難うございました、ご主人様」

出版者というものは悪魔的に頭のいい連中なんだろうと僕はかねがね思ってきた。灰色の脳みそが頭にどっさり詰まってるんだろう、と。だが、今や僕には彼らの仕事がどんなものかわかっている。出版者がしなければならないのは、たくさんの有能で勤勉な連中が駆けずり回って本当の仕事をしている合間合間に、ときどき小切手を書いてやることだけだ。僕にはわかる。なぜなら僕自身が出版者だったからだ。僕は万年筆を持って我がフラットにしっかり座っていただけだ。それでいて時期が来るとなかなか素敵な、ピカピカの本が到着したのだった。

『こどものためのアメリカのとり』の見本刷りが届いたとき、僕はたまたまコーキーの家にいた。ミュリエル・シンガーもその場にいた。僕らがよもやま語り合っているとき、ドアがノックされ小包が届いたのだった。

　なかなか大層な本だった。赤い表紙に何だかの鳥の絵が描かれ、その下には金文字で彼女の名前が刻印されていた。僕はぱらぱらとページをめくってみた。

「はるの　あさには　しばしば　あることですが」二十一頁冒頭にはこう書かれていた。「のはらを　さんぽ　していると、あまい　ねいろで　のどかに　すらすら　さえずる　ムラサキ《むらさき》・フィンチ《ふぃんち》・リネット《りねっと》の　こえが　きこえます。　みなさんが　おおきく　なったら　アレクサンダー《あれくさんだー》・ウォー《うぉー》プル《ぷる》せんせいの　おかきになった　すばらしい　ごほん『アメリカ《あめりか》の鳥《とり》』で、このとりに　ついて　ありと　あらゆることを　おべんきょう　してくださいね」

　おわかりだろう。さっそく叔父さんをもち上げている。それからわずか数ページの後、今度は黄色嘴カッコーとの関連で、再び彼にスポットライトがあてられていた。素晴らしい出来だ。読めば読むほど、こいつを書いた男に僕は感嘆し、こんな妙案を思いついたジーヴスの天才に舌を巻かされた。これで叔父さんがオチないなんて話はありっこない。誰だって黄色嘴カッコーの世界最高権威と書いてくれた相手に、親愛の情をかきたてられずにいられるものではない。

「鉄壁だ！」僕は言った。

「絶対成功間違いなしだ！」コーキーは言った。
　一、二日して、五番街を北上して僕のフラットにやって来たコーキーは、全部うまくいってると報告してくれた。叔父さんはミュリエル嬢に、人間的優しさの甘露滴らんばかりの［『マクベス』第一幕第五場］手紙を書いてよこした。コーキーがもしウォープル氏の手蹟を知らなかったら、とても叔父さんがそいつを書いたものとは信じられなかったくらいだ。いつ何どきなりとシンガー嬢の訪問を大いに歓迎するし、喜んで彼女の知遇にお与かりしたいと叔父さんは書いていた。

それから間もなくして街を離れなければいけない用ができた。何人かの心正しきスポーツマンたちが僕を田舎に招待してくれたのだ。ニューヨークに戻って落ち着いたときには、もう何カ月かが過ぎていた。無論コーキーのことは気にはなっていた。全部うまい具合に一件落着と収まっただろうか、と。それでニューヨークに帰って最初の晩、あんまり賑《にぎ》やかにやりたい気分でない時に行くことにしている小さくてちょっと静かなレストランに出かけていくと、そこで僕はミュリエル・シンガー嬢に遭遇したのだった。彼女は入り口近くのテーブルにひとりで掛けていた。コーキーは電話でもしに行ってるんだろうと僕は思った。僕は挨拶《あいさつ》しに彼女に近寄った。

「やあ！　これは、これは、これは」僕は言った。

「あら、ウースターさん！　お元気でいらっしゃる？」

「コーキーもいるの？」

「何ておっしゃったのかしら？」

「コーキーを待ってるんだろ？　ちがうの？」

「あら、ごめんなさいよくわからなくて。ちがうの、彼を待ってるんじゃないのよ」

彼女の声には、一種何かしら何とかいったものが感じられた。おわかりいただけるだろうか。

「あれ？　コーキーとひと悶着《もんちゃく》あったのかい、そうなの？」

「ひと悶着って」

「口げんかって言うか、うーん――ちょっとした誤解さ――悪いのはどっちもってやつさ――えー――そんなところなんだけど」

「あら、どうしてそんなふうに思われたの？」

「うーん、だってそうじゃないか。つまりさ、君は劇場に行く前には、いつも奴と食事してたじゃないか」

「わたし、もう舞台は引退したのよ」

突然すべてを僕は理解した。どんなに長いことこの街を離れていたかを、僕は忘れていたのだ。

「なんだ、そうか、わかった！　結婚したんだね！」

「そうなの」

「なんて素敵な話だ！　お幸せを祈りますよ」

「ありがとう。あら、アレクサンダー」彼女は僕の肩越しに見やりながら言った。「こちらはわたしのお友達の、ウースターさんよ」

僕はくるっと振り返った。灰色の剛毛をたっぷり生やかし、頑健そうな赤ら顔をした男がそこに立っていた。なかなか手ごわそうな親爺《おやじ》さんに見えたが、現在のところは友好的だ。

「わたしの主人を紹介するわ、ウースターさん。ウースターさんはブルースのお友達なのよ、アレクサンダー」

この親爺は僕の手を熱烈に握り、お陰で僕はなんとかくらくら床に崩れ落ちずにすんだ。部屋中がぐらぐらぐらついていた。完全にだ。

「それではわしの甥をご存じでいらっしゃるのですな、ウースターさん？」彼が言うのが聞こえた。「あいつにもっと分別を持って、絵描きだとか何とか言って遊んで暮らすのはもうやめにするように貴君からも言っていただきたいものですな。とはいえこのところ、あいつもいく分大人しくはなってきたようですが。いや、お前に紹介しようって初めてあいつを夕飯に招待した晩に気がついたんだがね、何だかこうぐっと大人しく、真面目になった様子だった。なぜかはわからんがあいつも目が覚めたんだな。ところでウースターさん、貴君と夕食をごいっしょする光栄に与かれますかな？それとももう食事はお済みですか？」

もう済ませたと僕は答えた。僕に必要なのは空気で、夕食ではない。外気に当たって、ことの次第を考え直したかった。

フラットに帰り着くと、私室でうごめくジーヴスの気配がしたので僕は彼を呼び出した。

「ジーヴス」僕は言った。「善良なる者みな集《つど》いて朋友《ほうゆう》を助けるときは来たりぬだ。まずは濃いブランデー・アンド・ソーダをくれ。それからちょっとしたニュースがあるんだ」

彼はトレイとロンググラスを持って戻ってきた。

「君の分も用意した方がいいぞ、ジーヴス。必要になるはずだ」

「後ほど頂戴いたします。必要となりましたらば。有難うございます、ご主人様」

「よしわかった。好きにしてくれ。だがショックを受けるはずだぞ。僕の友人のコーコラン氏のことは憶えているな？」

「はい、ご主人様」

「鳥の本を書いて奴の叔父さんに、するりと取り入ろうとした女の子のことも憶えているな？」

「はい、完璧に記憶いたしております」

「それが彼女は、するりと逃げたんだ。奴の叔父さんと結婚したぞ」

瞬《まばた》きもしないで彼はそれを聞いた。ジーヴスを動揺させるのは不可能だ。

「かような展開は危惧《きぐ》されたところでございます、ご主人様」

「こんな事態を予測してたなんて言うつもりじゃないだろうな？」

「ひとつの可能性として胸に去来いたしておりました」

「そうなのか、なんてこった！　じゃあ、そう言ってくれたらよかったじゃないか！」

「さような僭越はいたしかねます、ご主人様」


無論、一口食べて心持ちも和らいだところで僕にはわかってきたのだが、起きたことは僕のせいではない。もしその点をご指摘されるとしたら、だが。計画自体は一級品だったのだ。そいつがドブに滑って落っこちようなんて予見可能性は僕にはない。しかしともかくも、偉大な癒し手たる時が鎮痛効果をあげてくれるまでは、コーキーに会うのはご免こうむりたいと僕は思ったとは、認めねばならない。それから数カ月というもの、僕は全面的にワシントン・スクウェア方面を避けて歩いた。完全忌避というやつだ。しばらくして、そろそろあっちの方面に出かけて、奴といわゆるよりを戻してもまあ大丈夫かな、と思い始めたちょうどそのとき、癒し手のはずの時のやつが、過ぎ去ったかと思ったらとんでもなくおそろしい骨を引きずり出してきてしまって、とどめを刺してくれたのだった。ある朝、新聞を開いた僕は、アレクサンダー・ウォープル夫人が跡継ぎたる男の子をめでたく夫君にプレゼントしたという報に接したのだ。

　僕は哀れなコーキーの奴があんまりにも可哀そうで、朝食に手もつけられなかった。僕は打ちのめされた。完全にだ。限界だった。

　どうしていいものかまるでわからなかった。無論、すぐさまワシントン・スクウェアに駆けつけて、哀れな男の手を静かに握り締めてやりたかった。だが、よくよく考えると、僕にそんな神経はない。不在療法でいくのが賢明だろう。奴のことはこのまま波間にそよがせて、よしとすることにした。

　だがそれから一月そこらすると、僕の気持ちはまたぐずぐずしてきた。おそらくこの哀れな男が一番仲間にとり囲んでいてもらいたいときに、こんなふうに奴を避け続けるのは、ちょいとばかり酷な仕打ちに過ぎるのではないか、と思えてきたのだ。さびしいアトリエに友もなく、苦い思いを抱え一人座り込む奴の姿を想像すると、僕は矢も盾も堪らなくなってすぐさまタクシーに飛び乗り、奴のアトリエに向かうよう運転手を急がせた。

　僕が飛び込んでいくとコーキーがいた。イーゼルに向かって背をかがめ、絵を描いている。モデル席には厳しい顔つきの中年の女が赤ん坊を抱いて座っていた。

　男子たるものそういうこともあろうかと、わきまえていなければいけないものだ。

「おおっと！」僕は言い、そのまま退散しようとした。

　コーキーは背中越しに振り返って言った。

「やあ、バーティー。行かないでくれよ。これで終《しま》いにするとこなんだ。さてと、今日の午後はこれで終わりです」奴は子守女に向かって言った。女は赤ん坊を抱えて立ち上がると、通路に止めてあった乳母《うば》車にそいつを移し入れた。

「明日も同じ時間ですね、コーコランさん？」

「ええ、そうです」

「ごきげんよう」

「ごきげんよう」

コーキーは立ってドアを見つめていた。そして僕のほうに向き直ると、胸の悩みをうち明け始めた。さいわい、奴は僕がすべて事情を知っているのが当然と思っていたようで、お陰で気まずい思いはあまりしないですんだ。

「叔父貴のアイディアなんだ」奴は言った。「ミュリエルはまだ知らないんだ。彼女の誕生日の、思いがけない贈り物ってやつさ。表向きは外気浴とか言って子守女がガキを連れ出してここに連れてくるって寸法だ。運命の皮肉ってやつにお目にかかりたかったらさ、バーティー、このザマを見てくれよだ。僕が生まれてはじめて頼まれた肖像画の注文がこいつだ。それでモデルはあの人間ポーチト・エッグの野郎で、割り込んできやがって僕を相続人の座から追っぱらった張本人ときた。こんな話があるか？　その上もっとひどいことに、僕は毎日午後じゅうあの醜いガキの顔を見つめ続けてなきゃいけないんだ。あいつは完全なる故意と悪意をもって僕の耳の後ろを棍棒で叩きのめして、僕のものをみんなかっぱらってったご本人なんだぜ。だからって肖像画を描きたくないなんて言えた身の上じゃあない。そんなことをしたら、叔父貴は小遣いを打ち切るだろうからな。だが顔を上げてあいつの空ろな目を見る度にさ、僕は苛《さいな》まれるんだ。聞いてくれよバーティー。ときどきあいつは僕を庇護者ぶった目でちらっと見てさ、それであっちを向いて吐いたりするんだ。

まるで僕を見ると胸がむかむかするってふうにさ。そんな時僕はさ、もうちょっとで夕刊紙の一面じゅうを最新のセンセーショナルな殺人記事ででかでかと飾ってやりそうな具合になるんだ。見出しまで見えてくるときだってある。〈将来を嘱望されたる青年画家、乳児を手斧で惨殺〉ってな」

僕は黙って奴の肩を叩いた。この哀れな男に対する僕の同情はあまりに深く、とても言葉にならなかったのだ。

それからまたしばらく僕は奴のアトリエから足を遠ざけて暮らした。この哀れな男の悲しみを邪魔してもいけないように思ったのだ。それもあるが、あの子守女は何だか僕を萎縮《いしゅく》させたとも言わねばならない。彼女はひどくアガサ伯母さんを思い出させたのだ。二人とも刺すような鋭い目を持った同じタイプだ。

だがある日、コーキーのほうから電話を掛けてよこした。

「バーティー！」

「ハロー？」

「今日の午後、何か用はあるか？」

「いや別に」

「こっちに来てくれないかなあ、どうだい？」

「どうかしたのか？　何があったんだ？」

「肖像画が仕上がったんだ」

「えらいぞ！　よくやったな！」

「ああ」奴の声は何だか自信がなさそうだった。「実はさ、バーティー、ちょっとまずい具合みたいな気がするんだ。何て言うか、その――叔父貴は三十分後に検分に来るんだ、それで――どういうわけかはわからないんだが、お前についてててもらいたいような気がするんだ」

何が求められているのかだんだんわかってきた。ジーヴスの同情と協力が必要な時だと思えた。

「親爺さんが荒れ狂うって思うのか？」

「かもしれん」

僕はレストランで会った赤ら顔の男のことを思い出していた。そして彼が荒れ狂う様を思い浮かべようとした。あまりにも容易だった。僕はきっぱりとコーキーに電話で語りかけた。

「すぐに行く」僕は言った。

「よかった！」

「だがジーヴスを連れてくんじゃなきゃ駄目だ」

「なんでジーヴスなんだ？　ジーヴスに何の関係がある？　誰がジーヴスなんか必要にするって言うんだ？　あんな計画を立てたバカはジーヴスなんだぞ！　あいつのせいで――」

「聞くんだ、コーキー。いいか！　ジーヴスの助けなしに僕がお前の叔父さんと対決できると思ってるなら、そいつは大間違いだ。野獣の棲みかに分け入ってライオンの首許に噛みついてやる方がまだましだ」

「わかった」コーキーは言った。心から言ってるふうではなかったが、とにかく奴はそう言ったのだ。それで僕はベルを鳴らしてジーヴスを呼び出し、事情を説明した。

「かしこまりました、ご主人様」ジーヴスは言った。

コーキーはドアのそばにいた。絵を見つめ、防御するかのように片手を振りかざしている。まるでそいつが奴に襲いかかって来るとでも思ってるみたいだ。

「そこを動くな、バーティー」身じろぎもせず、奴は言った。「頼む、正直に言ってくれ。この絵を見てどう思う？」

大窓から射し込む明かりが、直接その絵にあたっていた。僕はそいつをじっくり見た。それからちょっと近寄ってもう一遍見た。それからまた元いた位置に戻った。そこから見た方が、これほどひどい具合には見えなかったような気がしたからだ。

「どうだ？」心配そうにコーキーが言った。

僕はちょっと言葉に窮した。

「なあ、無論、僕はあの赤ん坊を一度しか見ちゃいない。それも一瞬ちょっと見ただけだ。だが……だがさ、あいつは赤ん坊としては醜い部類の赤ん坊だっただろう、そうじゃなかったか？　もし僕の記憶が正しければだけど？」

「これほど醜かったか？」

僕はもう一度見た。誠実さの徳が僕に率直たれと強《し》いて促した。

「これほど醜いってことはありえないだろう、なあ友よ」

哀れなコーキーは神経質そうに髪をかきあげた。そして呻《うめ》いた。

「お前の言うとおりだ、バーティー。何かが間違っちまったんだな。僕の個人的な印象を言わせてもらうと、無意識のうちに、僕はサージャント〔ジョン・シンガー・サージャント。十九世紀から二十世紀初頭に活躍したアメリカの肖像画家〕みたいな離れ技をやってのけてたってことなんだ——モデルの魂を描き出すってやつさ。僕は対象の単なる外見を突き破って、あのガキの魂をキャンヴァスに描き出したんだ」

「だがあの年齢のガキが、あれだけの魂を持てるもんかなあ？　よくまあ短期間にここまで成長できたもんだな。どう思う、ジーヴス？」

「はなはだ疑問と存じます、ご主人様」

「何だかこいつ、お前に色目を使ってやしないか、どうだ？」

「お前も気がついたか？」コーキーが言った。

「誰だって気づかないわけがない」

「僕はこのチビの人でなしに、快活な表情をつけてやろうとしただけなんだ。だが、仕上がってみたら、何だか実に淫乱そうな具合に見えるんだな」

「それを僕も言いたかったんだ、なあ友よ。何だかどえらい大騒ぎの真っ只中で酒色にふけっていて、しかもその一瞬一瞬を楽しんでる、みたいなふうに見えるぞ。君はそうは思わないか、ジーヴス？」

「この方には明らかにご酩酊《めいてい》の表情がおありでございます、ご主人様」

コーキーが何か言おうとしたところで、ドアが開いて叔父さんが入ってきた。

それから三秒ほどの間、そこにあるのはすべて喜びと上機嫌と善意ばかりだった。叔父さんは僕と握手し、コーキーの背中をぱしんとひと叩きし、こんな上天気の日は生まれてはじめてだとか何とか言って、それからステッキで自分の足をバシンと叩いた。ジーヴスは背景に退いていたから、叔父さんは彼には気づかなかった。

「ああ、ブルース。それで肖像画は本当に仕上がったんだな？　ああ、本当に仕上がった。うん、じゃあ持ってきてくれ。見せてもらおうか。お前の叔母さんにとっては素敵な驚きになるはずなんだ。どこかな？　早く――」

そこで親爺さんはそいつを見た――突然、予想もしていなかったところにパンチを食らったわけだ。彼は大いに驚愕した。

「な、なんと！」彼は声をあげた。それからおそらく一分間ほど、僕が今まで遭遇した中で一番いやらしい沈黙があたりを支配した。「これはプラクティカル・ジョークなのかな？」やっと彼は口を開いた、いちどきに十六筋もの隙間風が、部屋の中を通り抜けていくような言い方でだ。

ここはコーキーの奴を応援してやるのが自分の務めだと僕は思った。

「ちょっと離れてご覧になった方がいいんじゃないですか？」僕は言った。

「まったくおっしゃるとおりだ！」彼は鼻を鳴らした。「そうさせてもらおう！　こいつからできる限り離れて、望遠鏡でのぞいたって見えないところまで行きたいもんだ」彼は、肉切れを見つけたばかりの猛々しいジャングルのトラみたいに、コーキーの方に向き直った。「こいつが――こんなシロモノが――お前がこの何年もの間じゅう時間とわしの金を無駄にしてやってきたことなのか！　画家だって！　お前にはわしの家のペンキ塗りだって金輪際させやせんぞ！　この注文をお前に頼んだのは、お前を有能な画家だと見込んでやったればこそだ。それでこいつ――こんなシロモノ――新聞のコミック欄から切り抜いてきたようなこんなシロモノが、その結果だっていうのか！」肩を揺すりながら彼はドアに向かい、尻尾を打ち振ってうなり声を上げた。「これで終いだ。なまくら暮らしの言い訳が欲しいばっかりに、まだこの上馬鹿馬鹿しい芸術家の真似を続けるつもりなら、好きにしろ。だがこれだけは言わせてもらおう。月曜の朝にわしの会社に来て、こんな馬鹿げたことはみんな始末して、商売の一番下っ端からたたき上げようって了見になるんじゃなけりゃ、そもそも大体が五年も六年も前にそうしてなきゃいけなかったことだ、いいか、もう一セントだって、一セントだって、いいか——……くだらん！」

ドアが閉まり、彼はもう僕らの許にはいなくなった。僕は防空壕からやっとこさ這《は》い出した。

「コーキー、おい友よ！」僕は力なく囁いた。

コーキーは立ったまま、絵を見つめていた。奴の表情は硬直し、目には追いつめられた、おびえた光が宿っていた。

「はっ、これでおしまいだ！」奴は打ちひしがれた様子で呟《つぶや》いた。

「これからどうするんだ？」

「どうするかだって？　どうしようがある？　小遣いを打ち切られちゃあ、もうここにしがみ付いてるわけにはいかないさ。叔父貴の言ったのを聞いたろ。月曜日には会社にご出勤さ」

掛けるべき言葉が見つからなかった。会社のことを奴がどう思っているか、僕にはよくよくわかっていたからだ。こんな地獄のように気まずい思いをするのははじめてだった。懲役二十年の刑を宣告されたばかりの友達にまとわりついて、何とかおしゃべりしようとしているような格好だ。

そのとき、癒しの声が沈黙を破った。

「わたくしにご提案をお許し願えますならば、ご主人様」

ジーヴスだった。彼は暗がりからそっとすべり出て、例の絵を謹厳な面持ちで見つめていたのだ。誓って言うが、コーキーのアレクサンダー叔父さんの破壊力を説明するには、しばらくの間、彼は僕に、ジーヴスがそこにいることを完全に忘れさせてくれたと述べるのが一番だと思う。

「前にお話し申し上げたことがございましたでしょうか、ご主人様。わたくしが以前にお仕え申し上げておりましたディグビー・シスルトン様のことでございます。おそらくはお目にかかられたことがおありか、と？　実業家であらせられました。今やブリッジワース卿とおなりのお方でいらっしゃいます。あの方のお得意の申されようは、どんな時にも道はある、というものでございました。最初にあの方がこの表現をお用いになられるのを伺いましたのは、あの方の進めておられました特許除毛薬のご失敗の後のことでございました」

「ジーヴス」僕は言った。「一体全体何の話をしているんだ？」

「わたくしがシスルトン様のお話を申し上げておりますのは、あの方のご事例は、本件事例とある意味パラレルであるからでございます。除毛薬は失敗でございましたが、あの方は決してお力をお落としあそばされませんでした。あの方は同じ製品を、今度はヘア・オーとの名称にて、再び市場へお出しあそばされたのでございます。二、三カ月で黒々とした髪の毛がどっさり生えてくるとの触れ込みの下にでございました。使用前使用後の、滑稽《こっけい》なビリヤード・ボールの絵を用いました広告をご記憶でいらっしゃいますでしょうか。それにてたいそうなご資産を築かれ、それがためにシスルトン様はほどなく実業界における功を称えられ貴族に列せられあそばされたのでございます。コーコラン様がこの問題をよくよくご覧あそばされれば、シスルトン様のように、どんな時にも道はある、と、いうことにお気づきあそばされるのではなかろうかと、拝察いたすところでございます。ウォープル様おん自ら、この難局の打開策をご示唆なさっておいででいらっしゃいました。勢いのあまり、ウォープル様はこちらの肖像画を新聞のコミック欄からの切り抜きとご比較あそばされました。これはきわめて有用なご示唆であろうかと、思料いたすところでございます、ご主人様。

コーコラン様のご肖像画は、お一人息子様のお似顔絵といたしましては、ウォープル様をお喜ばせいたすものではないとは存じますが、しかしながら、編集者の皆様方は、これを一連のシリーズ漫画の基礎となる滑稽なキャラクターとして、喜んでお迎えになられるであろうということに疑問の余地はございません。コーコラン様に僭越ながらご提案申し上げることをお許しいただけますならば、あなた様のご才能はユーモアの分野におありであると、わたくしは常々思いいたして参りました。この絵には、何かがございます——骨太で、力強い何かが——それが注目をわしづかみにして止まないのでございます。これが大衆の人気を集めることは間違いなしと、確信をいたすところでございます」

コーキーはギラギラした目でその絵を見、口から乾いた、息を吸うみたいな音をだした。完全に神経を昂《たか》ぶらせた様子だった。

そして突然奴は、狂おしいほどに、激しく笑い出した。

「コーキー、心の友よ」僕は奴を優しくなでさすってやりながら言った。この哀れな男がヒステリーを起こしたのだと心配したのだ。

奴は部屋じゅうを、ぐるぐる歩き回りだした。

「彼の言うとおりだ！　完全にこの男の言うとおりだよ！　ジーヴス、君は僕の命の恩人だ。一世一代のものすごいアイディアだぞ！　月曜の朝会社に出勤しろだって！　事業のどん底からたたき上げろだって！　商売だ事業だなんて、今に丸ごと買ってやるさ。サンデー・スター紙のコミック欄を担当してる男を知ってるんだ。のどから手を出してこいつを欲しがるぞ。面白いシリーズを引き当てるのがどんなに大変かって話を、ちょっと前に奴から聞いたばっかりなんだ。これほどのすぐれもののためとあっちゃあ、いくら出せったって奴は支払うはずだ。金脈を掘り当てたんだ。帽子はどこだ？　これで一生安泰だ！　あのいまいましい帽子のやつはどこへいった？　五ドル貸してくれ、バーティー。パーク・ロウまでタクシーを飛ばしたいんだ！」

ジーヴスは慈父のごとく笑った。というか、彼の口唇部周辺筋肉に慈父のごとき痙攣《けいれん》が走った。これが彼としては最大限、笑いに近似した動作なのだ。

「わたくしにご提案をお許しいただけますれば、コーコラン様――あなた様が念頭に置かれておいでのシリーズのタイトルは、かようになさるのがよろしいかと存じます。すなわち、『デブッチョ赤ちゃん大冒険』と」

コーキーと僕はその絵を見、それから畏怖《いふ》の念でもって互いに顔を見合わせた。ジーヴスの言うとおりだ。他のタイトルはあり得ない。

「ジーヴス」僕は言った。それから数週間が過ぎ、僕はたった今、サンデー・スター紙のコミック欄を読了したところだった。「僕は楽観主義者だ。いつだってそうだ。年をとればとるほど、シェークスピアや詩人の何とかさんの言葉が真実だって確信をますます強めるんだ。つまり、夜明け前が一番暗いし、何にだって前途の光明はあるんだし、ブランコの上でなくしたものはすべり台の上でとり返せるってことだ。例えばコーコラン氏を見よだ。眉毛の上までしっかりスープに浸かってた男がだ、どこから見たって完全に首の後ろをぶん殴られていた男がだ。今どうかをさあ見てみろだ。ところで今日の漫画は見たかい？」

「勝手ながらお手許にお運びする前に拝見させていただきました、ご主人様。きわめて愉快でございました」

「たいしたヒットを飛ばしたもんだな、まったく」

「かような次第と予想をいたしておりました、ご主人様」

僕は枕に背を預けもたれかかった。

「わかってるだろう、ジーヴス。君は天才だ。少しくらいは手数料をもらっておくべきだぞ」

「その件に関しましては、何ら苦情を申し上げるべき点はございません、ご主人様。コーコラン様はきわめてお気前のおよろしいお方でございます。茶色のスーツをご用意いたしました、ご主人様」

「だめだ。僕は細い赤縞のはいった紺のを着るつもりだったんだ」

「細い赤縞入りの紺は駄目でございます、ご主人様」

「だけどあれを着ようと思ってたんだ」

「細い赤縞入りの紺は駄目でございます、ご主人様」

「ああ、わかった。君の好きにしてくれ」

「かしこまりました、ご主人様。有難うございます」

3．ジーヴスと招かれざる客

確信はないのだが、あれはシェークスピアだったと思う——それとも、別のおんなじように頭のいい誰かだったか——人が物事全般について、とりわけ意気軒昂でいるまさにその時に、いつだって運命は鉄パイプを握って後ろからこっそり忍び寄って来るものだ、と言ったのは。僕が言いたいのは、実にまったくその通りだ、ということだ。たとえば、レディー・マルヴァーンとその息子ウィルモットの事件を例にとろう。そいつは僕が今まで巻き込まれた中でも一番いやな事件のひとつだった。それで奴らが僕の人生に立ち入ってくるつい一瞬前まで、すべてが何とうまく行っていることかと、僕は考えていたのだ。

それはまだ僕がニューヨークにいた時の話で、ニューヨークが一年中で一番光輝く季節の頃のことだった。実にまったく最高の朝で、僕は冷たいシャワーを浴びて出てきたたばかりの百万ドルの気分だった。実を言うと、僕が上機嫌だったのは、その前日僕はジーヴスに対して自己を主張し——完全に自己を主張し——己《おの》が言い分を通し切ったからなのだ。おわかりいただけよう。このところ、僕はたいへんな勢いで農奴《のうど》の身分に貶《おとし》められそうな有様だったのだ。あの男はそれはひどいこと僕を抑圧していた。新しいスーツを一着あきらめさせられたことについてはまだ我慢ができる。スーツに関するジーヴスの判断は健全で、全幅の信頼が置けるからだ。

だが、僕が兄弟のように愛してやまない布製のブーツを彼が履かせてくれなかった時、僕はもうちょっとで謀反を起こすところだった。そして、帽子のことで彼が僕をイモムシのごとく扱った時、とうとう僕はウースター家の両足を踏みしめて立ち上がり、揺るぎないやり方でもって、誰がボスかをわきまえさせてやったのだ。


長い話になるし、この一件に詳しく立ち入る時間はない。とはいえことの核心は、彼が僕にホワイトハウス・ワンダー――クーリッジ大統領がかぶっているようなやつだ――をかぶらせようとし、僕はずっと若者向けのブロードウェイ・スペシャルにしようと心に決めていた、ということだ。それで結局、胸痛むシーンの後、僕はブロードウェイ・スペシャルを買ったのだった。この朝の状況はそういう具合だったわけで、僕はひどく男らしく、自立した人間になった気分だった。


浴室で、硬いタオルで背中をごしごしやりながら僕はちょっと歌を歌い、朝食は何だろうなと考えていた。その時ドアをコツコツ叩く音がした。僕は歌うのをやめ、ドアをほんの少し開けた。

「なんだい、ホーだ、何の用だ！」僕は言った。

「レディー・マルヴァーン様がお越しでございます、ご主人様」

「はあ？」

「レディー・マルヴァーン様でございます、ご主人様。居間でお待ちでいらっしゃいます」

「しっかりしてくれ、ジーヴス、なあいいか」僕はやや厳しい調子で言った。「僕は朝食前にプラクティカル・ジョークは禁止しているはずだ。居間に僕を待ってる人なんてモノが、いるわけがないじゃないか。君には完全にわかってるはずだろうが。まだ十時にもならない時間に、そんなことが起こるわけがないじゃないか？」

「わたくしがレディー・マルヴァーン様からお伺いいたしましたところでは、今朝方早く旅客船にてご到着あそばされたとの由にございます」

それで話は俄然信憑性を帯びてきた。僕が一年前にアメリカに着いた時、六時かそこらのとんでもない時間に入国手続きが始まり、異国の港に放り出されたのはまだ八時よりだいぶ前のことだった。

「いったいレディー・マルヴァーンってのは何者なんだ、ジーヴス？」

「わたくしにはお明かしいただけませんでした、ご主人様」

「一人きりか？」

「いいえ、レディー・マルヴァーン様はパーショア卿とご同道でいらっしゃいます、ご主人様。パーショア卿はレディー・マルヴァーン様のご子息であらせられるものと拝察をいたします」

「ああ、そうか。何か立派な衣服を出してくれ、服を着よう」

「混ぜ色織りの室内着をご用意いたしております」

「じゃあそれを頼む」

着衣の最中も、僕は一体全体レディー・マルヴァーンってのは何者なんだろうかと、考え続けていた。シャツのボタンを下から留めてきて、一番上の飾りボタンに手を掛けたとき、ようやく思い出した。

「誰だかわかったぞ、ジーヴス。アガサ伯母さんの友達だ」

「さようでございますか、ご主人様？」

「そうだ。ロンドンを発つ前に日曜の昼食の席で顔を合わせたんだ。きわめて性質《たち》の悪い標本だぞ。本を書いてる。インド提督に謁見して帰ってきて、インドの社会状況について本を書いたんだ」

「さようでございますか、ご主人様。失礼でございますが、そのネクタイは駄目でございます」

「え？」

「混ぜ色織の室内着に、そのネクタイは駄目でございます、ご主人様」

ショックだった。僕はこの男を鎮圧してやったつもりでいたのだ。厳粛な沈黙があった。つまりだ、ここで今、弱腰になったら、昨夜僕が成し遂げた功績が無に帰してしまうことになる。僕は対決する覚悟を決めた。

「このネクタイのどこがいけないんだ？　君は前にもこいつをいやな目で見たときがあったな？　男らしくはっきり言うんだ！　これのどこが悪いんだ！」

「過分に装飾的でございます、ご主人様」

「ナンセンスだ！　陽気なピンクだ。それだけじゃないか」

「不適切でございます」

「ジーヴス、このネクタイを僕は締める！」

「かしこまりました、ご主人様」

まったくもって不愉快だ。この男が傷ついているのはわかった。だが僕は一歩も退《ひ》かなかった。僕はそのネクタイを締め、上着とウェストコートを着て、居間に入っていった。

「ハロー、アロアロー！」僕は言った。「さてと？」

「あら、ごきげんよう、ウースターさん。あたくしの息子のウィルモットにお会いになったことはなかったわね？　モッティーちゃん、こちらがウースターさんよ」

レディー・マルヴァーンは、はしゃいで上機嫌で健康的で、人を圧倒する力をもったいまいましい種類の女性だった。背はそれほど高くないが、向かって左手から右手までさし渡しが一八三センチくらいあり、それでもって背の分の埋め合わせはつけている。うちで一番大きな肘掛け椅子に、今シーズンはきつめの肘掛け椅子を腰バキするのが流行、と承知してる誰かがあつらえて拵えてくれたみたいに、ぴっちり収まっている。明るく光る、とび出した目をして、毛髪は黄色くて豊富だ。彼女がしゃべると、口から前歯が五十七本くらいのぞいて見えた。彼女は男性の身体精神機能を麻痺させる類いの女性だ。僕がまるで十歳の子供で、日曜日の礼服に着替えさせられて居間にごきげんようを言わされに連れてこられたところだ、みたいな気分にさせてくれた。全面的全体的絶対的に、朝食前に我が家の居間に見出したいと思うようなシロモノではない。

息子のモッティーは、二十三歳くらいだろうか。背は高くやせていて、意気地のなさそうな顔をした男だ。母親と同じ黄色い髪の持ち主だが、そいつをぺったりなで付けて真ん中分けにしている。母親と同じくとび出した目をしているが、そこに光はない。目のフチはピンクで、瞳はどんよりした灰色だ。あごをだらんと半びらきに落としたまま、閉じようとする気配もない。まつ毛は一本もないようだ。要するに、おとなしくて人の顔色をうかがっている、ヒツジみたいな奴だ。

「お目にかかれてすごく嬉しいです」僕は言った。とはいえ、これはまるきり真実ではない。というのは、すでにして僕は、遠からず何だか嫌なことが起こるような気がしていたからだ。「それでお二人でこっちにいらっしゃったわけですね？　アメリカには長くご滞在されるおつもりですか？」

「一月ほどよ。あなたの伯母様がここの住所を教えてくださって、あなたをぜひ必ず訪問するようにっておっしゃってくだすったの」

そう聞いて嬉しかった。つまり、アガサ伯母さんも少しは角《かど》が取れてきたということになるではないか。前にお話ししたと思うが、伯母さんと僕との間にはちょっとした不快事があったのだ。従兄弟《いとこ》のガッシーがミュージック・ホールの舞台に立っている女の子の魔手に引っかかるのを阻止せんがため、彼女が僕をニューヨークに送りつけた例の一件に起因するやつだ。僕が作戦終了するまでに、ガッシーはその女の子と結婚したのみならず、本人までミュージック・ホールに出演してうまいことやるようになってしまった、と言ったら、伯母と甥との関係にいささか緊張が生じたと言っても、ご理解をいただけようかと思う。

僕は帰国して彼女と顔を合わせる気に、どうしてもなれないでいたわけだから、時が傷を癒してくれて、彼女が自分の友達に僕を訪ねろなんて言えるほどになったと知ってほっと安堵した。つまり、僕はアメリカがとても好きだが、一生このままイギリス入国を禁じられて暮らすのは御免こうむりたい。また、信じていただきたいのだが、アガサ伯母さんが戦闘モードに入っているとき、いっしょに住み暮らすにはイギリスという国はまるきり狭すぎるのだ。そういうわけで、この言葉を聞いて僕は喜び、この人たちに愛想よく笑いかけたのだった。

「あなたの伯母様は、あなたができる限り力になってくれるから、って言ってくだすったわ」

「ええ、そりゃもちろん、絶対的にですよ」

「本当に有難いわ。それであなたにはね、うちのモッティーちゃんのことをちょっとの間面倒見てもらいたいのよ」

僕は一瞬何のことかわからなかった。

「面倒を見るって、僕のクラブに推薦するってことですか？」

「ちがうわよ。うちのかわいいモッティーちゃんは基本的に室内派なの。ねえ、そうでしょモッティーちゃん？」

ステッキの握りをちゅうちゅう吸っていたモッティーは、口からぽんとそいつをとり出した。

「はい、お母さん」奴は言って、また握りを口にねじ込んだ。

「この子にクラブになんか入ってもらいたくはないわ。ここで面倒見て欲しいってことなの。あたくしが出かけてる間、ここにこの子を住まわせてやって頂きたいのよ」

こんなおそろしい言葉が、彼女の口から蜜のようにとろとろと流れ出てきた。この女性には、自分の提案の恐ろしさが単純にわかっていないようだ。僕はモッティーに向かいすばやく東西に目を走らせた。奴は座ってステッキに顔を擦りつけながら、壁を見て目をしばたかせている。こいつを無期限で僕のところに入植させてやるだなんて、思っただけで僕はぞっとした。絶対的にぞっとした。おわかりいただけよう。何が何でもだめだ引き受けられない、モッティーが僕のささやかな家庭にぬくぬくと潜り込もうとしたらその瞬間に警官を呼ぶぞ、と僕が言おうとしたまさにその時、彼女は穏やかに僕を制圧したのだった。こんな具合にだ。

彼女の話し方には何か人の意志の力を搾《しぼ》りとるようなところがあった。

「正午の汽車でニューヨークを発ちますの。シンシン刑務所を参観しないといけないのよ。あたくしはアメリカにおける刑務所の状況にきわめて深い関心を持っておりますの。そのあとゆっくり順々に興味深い場所を訪ねていきますのよ。おわかりいただけたかしら、ウースターさん。あたくしがアメリカに来ているのは第一に仕事のためなんですの。あたくしの本『インド及びインド人』はもちろん読んでくださったわね？　版元がアメリカ合衆国について姉妹編を書くようにってしきりに言ってよこすのよ。社交シーズンには帰らなきゃいけないんでこの国には一月しかいられないんだけど、まあ一月もあれば十分だわ。インドには一月もいないで書いたんだし、あたくしの大事なお友達のサー・ロジャー・クレモーンさんは、『内側から見たアメリカ』を二週間いただけで書いたんだから。モッティーを連れて行きたいのは山々なんだけど、この子ったらかわいそうに、汽車に乗るとひどく酔っちゃうのよ。帰りには連れに戻りますからね」

僕が座っている場所から、食堂にいるジーヴスの姿が見えた。朝食のテーブルの支度をしている。彼と二人っきりで話す時間をとりたかった。彼ならこの女性にストップを掛ける方法を何か考えついてくれるにちがいないからだ。

「あなたのところでモッティーが安全に過ごせると思うと、本当に安心だわ、ウースターさん。大都市の誘惑がどんなものだか、あたくしはわきまえてますからね。これまでかわいいモッティーちゃんは、そういうものからはしっかり保護されてきているんですの。あたくしといっしょに田舎でずっと静かに暮らしてきたのよ。坊やの面倒をちゃんと見てやってくださいな、ウースターさん。ご迷惑はかけないはずよ」彼女はまるで、この哀れな男がそこにいないみたいな言い方で話をした。といってモッティーが嫌そうな顔をしていたというのではない。奴はステッキの柄を嚙むのをやめ、口をあけて座っていた。「この子はベジタリアンで絶対禁酒主義者で本ばかり読んでますのよ。いいご本をあげておけばそれで幸せなんですわ」彼女は立ち上がった。「それじゃあ感謝いたしますわ、ウースターさん。あなたのご助力がなければどうしようもなかったって思いますの。いらっしゃいな、モッティー。汽車が出るまでに、少しは見学して回る時間があるわ。だけどニューヨーク情報については、あなたにお願いしなきゃいけなくなると思うのよ、ねえ坊や。目をしっかりあけて見て、感想をちゃんとノートにとってね。お願いだわよ。さよなら、ウースターさん。お昼過ぎたらすぐにモッティーをこちらにやりますわ」

彼らは行ってしまった。僕はジーヴスを呼んでわめきたてた。

「ジーヴス！」

「はい、ご主人様」

「どうしたらいい？　全部聞いたろ、聞いてたろうが？　君はずっと食堂にいたんだ。あの疫病神がここに滞在するんだ」

「疫病神とおおせられますと、ご主人様？」

「余計者だ」

「何とおおせられましたか、ご主人様？」

僕は鋭くジーヴスを見た。彼らしくない。そして僕は理解した。この男はネクタイのことで本当に怒っているのだ。それで意趣返しをしてやろうとしているのだ。

「パーショア卿が今晩からご宿泊になられるんだ、ジーヴス」僕は冷たく言った。

「かしこまりました、ご主人様。ご朝食の用意ができております」

僕はベーコン・アンド・エッグスに顔をうずめて泣きたかった。ジーヴスから何の同情も得られなかったことで、とどめを刺されたのだ。一瞬、僕はすっかり衰弱しきって、あの帽子とネクタイがそんなに嫌なら廃棄してくれと、もう少しで彼に言ってしまうところだった。だが僕は気をとり直した。ジーヴスに僕を独房で鎖につながれてる囚人みたいに扱うのを許したら、僕は破滅だ。

しかし、ジーヴスのことでくよくよしたり、モッティーのことでくよくよしたりして、僕はきわめて意気阻喪した心境に陥っていた。この状況を検討すればするほど、僕の心は暗くふさいだ。僕にできることは何もなかった。もしモッティーを放り出したら、奴は母親に言いつけるだろうし、そしたら彼女はアガサ伯母さんに言いつけるだろう。それからどうなるかは、考えたくない。遅かれ早かれ、いずれはイギリスに帰りたくなる日が来る。着いてみたら、アガサ伯母さんがなめしたウナギの皮の鞭を持って埠頭で待ち構えていた、なんてことになってもらいたくはない。我慢して何とかやり過ごすほかに、絶対的にどうしようもないのだ。

正午ごろ、モッティーの荷物が届いた。それからまもなく良書と思われる巨大な小包も到着した。そいつを見て僕の気分はちょっと明るくなった。これだけ巨大な小包があれば、奴を一年かそこら忙しくしておくには十分なように思えたからだ。僕は少しだけ陽気な気分になって、ブロードウェイ・スペシャルを取り出して頭に載せ、ピンクのネクタイを結んでみて、それで一、二人の友達と昼飯にしようと近間にくり出した。最高の食事と気晴らしの大酒と愉快なおしゃべりやら何やらのおかげで、その日の午後はすっかり幸せに過ぎていった。夕食の時間までに、僕はモッティーの存在のことなどほとんど忘れてしまったくらいだ。

僕はクラブで食事をして、それからショーをのぞいた。フラットに着いた時にはずいぶん遅い時間になっていた。モッティーの気配はなく、奴はもう寝たのだと僕は思った。

とはいえ、良書の小包が相変わらずひもと紙のかかったまま置きっぱなしなのはおかしなことだと僕は思った。モッティーは駅でママを見送った後、本日はこれでおしまいということにしたのだろうか。

ジーヴスが夜のウィスキー・アンド・ソーダを持って入ってきた。彼の様子から、まだ怒っているのがわかった。

「パーショア卿はもう寝たのか、ジーヴス？」抑制された尊大さでもって僕は訊いた。

「いいえ、ご主人様。閣下はまだお戻りあそばされません」

「戻らない？　どういう意味だ？」

「閣下は六時半過ぎにお越しになられ、お着替えあそばされた後、再びおでかけになられました」

このとき玄関ドアの外で物音がした。ガリガリいうような音だ。誰かが前足でこじ開けようと、木の扉をひっかいているみたいな具合だ。それからドサンというような音がした。

「行って何だか見てきたほうがいいな、ジーヴス」

「かしこまりました、ご主人様」

彼は行って、戻ってきた。

「こちらにお越しいただけますれば、ご搬入申し上げることが可能かと存じますが」

「搬入するだって？」

「閣下はマットの上で横におなりあそばされておいででいらっしゃいます、ご主人様」

僕は玄関ドアのところまで行った。この男の言ったとおりだった。モッティーが部屋の外の床の上で丸くなっている。ちょっと唸《うな》っていた。

「何かの発作に襲われたんだな」僕は言った。僕はもう一度奴を見た。

「ジーヴス！　誰かがこいつに肉を食べさせたんだ！」

「は、ご主人様？」

「こいつはベジタリアンなんだ、わかるだろう。ステーキか何かをもりもり食べちゃったんだな。急いで医者を呼ぶんだ！」

「さようなご心配はご無用かと存じます、ご主人様。閣下の脚のほうをお持ちいただけますれば、わたくしが……」

「なんだって、ジーヴス！　まさか君は――まさかこいつは――」

「さような次第と拝察申し上げます、ご主人様」

それで何とまったく、彼の言ったとおりだったのだ！　そうとわかれば間違えようはない。モッティーはべろべろだった。完全に酔っ払っていたのだ。

これはまたえらいショックだった。

「わからないものだな、ジーヴス！」

「まことにさようと存じます、ご主人様」

「権威の目なかりせば、人はいずこに赴《おもむ》かん、だ」

「おおせのとおりと存じます、ご主人様」

「我がさすらいの愛息は今宵はいずこへ、とかそんなふうなことだな、どうだ？」

「さようと拝察いたします、ご主人様」

「うーん、じゃあ奴を運び入れるとするか、な？」

「はい、ご主人様」

そういうわけで、僕らは奴を引きずり入れ、ジーヴスが奴をベッドに寝かした。それで僕はタバコに火を点け座って、この事態についてはじめから考え直した。僕には一種不吉な予感がしていた。

何だかものすごく大変な難局に足を踏み入れてしまったみたいな気分だった。

翌朝、物思いに沈みつつ一杯の紅茶を飲んだ後で、僕はモッティーの部屋に調査に赴いた。廃人様の有様を期待していた僕は、しかしベッドに身を起こし、きわめて上機嫌で『ピリッとする話』を読んでいる奴の姿をそこに見出したのだった。

「ヤッホー!」僕は言った。

「ヤッホー!」モッティーは言った。

「ヤッホー、ヤッホー!」

「ヤッホー、ヤッホー、ヤッホー!」

このあと会話を続けるのはなかなか困難なことだと思われた。

「今朝の気分はどうだい?」僕は訊いてみた。

「最高さ!」楽しげに、磊落《らいらく》な調子でモッティーが答えた。「なあ、あんたのあの執事——ジーヴスだったか——はすごいな。目が覚めたらとんでもなくひどい頭痛がしてたんだが、あいつが変な黒っぽい飲み物を持ってきてくれて、一発で回復だ。あの男の発明だって言うんだ。あいつとはもっと話をしなきゃいけないな。明らかに千に一人、万に一人って執事だ」

こいつが一日前に、座ってステッキをしゃぶってたのと同じ男だとは信じられなかった。

「昨日の晩、君は何かいけないもんを食ったんじゃないのか? ちがうかい?」僕は言った。その話題をもし避けたいならそうする機会を与えてやろうと思ったのだ。だが奴は断固そんなもんにはひっかからなかった。

「いいや!」奴はきっぱりと言った。「そんなことはない。飲み過ぎたのさ。断然飲み過ぎたのさ。

あまりにもあんまりにも飲み過ぎたのさ。それだけじゃないぞ。またやってやるんだ。毎晩やってやるんだ。もし万が一僕が素面《しらふ》なのを見たらさ、兄貴」ある種の宗教的昂揚をもって、奴は言った。「僕の肩を叩いて、こう言ってくれ。〈チッ、チッ！〉ってさ。そしたら僕は詫びを言ってすぐに至らない点を改善するから」

「だけどさ、わかってるだろうが。僕はどうなるんだ？」

「あんたがどうなるっていうのさ？」

「うーん、僕は、いわゆる、まあなんと言うか、君に関する責任を負ってるんだ。つまりどういうことかって言うと、君がそういうことをしてくれると、僕はスープに浸かる破目になるんだな」

「悪いけどあんたが大変なのは、どうもしてやれないな」モッティーはきっぱりと言った。「聞いてくれよ兄貴。これは僕が生まれてはじめてつかんだ、大都市の誘惑に身をまかせる本当のチャンスなんだ。もし身をまかせないんなら、大都会の誘惑に何の意味がある？　大都会の方だって、がっかりさせちゃあ悪いってもんじゃないか。それだけじゃない。ママは僕に目をあけてよく見て感想を集めなさいって言ったんだぞ」

僕はベッドの端に腰を掛けた。頭がくらくらした。

「あんたがどう思ってるかはよくわかるんだけどさ、兄貴」モッティーが慰めるみたいに言った。「それにもし僕の原理原則が許すなら、あんたのために大人しくなってやるんだけどさ。だけど義務が先だ！　今回生まれてはじめて僕は一人で外に出たんだ。最大限に活用させてもらうつもりさ。若い時は一度だけなんだ。人生の夜明けをなぜに邪魔だてする？　若者よ、青春を祝福せよ！　トゥラララ！　ヤッホー！だ」

そう言われてみると、まことにじゅうじゅうごもっともだ。

「僕は今までの全生涯をさ、兄貴」モッティーは続けた。「シュロップシャーのマッチ・ミドルフォードにある先祖代々の家に閉じ込められて暮らしてきたんだ。あんただってマッチ・ミドルフォードに閉じ込められて暮らしてみなきゃ、閉じ込められるってのがどういうもんだかなんてわかりゃしないさ。今まで僕らが喜んで騒いだことっていったら、少年聖歌隊の子が礼拝中にチョコレートをなめて捕まったのが一度あったきりなんだぜ。あの時僕らはそりゃあ何日も何日も、いつまでもその話をしたもんだった。ニューヨークに一カ月いられるんだ。僕は冬の夜長のための楽しい思い出を、少しばかり貯め込んでやるつもりでいる。これは僕が昔話を集められるたった一度のチャンスなんだ。僕はやるつもりさ。それで教えてくれないか、兄貴。一対一の話だ。どうやったらあの素敵なジーヴスって男を呼び出せるんだい？　僕は濃いブランデー・アンド・ソーダの問題について、彼とじっくり語り合いたいんだけどさ」

おわかりいただけるだろうか。僕としては、モッティーにしっかりくっついていっしょに出かけることにすれば、ちょっとは陽気さに歯どめをかける役目ができるのではないかと思ったのだ。つまりこういうことだ。奴がパーティーの華たらんとしているときに、僕の非難するようなまなざしを捉えれば、ちょっとはバカ騒ぎに手加減しようと思うのではないか。そういうわけで翌晩僕は奴を夕食に連れ出した。これが最初で最後の二人でする外出になった。僕は全生涯をロンドンで過ごしてきた、もの静かで平穏を愛する男だ。こういう田舎の方から出てきた利口なスポーツマンのペースには、とてもついて行けない。つまりどういうことかというと、僕はまともな娯楽の類いには大賛成だが、半熟卵を換気扇に投げつけるようなのはちょっと度が過ぎるのではないかと思わざるを得ない。真っ当な浮かれ騒ぎ、歓楽の類いは大いに結構だが、静かに座って食事を味わいたいときに、テーブルに上って踊ってウェイターやら支配人やら会計係やらの間をひらりひらりと身をかわして逃げながら店じゅうをばく進するのには、僕は断固反対するものだ。

その晩何とかその場を辞して帰宅して以来というもの、今後金輪際モッティーと出かけたりはしないと僕は決心した。その後、一度だけ奴と深夜に遭遇したのは、いかにも怪しげなレストランのドアの前を通り過ぎたときで、そのとき僕は身をひるがえして、奴が空中を飛来して反対側の路上にどすんと着地するのをかわしたのだった。それで筋骨隆々といった男が、店の中から、陰気な満足を湛《たた》えた目でもって奴のことをじっとみつめていた。

ある意味、僕はこの男に同情せずにはいられない。奴に楽しめるのは四週間きりしかなく、それで十年分の仕事をやっつけようというのだ。奴が大忙しでいきたいと思ったとしても僕は驚かない。僕が奴の立場だったらやっぱり同じようにしただろう。しかし、それでもなお、少々あんまりだとの思いを僕は禁じ得なかった。レディー・マルヴァーンとアガサ伯母さんが背後に控えているとの思いがなければ、僕は寛大な笑顔でもってモッティーの性急なやりようを許したことだろう。だが僕は、遅かれ早かれいずれこっぴどくしかられる運命なのは僕だ、との思いを断ち切ることができなかった。こんな見通しをくよくよと胸に抱きつつフラットで聞き慣れた足音を待って眠れぬ夜を過ごし、そいつが到着するとベッドに搬送してやり、翌朝は病室に潜入してその廃人の骸《なきがら》をしみじみとながめ、などということを重ねているうちに、僕はだんだんと痩せ衰えてきた。正直に言うが、僕は完全に古《いにし》えの影のようにやつれはててきていた。突然の物音に驚いて飛び上がるとかなんとかそういうやつだ。

それでジーヴスから同情はなしだ。僕の胸にひどく堪えたのはこれだ。この男はまだ帽子とネクタイの件で怒っていて、それだから助けに来てくれないのだ。ある朝僕はあまりにも慰めが欲しくて、とうとうウースター家の誇りを地に貶《おと》め、この男に直訴したのだった。

「ジーヴス」僕は言った。「ちょっとあんまりなんだ」

「はい、ご主人様?」

「なんの話をしてるかわかるだろうが。あの男ときたらきまり正しく過ごしてきた幼年時代の原理原則を、まるごと放り出しちゃったんだ。まったくいまいましいったらないじゃないか!」

「はい、ご主人様」

「それで、僕が責められるんだ。そうじゃないか。僕のアガサ伯母さんがどんなだか、君にはわかってるだろうが」

「はい、ご主人様」

「それじゃあ、なんとかならないかなあ」

僕は一瞬待った。だが彼は折れてくれない。

「ジーヴス」僕は言った。「あいつと対抗するうまい手を、君は何かもってるんじゃないのか?」

「いいえ、ご主人様」

そして彼は私室にゆらめき消え去った。頑迷固陋《ころう》な悪魔だ! まったく馬鹿げた話ではないか。あのブロードウェイ・スペシャルは全然悪くないのだ。驚くほど素敵な傑作だし、みんながみんな褒《ほ》めてくれる。だが、彼がホワイト・ハウス・ワンダーの方がいいと思うばっかりに、彼は僕をぺしゃんこにして行ってしまうのだ。

それからまもなく、モッティー君は深夜に家に友達たちを連れ込んで、陽気なバカ騒ぎを続けることを思いついた。これで僕は極度の緊張から、すっかりだめになってしまった。おわかりいただけよう。僕の住む界隈はこの種のことにふさわしい土地柄ではない。ワシントン・スクウェア方面に行けば、午前二時から夜が始まるような連中がたくさんいる——芸術家とか作家とか、朝の牛乳が届くまで大いに浮かれ騒いでいるような連中だ。それはいいのだ。あっちの方ではああいうことが好きなのだ。頭の上で誰かがハワイアン・ダンスを踊っていなければ、あの辺の人たちは眠れないのだ。だが、五十七番街でそういう雰囲気はよくない。朝の三時にモッティーが気のいい仲間を寄せ集めてやって来て、カレッジ・ソングを歌い終わったと思ったら、揃って「オールド・オークン・バケット」を歌いだしたとき、フラットの初期入植者たちの間にはいちじるしい不快の念が喚起されたのだった。管理人から朝食時にかかってきた電話は、きわめて冷淡な調子で、なだめるのにだいぶ手間がいった。

翌晩、モッティーに会う可能性が皆無《かいむ》に見えたという理由で選んだレストランで、さびしいディナーを終えた僕は早くに帰宅した。居間はとても暗かったので、僕は明かりをつけようとスイッチを手探りしていた。と、一瞬何かが爆発し、僕のズボンの裾《すそ》を何か首輪をした生き物がつかんだ。モッティーと暮らしてひどく衰弱していた僕は、こんなことにもう対応できなかった。僕は後ろに跳び下がってひときわ高く苦悶《くもん》の叫びを放ち、ころがるようにホールに走り出ると、いったい何事かと私室から出てきたジーヴスと鉢合わせした。

「お呼びでございますか、ご主人様?」

「ジーヴス！　あそこに何かいて足をつかんでくるんだ！」

「それはロロでございましょう、ご主人様」

「はあ？」

「あれがおりますことをお知らせいたしておくべきでございました。しかしながらお帰りの物音が聞こえなかったものでございますから。あれの機嫌はまだ不安定でございます。まだこの家に慣れておりませんゆえ」

「いったいぜんたいロロっていうのは何ものなんだ？」

「閣下のブルテリアでございます、ご主人様。閣下は慈善くじであれをお引き当てになられまして、テーブルの脚に紐で繋いでおいでいらっしゃいます。お許しいただけますれば、部屋に入りまして明かりを点灯してまいりますが」

　いやまったくジーヴスほどの人物はいない。彼は震えもせずに居間にまっすぐ歩き入った。獅子の巣穴に入ったダニエル〔『ダニエル記』六〕以来、最大の偉業だ。それだけではない。彼の磁力というか何とか言うやつだが、そいつのせいでそのいまいましい生き物は、脚をひっぱって彼の身体を拘束する代わりに、鎮静剤でも嗅がされたみたいにおとなしくなって、脚を上に向けて床上にごろんと寝そべってみせた。もしジーヴスがこいつの金持ちの伯父さんだったとしたって、これほど愛想よくはできなかったと思う。だがこいつは僕の存在を再び認めるや否や、たちまち興奮して、さっきの続きでまた僕を噛むことより他は何も考えられないような有様になったのだった。

「ロロはまだあなた様になついておりません、ご主人様」ジーヴスは言った。このいまいましい四足獣を賞賛するかのように見やっている。「素晴らしい番犬でございます」

「僕は番犬に自分の家から追い出されるのはいやだ」

「おおせのとおりでございます、ご主人様」

「うーん、僕はどうしたらいいんだ？」

「いずれこの動物も、あなた様を識別するようになりましょう。あなた様特有の臭いを嗅ぎ分けられるはずでございます」

「僕特有の臭いっていうのはどういう意味だ？　時がつれづれ流れ去るうちに、いつの日かあのいまいましい動物の奴がこの臭いは大丈夫だってわかってくれる日が来る、なんて希望を胸にもてあそびながら僕が玄関でじっとして暮らすつもりだなんていう印象は訂正してもらいたい」僕はしばらく考えた。「ジーヴス」

「はい、ご主人様」

「僕は出かけることにする――明日の朝、一番列車でだ。田舎のトッド氏のところに滞在するつもりだ」

「わたくしもお供申し上げた方がよろしゅうございましょうか？」

「いや、いい」

「かしこまりました、ご主人様」

「いつ戻るかはわからない。手紙は転送してくれ」

「はい、ご主人様」

実を言うと、僕は一週間もしないで戻ったのだった。僕が厄介になった友達のロッキー・トッドは変わった男で、ロング・アイランドの未開の荒野に一人ぼっちで暮らしていて、しかもそいつが好きなのだ。だが、その手のことは僕にはどうも、道いまだ遠しだ。ロッキーの奴はものすごくい奴だが、どんなところからでも何キロも遠い、森の中の奴のコテージで二、三日過ごした後、たとえモッティーが家屋内にいたとしたってニューヨークというところはずいぶんいい場所だなあというふうに思えてきてしまったのだった。ロングアイランドでは一日に四十八時間はある。コオロギの咆哮が轟《とどろ》いていて眠れない。酒場まで四キロ、夕刊を買うのに十キロも歩かないといけない。僕はロッキーの親切なもてなしに深く感謝し、この辺りに一日一本しかない汽車に乗った。それで夕飯時にはニューヨークに到着した。僕は懐かしき我がフラットにまっすぐ帰った。ジーヴスが私室から出てきた。僕はロロがいないか用心深く辺りを見まわした。

「あの犬はどこに行ったんだ、ジーヴス？　ちゃんと紐でつないであるか？」

「あの動物はもはやここにはおりません、ご主人様。閣下がポーターにやっておしまいになられ、ポーターはあれを売り払ってしまいました。あれにふくらはぎを噛まれてしまわれたもので、閣下はあれに悪感情を抱くようにおなりあそばされたのでございます」

こんな些細なニュースで、こんなにも喜んだことは今までなかったと思う。僕はロロの奴を誤解していたような気がした。あきらかに、もっとよくわかり合えれば、奴にはいいところもたくさんあったはずなのだ。

「そいつはいい！」僕は言った。「それでパーショア卿はうちにいるのか、ジーヴス？」

「いいえ、ご主人様」

「晩飯には帰ってくると思うか？」

「いいえ、ご主人様」

「奴はどこにいるんだ？」

「刑務所でございます」

「刑務所だって！」

「はい、ご主人様」

「刑務所ってのは、刑務所のことか？」

「はい、ご主人様」

僕は椅子にへたり込んだ。

「どうして？」僕は言った。

「警官に暴行を働きました」

「パーショア卿が警官を暴行しただって！」

「はい、ご主人様」

僕はこの話をよくよく咀嚼《そしやく》してみた。

「だけどさ、ジーヴス！　こりゃあ恐ろしいことだぞ！」

「はい、ご主人様？」

「レディー・マルヴァーンがこの件を知ったら、一体なんて言うかだ」

「あのお方はお知りにはなられないものと拝察を申し上げます、ご主人様」

「だけど彼女は戻ってきて、奴はどこにいるか知りたがるだろうが」

「しかしながらご主人様、閣下の刑期はそれまでに満了いたすものと拝察をいたします」

「だけどしなかったらどうするんだ?」

「さような次第となりましたならば、些少のうそ偽りを用いるが賢明かと愚考いたすところでございます」

「どうやって?」

「ご提案をお許し願えますれば、あのお方には閣下はボストンにしばらくご滞在にお出かけあそばされたと申し上げるのがよろしいかと存じます」

「なんでボストンなんだい?」

「きわめて興味深い、ご立派な都市でございます、ご主人様」

「ジーヴス、これはうまい考えだぞ」

「さようと拝察いたします、ご主人様」

「そうさ、こんなうまいことはありゃあしない。こういうことがあって抑制してやるんじゃなきゃ、レディー・マルヴァーンが戻ってくるまでにモッティーの奴はサナトリウム行きだ」

「おおせのとおりでございます、ご主人様」

　こうしてみると、見れば見るほど、この刑務所作戦が健全なものに思われてきた。間違いない。刑務所こそまさしくモッティーへの唯一の処方箋だ。奴を止められるのはこれしかない。あの男には可哀そうなことだが、とはいえ結局僕は思うのだが、今の今まで全生涯をレディー・マルヴァーンとシュロップシャーのど真ん中の寒村で過ごしてきた男にとっては、刑務所だってそんなに文句をつけるような場所じゃないはずだ。要するに僕は絶対的に元気一杯になってきた。人生は再び詩人の何とかさんが言っていたあれだ――一曲の麗しき賛歌になった［キングズレイの詩「お別れ」］。それから数週間というもの、すべてはごく快適に、ごく平和に進んでゆき、正直言って僕はモッティーなどという人物が存在していたことすらほとんど忘れてしまっていたくらいだ。この構図の唯一の欠点は、ジーヴスが未だ苦悩に沈み、よそよそしい態度でいるところだ。彼が何か言ったとか何かしたとかいうのではない。だが彼の様子にはいつも何かしらおかしなところがあるのだ。一度、僕がピンクのネクタイをしめている最中に、鏡に映った彼の顔がちらりと見えたときがあった。彼の目には一種深い悲嘆の色があった。

やがてそれからレディー・マルヴァーンが帰ってきた。少しばかり予定より早くにだ。彼女が戻るまではまだまだあるものと思っていた。時の流れがいかに速いものか、僕は忘れていたのだ。ある朝、僕がまだベッドで紅茶を啜《すす》りながらあれやこれやと思いを巡らせている時に、彼女はやって来た。ジーヴスがただ今彼女を居間に解き放ったところだとの声明とともに、部屋にさざめき入ってきた。僕は二、三の衣服を身にまとい、居間に入った。

彼女はいた。同じ肘掛け椅子に、前回同様の質量感を湛《たた》えて。唯一違っていたのは、はじめて会った時とは異なり、彼女が歯をむき出してはいなかった点である。

「おはようございます」僕は言った。「お戻りになられたんですね?」

「戻りました」

彼女の口調は何だか冷え冷えとしていた。東の風を呑み込みでもしたみたいな感じだ。これはおそらく、彼女がまだ朝食を済ませていないという事実に起因するものだろうと僕は解釈した。ちょいとばかり朝ごはんを食べた後でないと、僕をして人類普遍の人気者たらしめている、あの陽気な晴朗さでもって世界を見られるようにはならない。卵を一、二個とコーヒーをカップに一杯呑み込んだ後でないと、僕という人間はまったき完成を遂げないのだ。

「まだご朝食はお済みじゃないですね？」

「朝食は済ませておりません」

「卵か何か召し上がりませんか？　ソーセージか何かはいかがです？　それとも何か？」

「いいえ、結構です」

まるで反ソーセージ協会か卵禁止連盟のメンバーか何かみたいな口ぶりだった。ちょっと沈黙があった。

「昨晩こちらに伺いましたの」彼女は言った。「でもお留守でしたわ」

「そりゃどうもすみません。ご旅行は快適でしたか？」

「ええとても、ありがとうございます」

「色々見てまわったんですか？　ナイアガラの滝、イエローストーン国立公園、それとあの素敵なグランドキャニオンとか何とか？」

「色々見てまいりましたわ」

またもやかき氷みたいに冷たい沈黙があった。ジーヴスが音もなく食堂にただよい現れ、朝食テーブルのしつらえをし始めた。

「モッティーはお邪魔ではなかったかしら、ウースターさん？」

彼女はいつになったらモッティーの話を始めるのだろうと思っていたところだったのだ。

「いや、全然！　いい友達ですよ。実に仲良くやってました」

「するといつもあの子のお相手をしてくださったんですのね？」

「絶対的にです。いつもいっしょでした。いろんな見どころを見てまわったんです。午前中はメトロポリタン美術館に行って、どこかいいベジタリアン・レストランで昼食にして、午後は聖楽会に行って、帰ってきて早めの夕食をとる、みたいな具合です。夕食の後はいつもドミノをやってました。それで早いうちにベッドに入ってぐっすり眠るってわけです。楽しい毎日でしたよ。彼がボストンに行っちゃって、僕は残念だなあ」

「あら、ウィルモットはボストンにいるんですの？」

「そうなんです。お知らせしとくべきでした。だけど貴女がどこにいらっしゃるか、僕らにはわからなかったわけだから。貴女はそこらじゅうをひょいひょい歩いてらっしゃったんでしょう、タシギみたいに――つまり何て言うか、そこらじゅうをひょいひょい歩いて回っていらっしゃったわけだから、僕らとしては連絡のしようがなかったんですよ。そうなんです。モッティーはボストンに行っちゃったんですよ」

「あなたはあの子が確かにボストンに行ったと思ってらっしゃるのね？」

「ええ、絶対にですよ」僕は声をあげてジーヴスを呼んだ。彼は隣室でフォークとか色々持ってガチャガチャやっているところだった。「ジーヴス、パーショア卿はボストンに出かける件について、気が変わったりはしてないよな、そうだな？」

「はい、ご主人様」

「そうだと思った。ええ、モッティーはボストンに行きました」

「それじゃあ、このことはどうご説明いただけるのかしら、ウースターさん？　あたくしの本の取材のために、昨日の午後ブラックウェル島刑務所に参観に伺いましたらね、あたくしそこで、可哀そうな、大事な大事なウィルモットを見かけましたの。縞々の上下を着て、石を積んだ山の横に、ハンマーを持って座り込んでましたわ」

僕は何か言うことを考えようとした。だが何にも出てこない。こんな突然のショックに対応するには、もっと額《ひたい》の広い男でないと間に合わない。僕は脳みそをキーキー音がするまでひねってみた。だがカラーと髪の分け目の間にわき起こるものは何にもありはしなかった。僕は口が利けなかった。それでよかったのだ。というのは僕の身体組織から軽口をたたき出す機会はまるでなかったからだ。レディー・マルヴァーンの独擅場だった。彼女は今の今までそいつを瓶詰めにしていて、今や猛烈な勢いでそいつを噴出させているのだった。

「それであなたはうちの可哀そうな、大事な坊やのお世話を、こんなふうにしてくださったってことですのね、ウースターさん！　あたくしの信頼をこんなふうに踏みにじっておしまいになって！　あたくしがあの子をあなたにお任せしたのは、あなたがあの子を悪から守ってくださるって信頼すればこそですわ。あの子はここに無垢のまま、世の中のことなどまるで知らないで、すべてを信頼して、大都会の誘惑にまるきり不慣れでやって来たんですの。それをあなたが堕落させたんですわ！」

僕は言うべき言葉を持たなかった。僕に考えられることといったら、ただ、アガサ伯母さんがこの話を丸呑みにして、僕の帰りを待ちかまえて手斧の刃を研いでいる絵柄だけだった。

「あなたは意図的に――」

霧の向こうのどこか遠いところから、柔らかな声がした。

「もしわたくしにご説明をおゆるしいただけますならば、奥様」

ジーヴスは食堂から顕現して、敷物の上で有形化した。レディー・マルヴァーンは目線の威力でもって彼を凍りつかせようとしたが、そんなものはジーヴスには効かない。彼は完全防目線加工済みなのだ。

「わたくしの拝見いたしますところでは、奥様、あなた様はウースター様を誤解しておいでですでいらっしゃいます。またウースター様は閣下が——ご移動を——なされた折、ご自身もニューヨークにおいでであったとのご印象をあなた様にお与えになられたご様子でございます。ウースター様があなた様に閣下がボストンにおでかけあそばされたとおおせられましたのは、わたくしが閣下のご行動についてお伝え申し上げた情報を信用なさってのことでございます。ウースター様はあの折、田舎のご友人をご訪問中であられ、あなた様がご情報をお知らせ下さいますまで、何もご存じではいらっしゃらなかったのでございます」

レディー・マルヴァーンは一種のうなり声を上げてよこした。それでもジーヴスは動じなかった。

「わたくしはウースター様が真実をお知りになられれば、必ずやご動揺あそばされるものと危惧いたしたのでございます。すなわちウースター様と閣下とは、きわめて強い愛情の絆で結ばれておいでであそばされましたし、それはそれは全身全霊を捧げて閣下のご面倒を見ておいでであらせられましたゆえ、わたくしが勝手をいたしまして、閣下はボストンをご訪問であらせられる旨、ご報告を申し上げたのでございます。ウースター様におかれましては、閣下が最善のご動機から、自ら進んで刑務所の志願囚とおなりあそばされたなどとはおよそ信じがたいことであろうかと拝察いたします。しかしながら、閣下をより深くご存じであられるあなた様であれば、容易にご理解をいただけるものと思料いたすところでございます」

「何ですって!」レディー・マルヴァーンは目をむいた。「あなたはパーショア卿が自ら進んで志願囚になったと言うの?」

「わたくしにご説明をお許し願えますれば、奥様、あなた様がお別れ際に言い残されたお言葉が閣下の胸に強いご印象を留めたものと管見をいたすものでございます。わたくしは閣下がしばしばウースター様に、あなた様のご指示にしたがって何ごとかをなされたい旨、そしてまたあなた様のアメリカに関するご著書の材料をお集めになられたい旨の、切実なるご要望をお話しあそばされるのを耳にいたしております。あなた様のおん為になしうることが、かくもわずかであると、閣下がしばしばきわめて深くお嘆きであられたことにつきましては、ウースター様にもご同意をいただけるものと拝察をいたします」

「まったくそのとおり! ほんとに悲しがってたよな!」僕は言った。

「この国の刑務所諸制度をご自分で――内側から――ご研究なさろうとのお考えは、ある晩突然に閣下の思いつかれるところとなりました。閣下はそれはそれは熱烈にそのご着想に固執なさっておいでていらっしゃいました。閣下をお引き止めする術《すべ》はございませんでした」

レディー・マルヴァーンはジーヴスを見、それから僕を見た。そしてまたジーヴスを見た。彼女が心の葛藤と戦っているのが見てとれた。

「確かに、奥様」ジーヴスは言った。「閣下のようなご性格の紳士におかれましては、ご自分の意志で刑務所に行かれたと考える方が、逮捕を招くような何らかの違法行為を犯されたと考えるよりも、より理に適ってはおりませんでしょうか?」

レディー・マルヴァーンは目をしばたかせた。そして立ち上がった。

「ウースターさん」彼女は言った。「謝罪いたします。あたくしはあなたに不正をいたしましたわ。

もっともっとウィルモットのことをわかってやっているべきでした。あの子の純粋で、高潔なる精神にもっと信頼を置いてやるべきでしたわ」

「そのとおりですとも！」僕は言った。


「ご朝食の用意ができております、ご主人様」ジーヴスが言った。

僕は座り、茫然自失の体《てい》でポーチト・エッグをいじくりつついていた。

「ジーヴス」僕は言った。「君はまったく命の恩人だ」

「ありがとうございます、ご主人様」

「僕があいつを奔放な生活に誘い込んだってアガサ伯母さんに信じ込ませないで済ますのは無理だったろうなって思うんだ」

「おおせのとおりと存じます、ご主人様」

僕は卵をちょっとつぶした。ジーヴスがこんなふうに僕を助けてくれたことに、猛烈に感動していた。たっぷりと褒美をしてやらねばならないと、何ものかが僕に語りかけてきた。一瞬僕は躊躇《ちゅうちょ》した。それから僕は意を決した。

「ジーヴス！」

「はい、ご主人様？」

「あのピンクのネクタイだが」

「はい、ご主人様？」

「燃やしてくれ」

「有難うございます、ご主人様」

「それと、ジーヴス」

「はい、ご主人様?」

「タクシーを呼んで、あのホワイトハウス・ワンダー、クーリッジ大統領がかぶっているようなやつだ、あいつを買って来てくれ」

「まことに有難うございます、ご主人様」

僕はものすごく意気軒昂な気分になっていた。すべての暗雲は消え去り、すべてはめでたく元の通りに戻ったと、僕は感じていた。小説の最終章で夫婦喧嘩をやめて、すべてを許し忘れることに決めた男みたいな気分に僕はなっていた。ジーヴスに感謝の思いを示すため、どんなことでもしてやりたい気持ちだった。

「ジーヴス」僕は言った。「まだ足りないな。他に何かして欲しいことはあるかい?」

「はい、ご主人様。もしよろしければ――五〇ドルほどを」

「五〇ドルだって?」

「それで債務の履行がなり、面目が保てましょう、ご主人様。わたくしは閣下に借りがございます」

「君はパーショア卿に五〇ドル借りがあるんだって?」

「はい、ご主人様。閣下が逮捕された晩、たまたまあの方に路上でお目にかかりました。あの方の生活様式を放棄させるべき最適の方法につきまして、わたくしは重ね重ね考えておりました。あの折、閣下は少々興奮の度合いが過ぎておいでになられ、わたくしをご友人のお一人と勘違いあそばされたのでございます。閣下が通りがかりの警察官の目を殴れないほうに五〇ドル賭けようと、まことに僭越ながらわたくしがもちかけましたところ、閣下は快くその賭けをお引き受けになられ、見事お勝ちあそばされたのでございました」

僕は札入れを取り出して、一〇〇ドル数えた。

「とってくれ、ジーヴス」僕は言った。「五〇ドルじゃ足りない。わかっているかなあ、ジーヴス。まったく、君は絶対的に比肩する者なき人物だ！」

「ご満足をいただけますよう、あい努めております、ご主人様」ジーヴスは言った。

4．ジーヴスとケチンボ公爵

ある朝あるとき、僕はベッドに起き上がってめざめの紅茶を啜《すす》り、ジーヴスが室内をすいすい歩き回りながらその日の衣服を用意してくれているのに目をやりながら、この男が僕の許を去ろうなんて気を起こしたらいったいどうしたらいいのだろうと思いを巡らしていた。ニューヨークにいるときはまだいいのだが、ロンドンにいるときの不安には恐ろしいものがある。悪人らによって彼を僕の許から奪い取ろうとするありとあらゆる卑劣な試みが数々なされたものだ。レジー・フォルジャンブの奴が僕が出している給金の倍額出そうともちかけたのは確かなことだ。アリステア・ビンガム＝リーヴスはズボンの折り目を横につけることで知られた執事を抱えているのだが、奴などは僕を訪問すると、ジーヴスのことをギラギラ光る、飢えた目で見つめては僕の心をひどくかき乱したものだった。いまいましい海賊め！

つまり要するにこういうことだ。ジーヴスはあまりにも有能なのだ。シャツに飾りボタンをくっつけるやり方一つ見ただけで、そいつは歴然だ。

あらゆる危難の際に、僕は完全に彼を頼りきってきた。それで彼が僕を失望させたことは絶対にない。それだけではない。誰であれ僕の友達がたまたま「ブイヨン」にひざまで浸かっているようなとき、彼は必ずや救いの手を伸ばしてくれるのだ。たとえばだ、ビッキーと奴のケチンボな伯父さんとの、ちょいとおかしな事件を例にとろう。

それは僕がアメリカに滞在して、何カ月か過ぎた頃の話だ。僕はある晩遅くフラットに戻った。ジーヴスが一日の終わりの飲み物を運んできて、僕にこう言った。

「今宵ビッカーステス様があなた様をご訪問あそばされました」

「ああ、そうか」僕は言った。

「二度でございます、ご主人様。いささかご動揺のご様子でいらっしゃいました」

「何だって？　困ってたのか？」

「さような印象でございました」

僕はウィスキーを啜った。ビッキーが困っているというのは残念な話だが、実を言うと僕としてはジーヴスと気軽に話せる話題があってちょっと喜んだくらいなのだ。というのは、ここしばらく僕たちの間には少しばかり緊張が走っており、個人的な問題として返ってきそうもない話題を選ぶのは困難になっていたのだ。つまりこういうことだ。いいか悪いかはわからない、が、僕は口ひげを生やそうと決心したのだ。これがジーヴスの気に入らなかった。彼にはどうしてもこれが許せなかった。そういうわけで以来僕はいまいましい否認の空気の中でずっと暮らしてきているわけで、もうずいぶんとうんざりしているところなのだ。つまり僕が言いたいのは、ある種の服装の問題についいて、ジーヴスの判断が絶対に健全で従わねばならないものだということはある。だからといって着る物に口を出すみたいに僕の顔にまで口を出すのはちょっとあんまりだ。僕を分別を欠いた男だと言う人はいないだろう。僕の愛するスーツやネクタイに対してジーヴスが反対投票をしてよこした時、多くの場合僕は仔ヒツジのようにおとなしく勝ちを譲ってきた。しかし、執事ふぜいが僕の唇の上に請求権を行使しようというとき、僕は古きよきブルドッグの胆力でもって、この悪党に堂々と挑戦してやるのだ。

「後ほどまたおいでになられるとおおせでいらっしゃいました」

「何かあったんだな、ジーヴス」

「はい、ご主人様」

僕は思慮深げに口ひげをひねった。ジーヴスは心深く傷ついた様子だった。それで僕はそいつはやめにした。

「新聞で拝読いたしましたが、ビッカーステス様の伯父上様がカルマンティック号にてご到着なされるとの由にございます」

「何だって?」

「チズウィック公爵閣下でございます、ご主人様」

ビッキーの伯父さんが公爵だとは初耳だった。おかしな話だ。人は自分の友達についていかにわずかしか知らないかということがだ。僕がビッキーにはじめて会ったのは、ワシントン・スクウェア辺りの一種の浮かれ騒ぎというかお祭り騒ぎというか、まあそういう場所でだった。ニューヨークに来て間もない頃のことだ。あの頃はちょっとホームシックが入り気味だったんだと思う。奴がイギリス人で、実はオックスフォードでいっしょだったのだと知って、僕はずいぶんとビッキーに親しみを覚えた。それだけではなく、奴は恐ろしくいい奴だったのだ。それでごく自然に僕ら二人はいっしょに出歩くようになった。ある時、芸術家とか彫刻家とかの連中がガヤガヤ騒いでいない時間に二人して静かに一杯やっていたら、奴はブルテリアが木の上のネコに吠え掛かる様をものすごい迫力でもって真似して見せてくれて、それでますます奴に対する僕の親愛の念は深まったのだった。それから僕らはすごく仲良しになったのだけど、僕が奴について知っていることといえば、奴がたいていたいてい金に困っているということと、月々の小遣いを送ってくれる伯父さんがいて、それで何とかなっているという話だけだった。

「チズウィック公爵が伯父さんだとすると、どうして奴には称号がないんだ？　どうして奴はなんとか卿とかじゃないんだろう？」

「ビッカーステス様は公爵閣下の今は亡きお妹御様のご子息であらせられます。お妹御様はコールドストリーム近衛連隊のロロ・ビッカーステス隊長とご結婚なされました」

ジーヴスは何でも知っている。

「ビッカーステス氏の父上も亡くなってるのか？」

「はい、ご主人様」

「金は遺したのか？」

「いいえ、ご主人様」

可哀そうなビッキーの奴がどうしていつもたいてい金に困っているのかわかってきた。ちょっと見の、省察力を欠いた傍観者には、伯父さんに公爵がいるだなんてすごくいいことに聞こえるだろう。だが、チズウィック御大《おんたい》の厄介なところは、おそろしく金持ちの年寄りで、ロンドンの半分と北の方に郡を五つぐらい所有しているくせに、イギリス一番の賢い消費者として悪名高いという点なのだ。彼はアメリカ人が言うところの固ゆでタマゴ、つまりガチガチのケチンボなのである。ビッキーの家族が何にも遺してくれていなくて、公爵の爺さんから引っ張り出せるものだけで暮らしているとすると、奴が貧乏なのもしょうがない。だがそれだけわかっても、どうして奴が僕を探し求めているかの説明にはならない。というのは、奴は人から絶対金を借りない男なのだ。友達をなくしたくないから、誰の厄介にもならないのが自分の主義なのだと奴は言っていた。

さてこの時、ドアの呼び鈴が鳴った。ジーヴスはそれに応えてたゆたい去って行った。

「はい、さようでございます。ウースター様はただ今お戻りになられました」彼が言うのが聞こえた。ビッキーがカナブンみたいに飛び込んできた。とても悲しげな様子だった。

「やあ、ビッキー」僕は言った。「ジーヴスが言ってたけど、何度も来てくれてたそうだな。困りごとはなんだい？　ビッキー」

「僕は穴に落っこちてるんだ、バーティー。お前の助言が欲しいんだ」

「話してくれよ、友達じゃないか」

「明日伯父貴がやってくるんだ、バーティー」

「ジーヴスがそう言ってた」

「チズウィック公爵なんだ、知ってるかい？」

「ジーヴスがそう言ってた」

ビッキーはちょっと驚いた様子だった。

「ジーヴスは何でも知ってるみたいだな」

「おかしな話だが、僕も今まさにそういうふうに思ってるんだ」

「うん、それじゃあ」ビッキーは憂鬱そうに言った。「僕が落っこちてる穴から助け出してくれる方法を知ってるといいんだがな」

「ビッカーステテス氏は穴に落っこちてるんだ、ジーヴス」僕は言った。「それで君に助けてもらいたいそうだ」

「かしこまりました、ご主人様」

ビッキーはちょっと不安げな顔をした。

「もちろんわかってるとは思うけどさ、バーティー、これはちょっと個人的な話だったりするんだな」

「心配は無用だ。ジーヴスがそんなことはとうに全部知ってるって賭けたっていいぞ。そうだろ、ジーヴス?」

「はい、ご主人様」

「そうか?」ビッキーはあわてた様子で言った。

「間違っておりましたらばご訂正くださいませ。しかしながらあなた様のお悩みとは、なぜにあなた様がコロラドではなくニューヨークにおられるのかという点について、いかように閣下にご説明申しあげるかという問題につき、策に窮しておられるという事実に起因するものではございますまいか?」

ビッキーは強風にゆすぶられたゼリーみたいにぶるぶる震えた。

「一体全体どうして君はそんなことを知ってるんだ?」

「イギリスを発つ前にたまたま閣下の執事と会う機会がございました。その者は閣下とあなた様がこの件についてお話し合いでいらっしゃるのを、図書室の前を通りすがる折にたまたま漏《も》れ聞いたと申しておりました」

　ビッキーはうつろな笑いを放った。

「うーん、誰も彼もがこの件について承知とあっちゃあ、秘密にしとく必要はないみたいだな。あの爺さんは僕を放り出したんだ。僕が能なしのアンポンタンだからって言ってさ。つまり僕がコロラドとかいう名前のとんでもない田舎に行って、農場だかランチだか何とかいったところで働いて、農業だか牧畜業だか何とかの修行をしてくるって条件で伯父貴は小遣いをくれるってことなんだ。僕にはちっとも面白い話じゃない。僕はウマに乗ったりウシを追ったりとか、そんなことをしなきゃならなくなるんだぞ。だけどそれはそれとしてさ、僕には小遣いがどうしてもいるんだよ」

「完璧にわかった、心の友よ」

「うん、それでニューヨークに着いてみたらさ、なかなか結構な場所だって思えたんだ。それでここに落ち着く方が真っ当な考えだって思ったわけさ。それで伯父貴に電報を打って、この街でいい仕事が見つかったからランチの件はやめにしたいって伝えたんだ。それで構わないって返事を伯父貴はよこしてさ、それで今までここにこうしてきたってわけなんだ。伯父貴は僕がここで何かにかして身を立ててるって思ってる。だけどまさか伯父貴がこっちにやってくるなんて思ってもみなかったんだ。一体全体僕はどうしたらいいんだろう?」

「ジーヴス」僕は言った。「一体全体ビッカーステス氏はどうしたらいいのかな?」

「それでさ」ビッキーは言った。「伯父貴から僕のところに泊まるって電信をもらったんだ。ホテル代をケチるつもりさ。僕は伯父貴に、こっちでずいぶん優雅にやってるって印象を与えてるんだ。僕の下宿になんか伯父貴を泊められやしないよ」

「何か考えはあるか、ジーヴス?」僕は言った。

「もし問題が困難きわまるものでないといたしましたならば、あなた様にはどこまでビッカーステス様にご助力をなさるご用意がおありでございましょうか?」

「もちろんお前のためにできることは何だってするよ、なあビッキー、心の友よ」

「それでしたらば、ご提案を申し上げます。ご主人様、あなた様がビッカーステス様に――」

「だめだ、絶対だめだ!」ビッキーがきっぱりと言った。「僕はお前にびた一文借りたことはないし、これからだって借りる気はない。僕はバカかもしれないけど、世の中の誰にも借りがないっていうのが自慢なんだ――そりゃもちろん商売人は別だけどさ」

「わたくしがご提案申し上げようといたしておりましたのは、あなた様がビッカーステス様にこのフラットをお貸しあそばされればよろしいということでございます。ビッカーステス様は閣下にこのフラットの所有者はご自分であるとのご印象をお与えになることができましょう。あなた様のお許しをいただけますならば、わたくしはあなた様ではなくビッカーステス様の雇用下にあるものとして振る舞いいたしましょう。あなた様は一時的にビッカーステス様のお客人としてこちらにご滞在中であられるということでよろしいかと存じます。閣下には予備の第二寝室をお使いいただきましょう。これにてご満足をいただけるものと拝察をいたします」

ビッキーはぐらぐら身体を揺するのをやめ、賛嘆のまなざしでジーヴスを見た。

「船上の公爵閣下には、電信にて住所の変更をお知らせすることといたしましょう。ビッカーステス様は桟橋にて閣下をお待ちあそばされ、直接こちらにお連れいただければよろしいかと存じます。これでよろしゅうございますか、ご主人様?」

「完璧だ」

「有難うございます、ご主人様」

ビッキーはドアが閉まるまで彼の姿を目で追っていた。

「彼にはどうしてこんなことができるんだ、バーティー？」ビッキーは言った。「僕の考えを教えてやる。頭の形に関係があるんだと思う。彼の頭に気がついたか、バーティー？　なあ心の友よ。後頭部がすごく突き出してるんだ！」


翌朝僕はとても早くにとび起きた。親爺《おやじ》さんが到着するときにその場にいあわせたかったからだ。僕は経験上、こういう旅客船が途轍もなくとんでもない時間に埠頭に到着するのを知っている。九時ちょっと過ぎには、僕は着替えを済ませ、朝のお茶を飲み終え、窓から身をのり出して路上を見下ろし、ビッキーと伯父さんの姿を探していた。陽気で平和な朝で、こんな時に男はちょっと人恋しい気分になったりするのだ。それで僕は人生全般について思いを巡らせたりしていたのだが、と、その時、路上でどえらい諍《いさか》いが進行中なのに気がついたのだった。タクシーが一台乗り付けてきて、山高帽をかぶった親爺さんが中から降りてきた。それでものすごい勢いで運賃に文句をつけている。僕が理解した限りでは、彼は運転手にニューヨーク値段からロンドン値段に切り替えるようにと言い張っていた。それで運転手の方はというと、あきらかにロンドンなんて所のことは一度も聞いたことがないらしいし、はじめて知ったがそれがどうした、という態度だった。親爺さんはロンドンならこのくらいの距離は一シリングで済むと言い、運転手は構わない気にするなと言っている。僕はジーヴスを呼んだ。

「公爵閣下のご到着だ、ジーヴス」

「はい、ご主人様」

「今、玄関にやってくるぞ」

ジーヴスは腕をぐいと伸ばして玄関ドアを開けた。すると御大《おんたい》がずるずる這い入ってきた。

「はじめまして」僕は言った。溌剌とした、お日様の光のような陽気さでだ。「甥御さんは港に貴方をお迎えに行ってるんですが、すれ違いになっちゃったんですね。僕の名前はウースターです。ご存じでしょうか。ビッキーの親友なんです。とまあそんなところです。ここに泊めてもらってるんですよ。お茶をあがりますか？ ジーヴス、お茶を一杯もって来てくれ」

チズウィック御大は肘掛け椅子に沈み込むと部屋を見回した。

「この豪勢なフラットは吾輩の甥のフランシスのものですかな？」

「そうですとも」

「恐ろしく高いでしょうな」

「もちろんだいぶしますよ。こっちでは何でも高いですからね」

彼はうなった。ジーヴスがお茶を持ってドアを透過してきた。チズウィック御大はそいつを一口飲んで身体組織の回復に努めたところで、うなずいた。

「まったく恐ろしい国ですな、ウースターさん！ 恐るべき国ですぞ。ほんのちょっとタクシーに乗っただけで八シリングだとは。なんたる不正か！」彼はもう一度部屋を見回した。魂を奪われたみたいだった。「このフラットに一体甥はいくら払っておると思われますかな、ウースターさん」

「月々二〇〇ドルくらいですかね」

「一月四〇ポンドですと！」

もうちょっと話にもっともらしさを付け加えてやらないと、この計画は失敗する破目になりそうだと僕は思いはじめていた。この親爺さんが何を考えてるか察しはついた。この羽振りのよさと、哀れなビッキーの奴について彼が知っていることとを考えあわせ、照合しているのだ。考えあわせねばならないことはずいぶん多いはずだ。この愛すべきビッキーという男、立派な人物だしブルテリアとネコの物まねをやらせたら絶対に右に出る奴はいないのだが、多くの点で、紳士物下着上下を着る生き物中いまだかつてない最大のマヌケとの令名を馳せているのだ。

「おかしな話に聞こえるかもしれませんが」僕は言った。「どういうことかって言いますとね、ニューヨークって所には人に元気を出させて、今までできるなんて想像もしてなかったようなスピードのひらめきを放たせてくれるところがあるんですよ。何ていうか、人を成長させてくれる街なんです。空気の中に何かあるんでしょう。おそらく貴方がご存じでいらした過去のビッキーは、バカみたいな男だったのかもしれません。ですが今はまるきり違うんですよ。恐ろしく有能な男です。実業界ではちょっとした偉いさんとして一目置かれてますよ」

「驚きましたぞ！　甥は何の事業をしておるのですかな、ウースターさん？」

「まあ、普通の事業ですよ。ロックフェラーとかああいう連中と同じような事業です」僕はドアの方に身を滑らせて行った。「ほんとに申し訳ないんですが僕は行かなきゃならないんです。ちょっと他所《よそ》で人にあう用事があるんで」

エレベーターを降りたところで、路上から転がり込んできたビッキーと出くわした。

「ハロー、バーティー。伯父貴に会えなかったんだ。こっちに来てるかなあ？」

「二階にいる。お茶を飲んでるよ」

「それでこの件をどう思ってるみたいだった？」

「完全にあっけにとられてるよ」

「痛快だな！　それじゃ行ってくるよ。プップー、バーティー。心の友よだ。また会おう」

「ピッピー、ビッキー。じゃあな」

奴はとっとと行ってしまった。陽気な笑いと心からの上機嫌に満ち満ちた様子だった。それで僕はというとクラブに行って窓際に座り、通りを上り下りする車の流れを、ただ見つめ過ごしたのだった。

ディナー用の正装に着替えにフラットに戻ったのはだいぶ夜も更けてのことだった。

「二人はどこに行ったんだ、ジーヴス？」小さな足の走り回る音もしなかった［ロングフェローの詩「こどもの時間」］ので、僕は聞いた。「出かけてるのか？」

「閣下が街の名所観光をご希望でいらっしゃいましたので、ビッカーステス様がエスコートなさっておられます。おそらくはグラント将軍の墓が目的地であろうかと拝察をいたします」

「ビッカーステス氏はことのなりゆきにちょっとは血気盛んになったんじゃないか――どうだ？」

「はて、ご主人様？」

「つまりさ、ビッカーステス氏もまあまあ元気が出てきたんじゃないか」

「必ずしもさようなことはございません、ご主人様」

「今度はどうしたんだ？」

「わたくしが僭越ながらビッカーステス様とあなた様にご提案を申し上げました計画でございます

が、残念ながら完全に満足のゆく結果が得られなかったのでございます、ご主人様」

「だが公爵がビッカーステテス氏は事業でうまいことやってるとかなんとかって信じてるのは確かだろうが?」

「まさしくその点でございます、ご主人様。閣下はビッカーステテス様の月々のお小遣いの打ち切りをご決断なさったのでございます。すなわち、ビッカーステテス様がご自力で結構にお暮らしあそばされておいでであるならば、もはや財政的援助は不要との理由にございます」

「何てこった、ジーヴス! 大変じゃないか!」

「いささか不穏ななりゆきと拝察いたします、ご主人様」

「そんなことになろうとはまるきり思ってても見なかったぞ!」

「告白申し上げますと、わたくし自身もかような不測の事態はいっこう予測いたしておりませんでした、ご主人様」

「それじゃああの可哀そうな男は完全に打ちのめされてるんだろうな?」

「ビッカーステテス様はいささか意気消沈のご様子と拝察をいたします」

僕のハートはビッキーのために血を流していた。

「何とかしなきゃならない、ジーヴス」

「はい、ご主人様」

「何か思いついたか?」

「今現在は何も思い当たりません、ご主人様」

「何かできることがあるはずだ」

「わたくしが以前お仕え申し上げておりました――前にもお話し申し上げたことがあったかと存じます――現在ブリッジワース卿であられるお方でございますが、この方の座右の銘が、どんなときにも道はある、でございました。いずれわたくしどもでビッカーステス様のご窮状の解決策を考案できるに相違ございません」

「やってみてくれ、ジーヴス」

「いかなる艱難辛苦《かんなんしんく》もいとわぬ所存でおります、ご主人様」

僕はその場を離れ、悲しい気持ちで服を着た。もうちょっとでディナージャケットに白ネクタイを合わせてしまうところだったと言ったら、僕がどれだけ動揺していたかがおわかりいただけよう。僕は何か食べに出かけはしたが、何かを食べたかったわけではなく時間をつぶしたくてそうしたのだ。ビッキーが配給のパンを求めて行列しなきゃいけないって時にご馳走に取り掛かろうなんてのは、残忍な所業であるように僕には思えた。

僕が戻ったときにはチズウィック御大はもう眠っていた。だがビッキーは起きていて、肘掛け椅子に背をもたれて掛けていた。だいぶくよくよと思い悩んでいる様子で、口の端からはタバコが垂れ下がり、目はどんよりと生気のない有様だった。

「ちょっと参ったな、心の友よ――なあ！」僕は言った。

奴はグラスを手にとると、熱を帯びた様子でそれを飲み干した。とはいえ実はそいつはもう空っぽだったのだ。

「僕はおしまいだ、バーティー」奴は言った。

奴はもう一度空のグラスに口をつけた。それで状況が改善されたふうはない。

「これが一週間前だったらまだよかったんだ、バーティー！　来月の小遣いが土曜日に入ってくるところだったんだ。そうすりゃ雑誌の広告で見たあの名案を試してみられたのに。ほんの数ドルあれば、養鶏場をはじめてとんでもない大もうけができるらしいんだ。それに楽しい暮らしじゃないか、ニワトリを飼うなんてさ！」奴はそこに考えが及ぶとひどく興奮しはじめた。だが奴はこの時点でひどく意気消沈した具合に椅子にへたり込んだ。「だけどさ、もちろん無理なんだよ」奴は言った。「金なんてありゃしないんだからさ」

「一言言ってくれればいいんだ、ビッキー、心の友よ」

「すまん、ありがとうだ、バーティー。だけどお前にたかるのは嫌なんだ」

世の中とはこんなものだ。金を貸したい相手は、どうしたって借りようとしない。金輪際貸したくない相手は、僕を逆さに振ってポケットから現金を引っ張り出す以外なら何だってするというのにだ。いつもまあまあ豊かにやっている男であるからして、僕は後者の方に遭遇する経験はいくらだってあるのだ。ロンドンでの話だが、何度も何度も、迫りくる奴らの熱い息を首の後ろに感じ、興奮して鋭くキャンキャン吠え立てる声を聞きながら、僕はピカディリーを急ぎ行ったものなのだ。どうでもいいような連中のために気前良く金をまき散らすことで僕の半生は費やされてきた、と言ってもあながち過言ではない。だが僕は今ここに、こぼれんばかりの金貨銀貨を持ち合わせ、そいつを渡してやりたいと心から願っているのだ。だのに哀れなビッキーの奴は、完全に尾羽打ち枯らしているくせに、びた一文絶対に取ろうとはしない。

「うーん、だけどまだ唯一望みがある」

「何だい、そりゃあ？」

「ジーヴスだ」

「お呼びでございますか、ご主人様?」

ジーヴスがいた。熱情にあふれた様で、僕の後ろに立っている。かげろうのごとくゆらめき現れるこの男の技はほとんど驚異だ。肘掛け椅子に腰を下ろし、あれやこれやと考えている。そして突然顔をあげる、と、そこに彼はいるのだ。彼はA地点からB地点へとクラゲよりも低騒音で移動する。哀れなビッキーの奴はこれには相当びっくりしたようだった。舞い上がるキジみたいに奴は立ち上がった。僕はもう慣れっこになっているが、ジーヴスが来たばかりの頃は、思いがけない彼の出現によく舌を噛んだものだった。

「お呼びでございますか、ご主人様?」

「ああ、そこにいたのかジーヴス!」

「はい、ご主人様」

「何か思いついたか、ジーヴス?」

「はい、ご主人様。先ほどお話をいたしましてより、解決策たりうべき方策に思い至りましてございます。僭越を申し上げるのは本意ではございませんが、ご主人様、しかしながら我々は、公爵閣下の財源としての可能性を見過ごしていたのではないか、と思料いたすものでございます」

しばしばうつろな哄笑《こうしょう》と形容されるのを目にするような笑い声をビッキーは放った。咽喉《のど》の後ろから出る苦いひび割れ声みたいな、うがいみたいなやつだ。

「わたくしがご示唆申し上げておりますのは」ジーヴスは説明した。「閣下ご自身より金員を引き出す可能性のことではございません。僭越ながら今現在わたくしは閣下のことを――かように申し上げてよろしければ――役立たずの財産、という見地から拝見いたしております。しかしながらその潜在力を発揮させることは可能であろう、と」

ビッキーは途方に暮れたように僕を見た。僕も理解できなかったと言わねばならない。

「もうちょっとわかりやすく言ってもらえないか、ジーヴス?」

「これを要しますに、ご主人様、かようなことでございます。すなわち、閣下はある意味ご著名な人物であらせられます。この国の国民には、もちろんお気づきと存じますが、著名人と握手をしたがる特殊な嗜癖がございます。わたくしが考えますのは、閣下とご対面され、握手をなさる特権に、些少の金額――たとえば二ドルか三ドルでございましょうか――を喜んでお支払いになられる方々を、ビッカーステス様かあなた様はご存じではありますまいか、ということでございます」

ビッキーにはあまりいい考えだとは思えなかったようだ。

「つまり君は伯父貴と握手するためだけに金を支払おうっていう、奇特なバカがいるって言ってるんだな?」

「わたくしにはは叔母がございまして、ある日曜日のお茶の時間に映画俳優を家に連れてきてくれた者に五シリングの謝礼を支払ったことがございます。それにより近隣における叔母の社会的地位はいちじるしく向上いたしました」

ビッキーはためらっていた。

「君が大丈夫って思うなら――」

「わたくしは確信いたしております」

「君はどう思う、バーティー?」

「僕は賛成だ、心の友よ。完璧だ。実に賢明な作戦だ」
「有難うございます、ご主人様。他にご用はございませんか？　それではおやすみなさいませ」
そして彼はひらりとゆき去ってしまった。残された僕らは詳細を話し合うことにした。

チズウィック公爵を金を生み出す商品として市場に送り出すという事業に着手するまで、大衆がかぶりついて来ないときに株式市場の連中がどんなにまったく嫌な時間を過ごしているものかを、僕はまるきり理解していなかった。今では僕は、経済紙にいわゆる「市場は静かに幕開けした」と書かれているのを、同情のまなざしで読むようになった。なぜなら、誓って言うが、僕らの事業の幕開けは実に静かだったからである。大衆の関心を喚起して親爺さんを大評判にするのがどれほど大変なことか、とても信じてはいただけないと思う。一週間経ったところで我々が顧客リストに名を挙げられたのは、ビッキーの下宿の近所のデリカテッセンの店主だけだった。しかも彼は現金の代わりに薄切りのハムで支払いたしと要求しており、たいした稼ぎにはならない。ビッキーの行きつけの質屋の親爺の兄弟が、チズウィック公爵に紹介してくれるなら一〇ドル、前払いで支払おうと申し出てくれたとき、希望の曙光《しょこう》が点ったのだが、この取引はだめになった。この男はアナーキストで、握手する代わりに親爺さんをけとばしてやろうと目論んでいることが明らかになったからである。このときビッキーがキャッシュをわしづかみにして成りゆきにまかせようとするのを説得して押し留めるには、おそろしく手間がかかった。奴はどうもこの質屋の兄弟を、スポーツマンでありなおかつ篤志の人たる好人物と考えたようだ。

もしジーヴスがいなければ、この話は全部が全部おしまいになっていたところだと思わずにはいられない。ジーヴスが比類なき人物であることに間違いはない。頭脳と資質においてこれほどこの上なくお母さんの手づくりみたいな男にはこれまで会ったことがない。ある朝彼は、いつもの美味しいお茶を持って僕の部屋にさらさら流れ入ってきて、何か話したいことがあると僕にほのめかしたのだった。

「公爵閣下の件につきましてお話をいたしてもよろしゅうございますか、ご主人様？」

「あれはもうしまいだ。やめにするって二人で決めたんだ」

「さようでございますか、ご主人様？」

「まるきりうまく行かない。誰も話に乗ってきやしないんだ」

「その点につきましては、わたくしがお世話を申し上げられるものと存じます」

「君は誰か見つけられたって言うのかい？」

「はい、ご主人様。バーズバーグからお越しの、八十七名の紳士でございます」

僕はベッドに起き上がってお茶をこぼしてしまった。

「バーズバーグだって？」

「ミズーリ州バーズバーグでございます、ご主人様」

「どうやってとっつかまえたんだ？」

「昨夜のことでございます。あなた様が外出あそばされるとお伺いいたしましたもので、わたくしは観劇に出かけまして、幕間の休憩時間に隣席の観客と会話をいたしました。その者はボタンホールにいささか装飾的な飾り物を付けておりました――大振りの青いバッジに〈バーズバーグ、バーンザーイ〉なる語が赤字にて記されておりました――紳士の夜のお召し物にはまったくふさわしからぬ分別を欠いた付加物でございます。わたくしが驚きましたことに、劇場は同様なる装飾を身に付けた観客で一杯でございました。わたくしが勇を奮って説明を求めましたるところ、これなる紳士一同は総勢八十七名の、ミズーリ州にございますバーズバーグなる名の町よりお越しの団体である旨、お伺いをいたしました。それによりますとご一同様のご訪問は純粋に社交と観光とを目的とするものとのことで、その情報提供者はこの町を滞在中に予定されておりますさまざまな余興につきまして長々と語ってくれました。彼らの代表者が有名なプロボクサーに紹介され握手をした旨、その方が少なからぬ満足と誇りをもって得々と語りましたとき、わたくしの念頭に公爵閣下の件を切り出そうとの思いが湧き起こってまいったのでございます。手短かに申し上げますと、ご主人様のご許可を頂けますならば、明日の午後、この団体の全員に公爵閣下へのお目通りを頂くべく、手配をいたしてまいりました」

僕は驚愕した。

「八十七人だって、ジーヴス！　ひとり頭いくらだ？」

「団体割引に応ずる必要がございました、ご主人様。全員様で一五〇ドルということにて最終的な合意がなった次第でございます」

僕はちょっと考えた。

「前金可か？」

「いいえ、ご主人様。前払いにてと交渉をいたしましたが、不首尾でございました」

「そうか、まあいい。受け取ったら僕が金を足して五〇〇ドルにしてやろう。ビッキーにはわかるまい。五〇〇ドルにしたらビッカーステテス氏は不審がると思うか、ジーヴス？」

「さようなことはあるまいかと拝察いたします、ご主人様。ビッカーステス様ははなはだ好ましいご人物でいらっしゃいますが、明敏なお方ではございません」

「よし、じゃあそれでよしだ。朝食がすんだら銀行に行っていくらかおろして来ておいてくれ」

「はい、ご主人様」

「わかってるかな、君にはちょっと驚かされるよ、ジーヴス」

「有難うございます、ご主人様」

「よしきた、ホーだ！」

「かしこまりました、ご主人様」

朝のうちにビッキーの奴を呼び寄せてこの話をしたところ、奴はほとんど崩壊せんばかりの有様だった。奴は居間にとっとこすっとんで行ってチズウィック御大につなぎをつけた。親爺さんは朝刊のコミック欄を、一種冷厳な決意をもって読んでいるところだった。

「伯父さん」奴は言った。「明日の午後何か用はあるかなあ？　実はさ、友達が何人か伯父さんに会いたいっていうんだ」

御大は思索的な目でじろりと奴を見た。

「その中に記者はいないだろうな？」

「記者だって？　いないよ。どうして？」

「記者にしつこく寄ってこられるのは断る。船が港に着く前にしつこい若い男が何人か、アメリカをどう思うか見解を述べよとやって来おった。ああしつこく攻め立てられるのは御免こうむりたい」

「そんなことならまったく大丈夫さ、伯父さん。新聞記者なんか混ざってやしないよ」

「それならばお前のご友人に喜んでお目にかかろう」

「握手とかもしてやってくれる？」

「当然、文明人同士の交際として然《しか》るべきルールに適った行動をとるつもりだが」

ビッキーは心の底から親爺さんに感謝して、僕といっしょにクラブに昼食に行き、そこでニワトリとか孵卵器とかどうでもいいようなことについて熱心にぺちゃくちゃまくし立てた。


じっくり考えた上、バーズバーグ使節団を御大にぶつけるのは一度に十人とした。ジーヴスが例の劇場仲間を連れてきて、それでみんなして彼と話をつけた。まことに申し分のない人物なのだが、会話の腰を折っては何かというとわが町の新しい上水道システムに話を持って行きたがる傾向があった。御大がもち堪えられるのは一時間がせいぜいだろうと我々は結論した。各隊が公爵閣下と拝謁できるのはジーヴスのストップウォッチで七分。時間が来たらジーヴスが部屋に入って意味ありげな咳払いをするのだ。それで僕らはいわゆる相互の好意の応酬というやつをして別れたのだった。バーズバーグから来た男は、いつからうちの町に新しい上水道システムを見に来るようにと、僕たちみんなをあたたかく招待してくれ、それに対し僕らは感謝の意を表明した。

翌日、使節団がやって来た。最初のシフトは我々が会った人物とあと九人だが、彼らはありとあらゆる点でこの人物にあまりにもよく似ていた。みんなものすごく有能でビジネスライクに見えた。まるで若いときからずっと会社づとめをして上司の目に留まって、とかそんなような具合だ。みんな御大と大いに満足を表明しつつ握手をした——ところが一人例外がいて、そいつは何かをじっと考え込んでいる様子だった——それからみんな御大から離れて、口々にしゃべり始めた。

「バーズバーグの市民に何かメッセージはありませんか、公爵閣下?」ひとりが訊いた。

御大はちょっと動揺した。

「吾輩は一度もバーズバーグに行ったことはない」

その男は傷ついたみたいだった。

「是非ご訪問なさるべきですよ」彼は言った。「この国でもっとも急速な発展を遂げている都市です。バーズバーグ、バーンザーイ!」

「バーズバーグ、バーンザーイ!」連中はうやうやしげに言った。

じっと考え込んでいた男が、突然口を開いた。

「ちょっと待った!」

奴は栄養の行き届いた恰幅《かっぷく》のいい男で、決然たる顎《あご》と冷たい目をしている。

一同は彼を見た。

「事務的なことなんですが」その男は言った。「気にしないで下さいよ、誰かの正直さにケチをつけてるってわけじゃありませんからね。しかしね、まったく事務的な話として――ここにおられる紳士は、ご自分が本当に公爵であるという証拠を提出すべきじゃないかと思うんですよ」

「何を言っておられるのですかな?」御大は紫色になって叫んだ。

「悪く思わないで下さいよ。単に事務的な話なんですからね。ケチをつけてるんじゃないんですよ。しかしね、私には何というかちょっと腑《ふ》に落ちないところがあるんですよ。ここにおられる紳士はご自分をビッカーステス氏だと名乗られた。私の理解が正しければですがね、あなたがもしチズウィック公爵であるならば、どうしてこの人はパーシー卿とか言わないんですか? 私はイギリスの小説はずいぶん読んできましたんで、そういうことには詳しいんですよ」

「言語道断だ！」

「かっかしないでくださいよ。訊いてるだけじゃないですか。こっちには知る権利がありますよ。金を取るんですからね、我々としちゃあ、支払いに見合うだけのことはあるのかどうか、教えてもらうのがフェアってもんじゃないですか」

上水道男が加勢に加わった。

「君の言うとおりだな、シムズ。話し合いの際にその点を見過ごしてたんだ。おわかりいただけますか、紳士の皆さん。我々には合理的な真実証明を得る権利があります。こちらのビッカーステスさんに一五〇ドル支払うんですから、当然……」

チズウィック閣下はビッキーを追及するような目で見た。それから上水道男の方に向き直った。恐ろしいほど穏やかな物腰だった。

「吾輩はこの件について何も関知しておりません。その点は保証申せます」御大は実に礼儀正しく言った。「ご説明を願えると有難いですな」

「えー、我々はビッカーステスさんと話し合って、八十七名のバーズバーグ市民が、貴方とお会いして握手をする特権に一定額の経済的報酬を支払うものと取り決めたのです。それで私の友人のシムズの言っているのは——私も彼と同意見なのですが——我々としてはビッカーステスさんの言葉を信用するしかないわけですし——彼は我々にとっては見知らぬ他人ですから——あなたがそもそも本当にチズウィック公爵であられるのかどうか、ということなのです」

チズウィック御大は大きく息を吸い込んだ。

「皆さんに保証いたしましょう」彼は変な感じの声で言った。「吾輩はチズウィック公爵でありますと」

「それなら結構です」上水道男は心を込めて言った。「それだけ知りたかったんです。じゃあ続けましょう」

「申しわけないが」チズウィック御大は言った。「これ以上続けるわけには参らん。少々疲れましたでな。残念ながら失礼させていただきますぞ」

「しかしこの瞬間にも公爵閣下に拝謁しようと、外で待っている男が七十七人いるのですよ」

「皆さんを落胆させねばならぬとは残念なことですな」

「しかしそうなると取引は決裂ということになりますが」

「そんなことは貴君と甥とで話し合う問題でありましょうが」

上水道男は困ったようだった。

「本当に残りの人たちにはお会いにならないんですか？」

「会わん！」

「それじゃあ、我々は失礼しなきゃあなりませんね」

彼らは出て行った。それから実に密度の濃い沈黙があった。チズウィック御大はビッキーに身体を向けた。

「さてと？」

ビッキーには何も言うことがないようだった。

「あの男の言ったことは本当かな？」

「はい、伯父さん」

「どういうわけでこんな悪戯をしくさったのかな？」ビッキーは完全にノックアウトされてるみたいだったので、僕が言葉を添えた。

「全部お前から説明した方がいいと思うぞ、ビッキー。なあ」

ビッキーの咽喉ぼとけがちょっと飛び上がった。それから奴は話し始めた。

「こういうことなんだ。伯父さんは僕の小遣いを打ち切っちゃったろう、それで僕は養鶏場をはじめる資金がちょっと欲しかったんだ。ほんのちょっと資本がありさえすれば、成功間違いなしなんだ。メンドリを買うだろう、するとそいつが一週間毎日タマゴをうむ。それでそのタマゴをたとえば七個二五セントで売るんだ。メンドリを飼う費用はゼロだ。利潤は確実に――」

「メンドリがどうのこうのとかいうたわ言は一体全体なんなんじゃ？　お前は吾輩に、自分はたいしたビジネスマンだって思わせておったじゃあないか」

「ビッキーの奴はちょっと大げさに言っちゃったんですよ」僕はビッキーを助けようと口添えした。「本当はこの可哀そうな奴は完全に貴方の下さる小遣いに頼りっきりなんです。だから貴方がそいつを打ち切るってことになると、こいつはしっかりみっちりスープに浸かるってことになるんですね。それで何か手っ取り早く稼げることをって考えなきゃならなかったんです。そういうわけでこの握手会を思いついたわけなんです」

チズウィック御大は口から泡を吹いた。

「それじゃあお前は吾輩にウソをついたんじゃな！　お前の経済状態について、意図的に、吾輩を謀《たばか》ったんじゃな！」

「可哀そうなビッキーの奴はあのランチに行きたくなかったんですよ」僕は説明した。「ウシやウマが嫌いなんです。だけどニワトリとなら結構うまくやれるって考えてるんです。必要なのはわずかの元手だけなんです。なかなかの名案だとは思いませんか？　よろしかったら奴のために――」

「これだけのことがあった後で？　これだけの――これだけの欺瞞と愚行の後でそうおっしゃるのですかな？　一ペニーたりともやりませんぞ！」

「だけど――」

「一ペニーたりともやりません！」

背後からうやうやしい咳払いが聞こえた。

「もしご提案をお許し願えますならば」

ジーヴスがすぐそこに立っていた。悪魔的なほど賢そうに見える。

「話してくれ、ジーヴス！」僕は言った。

「わたくしはたんなる示唆を申し上げるに過ぎませんが、もしビッカーステス様が今すぐ幾ばくかの現金を必要としておられ、他にご金策のお手立てがないということになりますと、本日の午後の出来事を、きわめて意気盛んで進取の気性に富んだ新聞の日曜版にお話しあそばされることで、お入用のご金額を確保されるということになりはいたしませんでしょうか」

「そうだとも！」僕は言った。

「そうだ、そうだとも！」ビッキーは言った。

「な、なんと！」チズウィック御大は言った。

「さようでございます」ジーヴスが言った。

ビッキーはギラギラした目をしてチズウィック御大に向き直った。

「ジーヴスの言うとおりだ！　僕はやるぞ！　クロニクル紙が飛びついてくるはずだ。この手の話が大の得意なんだ」

チズウィック御大は一種のうめき声でもって吠え立てた。

「絶対にだめじゃ、許さん。フランシス、そんなことは許さん！」

「だめで結構」ビッキーは言った。恐ろしく血気盛んだ。「だけど、他に金の引っぱりようがないんだから――」

「待て！　あー、待つんじゃ、なあいい子だ！　早まるな！　何とか話し合おうじゃないか」

「僕はあんないまいましいランチになんか行かないぞ！」

「わかった、わかった！　わかった、わかった、いい子だからな！　そんなことはもう言わん。もう絶対これっきりそんなことは言わん。吾輩は――吾輩は――」御大は内なる葛藤と戦っているように見えた。「わ、吾輩は思うんじゃが、大局的に考えると、お前は吾輩とイギリスに戻るのが一番よいのではないかな。わ、吾輩は――実際、力になってやれると思うんじゃよ――お前のために秘書の地位を用立ててやれると思うのだがな」

「そりゃいいや」

「給料を出してやることはできんが、だが、わかっておろうに、イギリス政界で無給の秘書職といえば、そりゃあ価値ある身分と認められておって――」

「僕が認めるただ一つの価値は」ビッキーはきっぱりと言った。「一年五〇〇ポンド、四半期に一度払いでだ」

「なあ、いい子や！」

「絶対にだ！」

「だがお前への報酬としては、なあフランシス、吾輩の秘書として経験を積み、政治の世界の複雑な事情に通じていくという、何ものにも代え難い機会が与えられるのじゃぞ。実際、きわめて有利な地位に身を置けるのだがな」

「年収五〇〇ポンドだ！」ビッキーは言った。奴の口からすらすら言葉が流れ出した。「だってさ、僕が養鶏場を始めたらそのくらいはすぐに稼げるに決まってるんだ。合理的な話なんだ。十二羽メンドリを飼ったとする。すぐにみんな大きくなってそれぞれ十二羽ヒヨコができるんだ。そいつがみんなタマゴをうみ始めるんだぜ！　大金持ちさ。アメリカじゃあタマゴにどんなことだってできるんだ。タマゴを氷の上で何年も何年も保存してさ、一個一ドルの値がつくまで売らないでいるんだ。これほどの未来を僕が年収五〇〇ポンド以下で棒に振れるなんて思わないよね――どうかなあ？」

チズウィック御大の顔に苦悶《くもん》の表情が走った。そして彼は降伏した。「よし、わかった。わかった」

彼は言った。

「ヤッホー！」ビッキーは言った。「じゃあオッケーだ」

「ジーヴス」僕は言った。ビッキーは親爺さんを連れてお祝いのディナーに行ってしまったので、僕たち二人きりになっていたのだ。「ジーヴス、これは君の今までの尽力の中でも最高の仕事に入るな」

「有難うございます、ご主人様」

「一体君にはどうしてこんなことができるのかなあ、驚くよ」

「さようでございますか、ご主人様」

「ひとつだけ困ったことだが、君は何にも得をしていないんだな」

「わたくしがビッカーステス様にご助力申し上げる幸運に与からせていただきました事柄につきましては、後日いずれ、そうされるのにもっと好都合なお立場にお就きあそばされた折に、何かしらのかたちで感謝の意をご表明いただけるものと——あの方のご発言より判断いたしまして——拝察いたしております」

「それじゃ足りないだろう、ジーヴス！」

「はい？　ご主人様」

つらい別れだった。だが僕にできることはこれしかないと僕は思ったのだ。

「ひげそり道具をもって来てくれ」

希望の曙光がこの男の目に点った。とはいえまだ半信半疑の様子だった。

「と、おっしゃいますと、ご主人様？」

「口ひげをそり落としてくれ」

一瞬の沈黙があった。彼が深く感動しているのが僕にはわかった。

「まことに有難うございます、ご主人様」低い声で、彼は言った。

5. 伯母さんとものぐさ詩人

こうしてすべてが終わってみれば言えることだが、ロックメトラー・トッドの事件の最中、ジーヴスが僕を失望させるのではなかろうかと一時は考えたことを、僕は認めるにやぶさかでない。無論馬鹿げたことだ。僕ほど彼をよく知っていながら、だのに僕はそんなふうに思った。彼が困り果てているように見えたのである。

ロッキー・トッドの事件はある春の日の朝早くに起きた。僕がベッドでいつもの九時間の夢見ぬ睡眠でもって身体の回復に努めていたとき、ドアがバタンと開き、誰かが僕のあばら骨の下方を突ついてベッドの上掛けを嫌なふうに揺すった。目をちょっとシバシバさせて全体に体勢を立て直したところで、僕はそいつがロッキーであることを視認した。僕の最初の印象は、何か悪い夢にちがいない、というものだった。

ご存じだろう。ロッキーはニューヨークから何キロも離れた、ロング・アイランドのどこか遠いところに住んでいる。それだけではない。前に奴自身が一再ならず僕に語ってくれたことだが、奴は十二時前には絶対起きないし、一時前に起きることもめったにない。アメリカじゅうで体質上最もナマケモノな男なのである。奴はその方向性を極限まで追求できる人生行路を選んだ。奴は詩人なのだ。少なくとも何かをしているとき、奴は詩を書いている。だが僕の理解する限り、ほとんどの時間、奴は一種のトランス状態で暮らしているのだ。一度僕に話してくれたことだが、奴は塀の上に座ってイモムシを見つめ、一体全体そいつは何をしているのかなあと考えながら何時間でも過ごせるのだそうだ。

奴にはごく微細な点までつくり込まれた生活設計がある。一カ月に一度、何作か詩を書く日を三日とる。一年の残りの三百二十九日、奴は休息する。ロッキーみたいな暮らしぶりであってすら、詩というものが一人の男の生活を支えきれるだけの金を生み出しうるものなのかどうか僕は知らない。若者に向かって精力的に生きよ、と熱烈に勧めることだけに専心して、韻を踏もうとか考えない限り、アメリカの編集者はそいつを奪い合ってくれるらしい。ロッキーは一度僕に自分の詩を見せてくれた。こう始まるやつだ。

生きろ！
生きろ！
　過去は死んだ、
　明日はまだ生まれない。
　今日を生きろ！
今日だ！
　すべての神経を用いて生きろ、
　すべての筋肉繊維を用いて、

紅き血潮の最後の一滴まで！

生きろ！
生きろ！

あと三つスタンザがあって、それでこいつは雑誌の口絵の反対側に、一種の渦巻き模様の装飾で囲まれて、まん中にはほとんどヌードで筋骨隆々の男が夜明けの太陽を輝かしいまなざしで見つめている絵がある、といった体裁で載っていたのだ。ロッキーによると編集者はこいつに一〇〇ドル払ったそうだ。お陰で奴は一月以上、夕方四時までベッドで寝ていられたのだという。

将来についても奴は実に堅実だ。イリノイ州のどこか奥まったところに、金持ちの伯母さんがいるからである。僕の友達のなんと多くが、主な収入源たる伯母さんやら伯父さんやらを持っているかということは、まったく不思議なことだ。まずビッキーがそうだ。奴の伯父さんはチズウィック公爵である。コーキーは、支障が生じるまでだが、鳥類専門家のアレクサンダー・ウォープル氏を頼りに暮らしていた。あと、おいおい僕は旧友のオリヴァー・シッパリーの話をするつもりなのだが、奴にはヨークシャーに住む伯母さんがいる。こういう事態は単なる偶然ではない。何かしらの意味があるにちがいないのだ。僕が言いたいのは、つまり、どうも天の摂理がこの世のバカの世話をしてくれているらしいということで、個人的には僕はこれを全面的に支持するものだ。思うに事実はこういうことではあるまいか。幼少期より今日に至るまで伯母たちにバカにされ続けてきた経験から、こういった親戚たちにもよい面、優しい側面を持てることを目にしたいという気持ちが僕にはあるのではないか。

しかしながらこういう話は本筋ではない。ロッキーのことに戻るが、奴にはイリノイ州に住む伯母さんがいて、奴は彼女にちなんでロックメトラーと名づけられ（そのことだけで、奴には高額の賠償金を受け取る権利があると言う向きもあろう）、彼女のただ一人の甥っ子だ、という話をしていたのだった。したがって奴の地位はきわめて磐石《ばんじゃく》に見える。本当に金が入ったら仕事なんか一切しないつもりだと奴は言う。時折若者に向けて、君たちにはパイプに火を点しマントルピースに脚を投げ出す洋々たる未来の可能性が開けているんだよ、と勧める詩を書く他はだが。

そういうわけで、灰色の夜明けに僕のあばら骨の下を突ついていたのがこの男だ。

「こいつを読むんだ、バーティー！」ロッキーの奴がたわ言を言った。

僕に見えたのは、奴が手紙だか何だかおんなじように埒《らち》もないものを僕の鼻先で振って見せている、ということだけだった。「起きてこいつを読むんだ！」

僕は朝のお茶を飲んでタバコを吹かしてからじゃないと、読むことなんぞできないのだ。僕はベルを探った。

ジーヴスが部屋に入ってきた。露にぬれたスミレのようにすがすがしい姿だ。どうしてそんなふうでいられるのか、僕にはまるきり不可思議だ。

「お茶だ、ジーヴス」

「かしこまりました、ご主人様」

ロッキーが益体《やくたい》もない手紙を持って、またもや猛襲をしかけてきたのを僕は目にした。

「どうした？」僕は言った。「一体全体何がどうしたんだ？」

「こいつを読め！」

「読めない。まだお茶を飲んでないんだ」

「うー、じゃあ聞け」

「誰からだ？」

「伯母さんからだ」

この時点で僕は再び寝入ってしまった。目が覚めると奴がこう言うのが聞こえた。

「それで一体全体俺はどうしたらいいんだろうなあ？」

ジーヴスがトレイを持ってよどみなく流れ入ってきた。苔《こけ》むした川床をうねり流れる音なき小川のごとしだ。僕には日の光が見えた。

「もう一度読んでくれないか、ロッキー、なあ」僕は言った。「ジーヴスに聞いてもらいたい。トッド氏の伯母さんが何だか変な手紙を書いてよこしたんだ、ジーヴス。それで君の助言が欲しいって言うんだ」

「かしこまりました、ご主人様」

彼は部屋の真ん中に立ち、大義への専心をありありと表明している。ロッキーはまた読み始めた。

《愛するロックメトラー
長いこと繰り返し考えて、一つの結論に達しました。今やろうって決心するまで随分と時間が要ったってことが、こうしてみるととても無思慮なことだったたって気がするんだよ》

「これをどう思う、ジーヴス？」

「現時点では未だ判然といたしません、ご主人様。先をお読みいただけば、無論明らかになって参ろうかと存じます」

「続けてくれ」バタつきパンをむしゃむしゃやりながら僕は言った。

《あたしが生まれてこの方どれくらい、ニューヨークを訪れたい、いつも本で読む素晴らしい陽気な暮らしを自分の目で見てみたいって願ってきたかは知っているね。残念ながら今やその夢を叶えることは無理になってしまった。あたしゃもう年をとって、身体もすっかり駄目になってしまったからね。もはや体力が許さないようだよ》

「哀しいな、ジーヴス」

「痛切なる悲哀と存じます、ご主人様」

「何が哀しいもんか!」ロッキーが言った。「単に無精なだけだ。この前のクリスマスに会いに行ったが、健康が炸裂してたぞ。伯母さんの医者が直接俺に話してくれたんだが、彼女の身体にゃあどこも悪いとこはないそうだ。だのに伯母さんときたら、自分は回復の見込みのない病人だって言い張るんで、医者としてもそうだって言うほかないんだそうだ。伯母さんはニューヨーク旅行なんかしたら死んじまうって固定観念を持ってるんだ。それでこっちに来たいっていう野心はずっと持ってるんだが、今いる場所にずっといるってわけなんだ」

「〈心は高地にありて鹿を追い〉［ロバート・バーンズ「わが心は高地にあり」］って奴みたいな話だな、ジーヴス?」

「両事例はある意味パラレルでございます、ご主人様」

「それゆけロッキーだ、続けてくれ」

《それであたしゃ決めたんだけどね、大都会の驚異をこの身で享楽できないにしても、少なくともお前を通じてならそれを楽しめるんじゃないかって。昨日突然これを思いついたんだよ。日曜版に載ってた美しい詩を読んでね。ある一つのことを一生の間ずっと追い求めていて、やっと手に入れたときにはもう歳を取りすぎててそいつを楽しめなくなってたって男の話だったよ。とても悲しい詩でね、あたしゃ感動したよ》

「ある一つのこと」ロッキーは苦々しげに言葉をはさんだ。「俺にはこの十年、手に入らなかった」

《お前も知ってのとおり、あたしが死んだらあたしの金はみんなお前のもんだよ。だけど今の今まで、お前に小遣いをやる方法を思いつかないでいたんだ。あたしゃニューヨークの法律事務所に手紙を書いて、ある条件で毎月お前にたっぷり小遣いを支払うようにって指図をしといた。その条件っていうのはね、お前がニューヨークに住んで、あたしがそうしたいって願ってたふうに面白おかしく暮らしてもらうってことなんだよ。あたしの代理人として、あたしがしたかったようにあたしの金を使ってもらうってことだ。あたしゃお前に、陽気で多彩なニューヨーク暮らしに飛び込んでもらいたいんだ。ブリリアントな夕食会の華たれと欲してるんだよ。

つまりね、あたしゃ——この点は譲らないよ——少なくとも週に一度は手紙を書いてもらいたいんだ。お前が何をしていて、街で何が起ってるかが全部わかる手紙をね。それでみじめな健康状態のせいであたしが自分でできないことを、間接的に楽しめるってわけだよ。あたしが完璧な詳細を期待してるってこと、それとどんな細部も、どんな些細なことでも省略しないで欲しいってことを忘れないでおくれ。

貴方の親愛なる伯母
イザベル・ロックメトラーより》

「どうだ?」ロッキーが言った。

「どうだって?」僕は言った。

「そうだ。一体全体俺はどうしたらいいんだ?」

その時になってようやく、僕はこいつの恐ろしくおかしな態度に気がついたのだった。青天の霹《へき》靂《れき》のごとく突然に、予期せぬ現金がどっさり奴の許に降ってきたのだ。笑顔光り輝き、よろこびの雄叫びが轟《とどろ》いていいはずの時だと僕には思える。だのにここにいるこの男は、運命が太陽神経叢《そう》に一発食らわせてきたとでも言いたげな態度だし話し振りだ。僕は驚いた。

「お前嬉しくないのか?」僕は言った。

「嬉しいかだって?」

「もし僕がお前の立場だったら狂喜乱舞するところだ。お前にとっちゃボロい話じゃないか」

奴は一種かん高い叫び声をあげ、僕を一瞬見つめた。そしてニューヨークのことを、改良主義者のジミー・マンディーを思わせるような口調で話し出した。ジミー氏はニューヨークに講演旅行にやってきていて、何日か前に僕は彼の話を聞きにマディソン・スクウェア・ガーデンを三十分ばかしのぞいたばかりなのだ。彼は確かにニューヨークについて、ずいぶんずけずけと物を言った。あきらかにこの地に対して嫌悪の念を抱いているようだ。ところが何とまあ、この愛すべきロッキーの奴の言い草ときたら、ジミー氏さえもこの大都会の広報係か何かに見えるような有様だったのだ！

「ボロい話だって！」奴は叫んだ。「ニューヨークに越してきて住まなきゃならないってことがか！　俺の大事なコテージを離れて、この神も見捨てたもうた、膿《う》み爛《ただ》れたゲヘナの地に、せせこましくて変な臭いがして加熱し過ぎたアパートメントなんていう穴ぐらを借りろって言うのか。人生は舞踏病みたいなもんだって思ってて、六時にしちゃあずいぶんどんちゃん騒ぎが過ぎるし、十時にしちゃあ飲み過ぎた、だからとっても楽しいな、なんて思ってる連中と毎晩毎晩つきあわなきゃならないんだぞ。俺はニューヨークが大嫌いだ、バーティー。ときどき編集者と会う必要がなけりゃ、こんなところに近づきやしないんだ。ここには荒廃がある。道徳的譫妄《せんもう》症にかかってるんだ。限界だ。ここで一日以上すごすなんて考えただけで俺は気分が悪くなる。だのにお前はこいつをボロい話だとか何とか言ってくれるのかよ！」

　僕は何だかロトの友人たちが静かなおしゃべりをしようとやって来たところ、親切な主人が低地の町々〔『創世記』十九・二九、ソドムやゴモラのこと〕を批判し始めたときみたいな気分になった。ロッキーの奴がこんなに雄弁だとは思ってもみなかったのだ。

「ニューヨークなんかに住んだら俺は死んじまう」奴は続けた。「六百万人の人間と空気を分け合わなきゃならないなんて！　硬いカラーをつけて上品な服をいつも着てなきゃならないなんて！　神よ助けたまえだ！　夜になったらディナーのために着替えなきゃならないなんてことになるのか！　想像するだに恐ろしいぜ！」

僕はショックを受けた。絶対的にショックを受けた。

「なあ、お前！」非難するように僕は言った。

「お前は毎晩ディナーの時は着替えるのか、パーティー？」

「ジーヴス」僕は冷たく言った。「夜会服は何着あったかな？」

「上下揃いの夜会服は三着ございます、ご主人様。ディナージャケットが二着――」

「三着だ」

「実質的には二着のみでございます、ご主人様。お忘れでございましょうか、三着目は着用不可能でございます。白のウェストコートは七着ございます」

「シャツはどうだ？」

「四ダースございます」

「白ネクタイは？」

「箪笥の一段目の浅い引出しは、白ネクタイで完全に満杯でございます、ご主人様」

僕はロッキーに向き直った。

「わかったかな？」

この男は扇風機みたいに身もだえした。

「俺は嫌だ！　俺にはできない！　そんなことするくらいなら俺は首を吊る！　一体どうやったら俺にそんな格好ができるって言うんだ？　大抵の日は俺は夕方五時までパジャマを脱がないし、それからだって着古したセーターに着替えるだけなんだぞ、わかってるのかよ？」

僕はジーヴスがたじろぐのを見た。かわいそうな男だ。この手の秘密の暴露は彼の繊細すぎる神経にはショックを与えるのだ。

「それじゃあお前はどうするんだ?」僕は言った。

「俺はそれが知りたいんだ」

「伯母さんに手紙で説明したらどうだ」

「そうしたっていいんだ――伯母さんに二とびで弁護士のところへ飛んでいってもらって、遺言から俺を除外してもらいたいって言うんならな」

奴の言いたいことがやっとわかった。

「君の提案は何だ、ジーヴス?」僕は言った。

ジーヴスは威儀を正して咳払いをした。

「本問題の要諦は、ご主人様、トッド様がロックメトラー伯母上様にご自分のご活躍に関する長文の詳細なお手紙を書くという条件に拘束されておられ、この条件に従わずば金員がご自分の所有されるところとならない、という点にあるものと拝察をいたします。トッド様が田舎にお留まりあそばされたいという、ただいまご表明なさったご意志にあくまで固執あそばされるのであれば、この条件を達成しうる方法はただひとつでございます。すなわち、トッド様がどなたか第二者に、ロックメトラー伯母上様がご報告を望まれるような実際の経験を集めるようご誘導なされ、それを入念な報告の形で伝えさせ、それに基づき、さらに想像力の助けを借りた上で、お便りのやり取りをなさることが可能かと存じます」

これだけのことを横隔膜より発声し終えると、ジーヴスは沈黙した。ロッキーは僕を困ったような目で見た。奴は僕みたいにジーヴスといっしょに育っていないので、彼の意図が汲み取れないいのだ。

「もうちょっとわかりやすく言ってもらえないかなあ、バーティー？」奴は言った。「最初のうちはわかってたんだが、なんていうかチラチラちらついちゃったんだな。どういうことだい？」

「なあ我がよき友よ、完全に単純だ。ジーヴスに頼れば大丈夫なんだ。お前がすることは、誰かお前の代わりに街に出かけて二、三メモをとってくれる人物を探して、それでそのメモを元に手紙をでっち上げるってだけだ。そうだな、ジーヴス？」

「まさしくおおせの通りでございます、ご主人様」

ロッキーの目に希望の曙光《しょこう》が点った。奴はびっくりしたみたいにジーヴスを見た。この男の偉大な知性に瞠目《どうもく》したのだ。

「だが誰がやるんだ？」奴は言った。「すごく賢い男じゃなきゃいけないぞ、観察力に富んだな」

「ジーヴスだ！」僕は言った。「ジーヴスにやらせよう」

「だがやってくれるか？」

「やってくれるだろう、やってくれるな、ジーヴス？」

僕たちの長い交流において初めて、僕はジーヴスがほほ笑むのを見た。彼の唇の端が四ミリくらい上がって、一瞬彼の目は思索的な魚の目みたいに見えるのをやめた。

「喜んで責務を遂行いたしましょう、ご主人様。実を申しますとわたくしは夜間の外出の折にすでにいくつかニューヨークの名所を訪れております。その方面の知識の追求の実踏をいたしますのは、きわめて愉快なことでございましょう」

「よし！　お前の伯母さんの聞きたいのがどういうことか、僕にははっきりわかってるんだ、ロッキー。キャバレーの話なんかをこれでもかって聞きたいんだろ。まず最初に君が行くべき場所は、ジーヴス、リーゲルハイマーズだ。四十二番通りにあるんだ。道なら誰に聞いたって知ってるぞ」

ジーヴスは首を横に振った。

「失礼ながら、ご主人様、人々はもはやリーゲルハイマーズに向かってはおりません。現在注目の場所はフロリックス・オン・ザ・ルーフでございます」

「聞いたか?」僕はロッキーに言った。「ジーヴスにおまかせだ。彼にはわかってるんだ」


この世界じゅうの仲間の人間たちが全員揃って皆幸せでいるという状況は、そうなかなかあるものではない。しかしながら我々のささやかな交流の輪は、それが可能だという事実の例証だった。僕らはみんな喜びにあふれていた。すべては最初から絶対的にうまく行っていた。

ジーヴスは幸福だった。その巨大な脳みそを働かすのが彼は好きだし、また歓楽街の華やぎの中、素敵な時を過ごせるからである。ある晩僕はミッドナイト・リヴェルズで彼を見かけた。ダンスフロアのすぐ脇のテーブルに座って、太い葉巻を吹かしながら、実に立派にやっていた。彼は顔に厳粛な慈愛の表情を浮かべ、手帳にメモを書きつくっていた。

残りの面々についても述べよう。僕はすこぶるいい気分だった。僕はロッキーの奴が大好きだし、奴のために力になれて嬉しかったからだ。ロッキーは完全に満足していた。今でもパジャマのまま塀に座ってイモムシを見ていられるからだ。それで伯母さんはというと、死ぬほど大喜びだった。彼女はブロードウェイからはずいぶん遠方に位置を占めていたが、それでもこいつは彼女のど真ん中に見事命中したみたいだった。彼女がロッキーによこした手紙を一通読ませてもらったが、そこには生命がみなぎっていた。

とはいえ、ジーヴスのノートに基づいたロッキーの手紙というのがまた、誰だって元気一杯にせずにはいられないようなシロモノだったのだ。そのことを考えると実に不思議である。つまり、僕はというと、こういう暮らしを愛している。一方こういう暮らしの話だけでロッキーは疲れ果ててしまう。だのにそんな僕がロンドンの友達に書いた手紙はこうだ。

親愛なるフレディー

さてと、僕はニューヨークにいる。悪くない所だ。僕は悪くない時を過ごしている。全部悪くない。キャバレーも悪くない。いつ戻るかは不明。みんなどうしてる？　チェーリオ！

バーティー拝

追伸　テッドの奴に最近会ったか？

テッドの奴のことが気になっていたとかそういうわけではない。だが奴のことでも引っ張り出してこないことには、二ページ目に書くことがなかったのだ。

それでまったく同じ主題についてロッキーの奴が書いたのがこれだ。

親愛なるイザベル伯母さん

この驚嘆すべき街に暮らす機会を与えてもらったことを、どう感謝したものでしょうか！　ニューヨークは日ごとに素晴らしさを増していくようです。

五番街はもちろん今まさに最高のときです。ドレスの何と豪勢なことか！

ドレスに関する記述がどっさりあった。この問題についてジーヴスがこれほどの権威だとは知らなかった。

ある晩僕は仲間の連中とミッドナイト・リヴェルズに出かけたんだ。最初にショーを見て、それから四十三番通りに新しくできたレストランで軽い夕飯をすませた。僕らは実に陽気な仲間なんだ。ジョージ・コーハンが十二時頃顔を出してウィリー・コリアーに関する面白い話を聞かせてくれた。フレッド・ストーンはほんの一分しかいられなかった。だけどダグ・フェアバンクスの奴がありとあらゆる派手な真似をやらかしてくれたんで僕らは大ウケだ。エド・ウィンもいた。ローレット・テイラー［いずれも当時のブロードウェイで活躍した人気俳優］は仲間を連れてやってきた。リヴェルズのショーはなかなか良かった。プログラムを同封するよ。

昨晩は何人かでフロリックス・オン・ザ・ルーフに繰り出した――

これがそれからまだまだ続く。何メートルもこの調子だ。きっと芸術的感性とか何とか、そういうやつなんだろう。つまり、詩とか何とかそういうくだらないことを書き慣れている男には、手紙にちょっとパンチを利かすなんてのは僕みたいな男よりずっと簡単な話だということだ。まあいい。とにかくロッキーの手紙がホットなシロモノなのは確かだった。僕はジーヴスを呼んで、彼に満足の意を告げた。

「ジーヴス、君は驚異だ！」

「有難うございます、ご主人様」

「どうしてああいう場所の色々に目が行くのかなあ。驚きだよ。僕なんか何にも語れやしない。楽しかったって他はな」

「ちょっとしたコツでございます、ご主人様」

「それでトッド氏の手紙はロックメトラー伯母さんをうまいこと喜ばせてることだろうな、どうだ？」

「確実と存じます、ご主人様」ジーヴスは同意した。

それで何と、その通りだったのだ！　実にまったくその通りだったのだ！　なんとだ！　つまりどういうことかと言うと、僕はある日の午後アパートメントで座っていた。ことの開始から一月ほど経ったある日のことだった。僕はタバコを吹かし、頭を休めていた。その時ドアが開き、ジーヴスの声が爆弾みたいに沈黙をぶっ飛ばしたのだった。

彼が大声を張り上げたとかいうわけではない。彼の声は柔らかく、人の心を慰撫するようで、遠くで聞こえるヒツジの鳴き声みたいに空気の中に流れ入ってくるのだ。僕を若いガゼルみたいに飛び上がらせたのは彼が言った内容だった。

「ロックメトラー様でございます！」

そして大柄でがっしりした女性が入ってきた。

この状況は僕を悶絶《もんぜつ》させた。僕はこのことを否定しない。ハムレットも父王の幽霊が通路にひょっこり現れたとき、僕みたいに感じたにちがいない。僕はロッキーの伯母さんは永久不変に自分の家にいるものだとばかり考えていたので、現実にここニューヨークに現れるなどということが可能だとは思ってもみなかったのだ。僕は彼女を見つめた。それからジーヴスを見た。彼はそこに威厳ある超然とした態度で立っていた。バカだ。若主人を危難から救うなら、それは今だという時にだ。

ロッキーの伯母さんは僕が今まで見た誰よりも病弱らしく見えなかった。とはいえアガサ伯母さんを除いての話だ。彼女は実にアガサ伯母さんと共通したものを多く持っていた。彼女を騙したらべらぼうに危険だろうと思わされた。そこで何かが僕にこう語りかけてきたのだ。哀れなロッキーの奴が彼女に仕掛けているゲームが発覚したら、間違いなく彼女は騙されたと思うだろうな、と。

「こんにちは」僕はやっとの思いで言った。

「はじめまして?」彼女は言った。「コーハンさんかねえ?」

「えー、ちがいます」

「じゃあフレッド・ストーンさん?」

「そうじゃありません。実を言いますと、僕の名前はウースターです――バーティー・ウースターと言います」

彼女は落胆したようだった。由緒あるウースターの名は、彼女の人生にとっては何の意味もなさないらしい。

「ロックメトラーは在宅かね?」彼女は言った。「どこへ行ってるんだい?」

彼女は最初の一撃で僕を打ちのめした。僕は何て言ったものか思いつかなかった。ロッキーは田舎にいて、イモムシを見ていますだなんて僕には言えなかった。

背後でごくかすかなはためきの音がした。それはジーヴスの礼儀正しい咳払いで、話しかけられてはいないけれど話し始めますよという宣言だった。

「ご記憶ではございませんでしょうか、トッド様は午後早くにご友人方とドライブにおでかけあそばされましたが」

「そうだった、ジーヴス。そうだったな」腕時計を見ながら僕は言った。「いつ帰るって言ってたっけかな？」

「遅くにお戻りあそばされる旨、わたくしにおおせでございました」

彼は姿を消した。伯母さんは椅子に腰かけた。僕は彼女に椅子を勧めるのを忘れていたのだ。彼女は何だか変な目で僕を見ていた。いやな目つきだった。僕は自分が、あとで時間があるときに埋めようと思って犬が運び込んできた何かみたいになった気がした。イギリスにいる僕のアガサ伯母さんも、僕を何度もまったく同じように見たものだった。そいつは決まって僕の気力を挫《くじ》けさせたものだ。

「ずいぶんくつろいでらっしゃるみたいだけどね、お若い方。あんたはロックメトラーのご親友かね？」

「ええ、そうですとも！」

ロッキーにももっといい所があっていいはずなんだけど、みたいな具合に彼女は眉をひそめた。

「まあ、そうなんだろうね」彼女は言った。「あの子の家でこんな我がもの顔に振舞ってるんだから！」

言わせて頂きたい。まるきり予期しなかったこの侮辱は、僕から話す力を奪い去った。僕はいつも自分のことを颯爽《さっそう》たる若主人という目で見てきた。突然の侵入者呼ばわりは、僕にははなはだしい衝撃だった。つまりこういうことだ。彼女の言い方は、僕がここにいることを普通の社交的訪問と思っているというふうではなかった。あきらかに彼女は僕を夜盗と浴室のパイプの水漏れを修理に来た配管工の中間くらいに見ていた。彼女は傷ついたのだ――僕がここにいるということに。この会話は恐るべき苦悶《くもん》のうちに終息する気配も露わだったのだが、この時僕にアイディアが湧いた。お茶だ――いざという時頼りになるのはこれだ。

「お茶を一杯いかがですか?」僕は言った。

「お茶だって?」

そんなもののことは今まで一度も聞いたことがない、みたいなふうに彼女は言った。

「長旅のあとのお茶くらいいいものはありませんよ」僕は言った。「元気潑剌! ちょいと活力注入ですよ。つまり疲労回復、とかそういうことです。おわかりでしょう。ちょっと行ってジーヴスに言ってきます」

僕はジーヴスの私室までとっとと駆けて行った。この男はこの世に何の思いわずらいもなし、といった風情で夕刊を読んでいた。

「ジーヴス」僕は言った。「お茶がいるんだ」

「かしこまりました、ご主人様」

「なあ、ジーヴス。ちょっとあんまりなんだ、どうだ?」

僕が求めていたのは同情だった。おわかりいただけよう。同情と優しさだ。僕の神経中枢はとてつもないショックを受けていたのだ。

「彼女はこのフラットはトッド氏のものだって思ってるんだ。一体全体何が彼女にそんな考えを吹き込んだんだ?」

ジーヴスは抑制された威厳あるしぐさで、ヤカンを一杯にした。

「もちろんトッド様のお手紙のゆえでございましょう、ご主人様」彼は言った。「ご記憶でいらっしゃいませんでしょうか。この街に立派なお住まいを構えておいでとの外見を装うため、お手紙記載のご住所はこちらにするようにと、わたくしがご提案申し上げました」

思い出した。あの時は賢明な計画だと思ったのだ。

「うーん、大変なんだ、わかるだろ、ジーヴス。彼女は僕を侵入者だと思ってる。何てこった！彼女は僕をこの辺をうろうろしてるゴロつきで、トッド氏にタダ飯をせびって奴のシャツを借りて着てるって思ってるんだ」

「その蓋然性《がいぜんせい》はきわめて高いものと拝察いたします、ご主人様」

「まったくとんでもない話じゃないか」

「きわめて不快でございます、ご主人様」

「それだけじゃないんだ。トッド氏のことはどうする？　できるだけ早く奴をここに連れてこなきゃいけないぞ。お茶を運んだら外に出て、次の汽車で来るようにって奴に電報を打ってくれ」

「もうそれはいたしました、ご主人様。勝手ながらこちらにてメッセージをしたため、エレベーターボーイに電報を打たせましてございます」

「すごいぞ！　君は何でも考えてるんだな、ジーヴス！」

「有難うございます、ご主人様。紅茶にはバターつきトーストを少々お添え申し上げましょうか？　それではご主人様。失礼をいたします」

僕は居間に戻った。彼女は一センチたりとも動いていなかった。椅子の端っこに垂直にボルトで固定されたまま、傘の柄をハンマー投げの選手みたいに握っていた。僕が入っていくと、彼女はまたあの目で僕を見た。疑問の余地はない。何らかの理由で彼女は僕が嫌いなのだ。多分僕がジョージ・M・コーハンでないのがいけなかったんだと思う。こういうことは僕には堪えるのだ。

「驚きですね、そうじゃありませんか?」安らかな沈黙が五分ほど続いた後、何とか会話を再開しようと僕は言った。

「何が驚きだって?」

「貴女がこちらにいらしたことですよ。そうじゃありませんか、というかそうでしょう」

彼女は眉毛を上げ、彼女なりのやり方で、僕の言葉を吸収した。

「あたしがたった一人の甥っ子を訪問するのが、どうして驚きなのかね?」彼女は言った。

「ああ、そうですね」僕は言った。「もちろんですよ! その通りです! つまり僕が言いたいのは――」

ジーヴスが紅茶を持って部屋に降臨した。僕は彼を見てものすごく嬉しかった。何とセリフを言っていいかわからないとき、何かすることがあるくらい有難いことはない。いじくり回せるティーポットを持った僕は、ちょっとは幸せな気持ちになった。

「お茶、お茶、お茶――なんと! なんと!」僕は言った。

僕はこう言いたくてこう言ったわけではない。僕はもっとずっと形式ばったふうに、とかまあ、そんなふうにいきたかったのだ。とはいえこれでも間はふさげる。僕は彼女のカップにお茶を注いでやった。彼女はそいつを啜《すす》ると、身震いしてカップを置いた。

「お若いの、あんたはこうおっしゃるわけかね」彼女は冷ややかに言った。「こんなものをあたしに飲めと?」

「そうですとも！　元気潑剌ですよ！」

「〈元気潑剌〉とはどういう意味なのかね？」

「えーと、元気満載にしてくれるってことですよ。血気盛んにね」

「あんたの使う言葉はわからないね。お前さんイギリス人だね、そうだろ？」

僕はそうだと認めた。彼女はひとことも口をきかなかった。それでその口のきかなさというのが、彼女が何時間も何時間もしゃべくるよりもはるかに悪いような具合だったのだ。ともかく僕にわかったのは、彼女はイギリス人が嫌いだということと、もしどうしてもイギリス人に会わねばならないなら、僕は彼女が最後に選ぶであろう人物だ、ということだった。

その後会話は再び生気を失った。

それから僕はもう一度やってみた。この一瞬一瞬にも、僕は確信を強めていたのだが、二人きりでは真に活気あるサロンはつくり得ない。とりわけそのうちの一人が一度に一語しか発話しない場合にはだ。

「ホテルでは快適にお過ごしですか？」

「どのホテルかね？」

「ご滞在のホテルですよ」

「あたしゃホテルに泊まっちゃいないんだよ」

「ご友人のところにご滞在、ってことですか？」

「当然あたしゃあ甥っ子のところに泊まるつもりだよ」

僕は一瞬この意味がわからなかった。それから猛烈な衝撃を受けた。

「なんと！　ここに？」僕は咽喉《のど》をゴボゴボ言わせた。

「そりゃそうだとも！　いったい他のどこに行こうってんだね？」

この状況の完全なる恐怖が僕を大波のごとく圧倒した。一体全体どうしたものか僕にはわからなかった。ここは哀れなロッキーの奴のフラットでないと説明すれば、奴を絶望的に見放すことになる。彼女はそれじゃあ奴はどこに住んでいるのかと訊くだろうし、そしたら奴はスープの中に直行だ。彼女がまた話しはじめたとき、僕はショックから立ち直ろうと頑張っていた。

「悪いけどあんた、甥っ子の執事に、あたしの部屋を整えるように言ってもらえるかね？　あたしゃ横になりたいんだよ」

「貴女の甥御さんの執事ですって？」

「あんたがジーヴスとか呼んでた男だよ。ロックメトラーがドライブに出かけたんなら、お前さんがあの子を待ってる理由はないはずだよ。当然あの子は帰ってきたらあたしと二人きりになりたいはずだからね」

気がつくと僕は部屋から走り出ていた。全部が全部、僕にはあんまり過ぎた。僕はジーヴスの私室によろめき入った。

「ジーヴス！」僕はかすれ声で言った。

「ご主人様？」

「ブランデー・アンド・ソーダをこしらえてくれ、ジーヴス。弱ってるんだ」

「かしこまりました、ご主人様」

「毎分毎秒事態は混迷を深めてるんだ、ジーヴス」

「ご主人様？」

「彼女は君のことをトッド氏の従僕だと思ってるんだ。この家もこの家の物も全部全部奴のだと思ってるんだ。君ならどうする、僕には見当がつかないよ。このままこの成りゆきを維持するほかはどうしようもない。僕たちは何にも言うわけにはいかないだろ。さもなきゃ彼女は全部気がついちまう。僕はトッド氏をがっかりさせたくないんだ。そうだ、ところでジーヴス、彼女は君にベッドの用意をするようにって言ってたぞ」

彼は傷ついたように見えた。

「それはわたくしのお役目ではございません、ご主人様――」

「わかってる――わかってるんだ。だが僕のためだと思ってやってくれ。君がそう言うなら、こんなふうにフラットを追い出されてホテルに行かなきゃならないなんてのは、まるきり僕の役目じゃないんだ。どうだ？」

「あなた様はホテルに行かれるおつもりでいらっしゃるのですか？　お召し物はどうなさるおつもりでございましょうか？」

「何てこった！　まるで考えてなかった。彼女の目を盗んでいくつかカバンに突っ込んで、セント・オーレアまでこっそり持って来てくれないか？」

「全力を尽くしましてそういたす所存でおります、ご主人様」

「うん、それじゃそれで全部だな？　まだ何かあるか？　トッド氏が到着したら、僕がどこにいるか伝えてくれ」

「かしこまりました、ご主人様」

僕は周りを見渡した。別れの時は来た。僕は悲しかった。先祖代々の家屋敷を追われて、雪の中に放り出された男の出てくるメロドラマが思い出されてならなかった。

「さようならだ、ジーヴス」僕は言った。

「さようなら、ご主人様」

そして僕はよろよろと出て行った。

ご存じだろう。詩人で哲学者の誰それさんが主張するところの、男はちょっとばかり厄介事を抱えたときにはものすごく大喜びすべきだ、という意見に僕はいつも大賛成である。艱難辛苦汝を玉とすとか何とか、そういうやつだ。苦しみは人生の視野を拡げ、より同情心ある人物にする。自分も同じような目に遭っていれば、他人の不幸を理解しやすくなるというわけだ。

さびしいホテルの寝室に一人きりでたたずみ、白ネクタイを自分で結ぼうとしてみて、やっと、生まれてはじめて僕は、世の中には面倒を見てくれる人物なしで何とかやっていかなければならない人たちが、ごまんといるにちがいないと気づいて茫然としたのだった。僕はいつもジーヴスを一種の自然現象みたいなものだと考えていた。だけど、何てことだ！　考えてみれば、無論、世の中には自分で自分の服にアイロンをかけないといけなくて、朝になってお茶を運んできてくれる者もいないという男はずいぶんとたくさんいるにちがいないのだ。そう考えると何だか厳粛な思いにうたれた。つまりこういうことだ。このとき以来、僕は貧民が耐えしのばねばならない恐るべき窮乏というものを、真に心から理解できるようになったのだ。

僕は何とか着替え終えた。ジーヴスは何一つ忘れずに荷造りをしてくれてあった。最後の飾りボタンまで全部揃っていた。そのせいでもっとひどい気分にならなかったかどうかは定かでない。ますます悲哀が募るばかりだった。誰だったかが書いていた、消え去りし手の感触みたいなものだ［テニスンの詩「砕け、砕けよ、砕け散れ」］。

　僕はどこかでディナーを食べて、何だったかのショーを見に行った。だが何をしたってちがいはないみたいだった。どこかで夜食をとる気分には到底なれなかった。僕はベッドに直行した。こんなにひどい気分ははじめてだった。どういうわけだか、気がついたら僕は部屋の中をゆっくりと歩きまわっていた。家族の誰かが死んだみたいにだ。もし話し相手がいたとしたって、僕はひそひそ声でそっと語りかけたことだろう。実際、電話のベルが鳴って、僕が悲しい、沈んだ声で応えた時、電線の向こう側の相手は「ハロー！」を五回も言ったのだった。僕が電話口に出ているのがわからなかったのだ。

　ロッキーだった。哀れなこの男は激しく動揺していた。

「バーティー！　バーティーか？　なあ、まいった！　ひどい目にあってるんだ！」

「どこから掛けてるんだ？」

「ミッドナイト・リヴェルズだ。もう一時間もいるんだ。一晩中ここにいることになりそうなんだ。俺はイザベル伯母さんに、ちょっと行って友達を誘ってくるって言ってきたんだ。伯母さんは椅子にしっかり貼りついて、これこそ人生だって身体中に書いて、毛穴からそいつをみんな吸い込んでるんだ。彼女は楽しんでる。俺はもう頭がヘンになりそうだ」

「みんな話すんだ、心の友よ」僕は言った。

「こんなことがあとちょっとでも続こうもんなら」奴は言った。「俺はこっそり川まで行って、全部おしまいにしちまうところだ。お前はいったいこんなことを毎晩やってるって言うのか、パーティー？　それで楽しんでるんだって？　地獄だ！　今ちょっと俺がプログラムの陰で一瞬だけ眠ってたら、百万人の娘たちが風船を持って絶叫しながら突進してきたんだぞ。それでオーケストラは二つも入ってる。どっちもあっちよりでかい音で演奏してやろうって頑張ってるんだ。俺はもう身も心も廃人だ。お前の電報が届いたとき、俺は寝そべって静かにパイプを吹かしてさ、絶対的な安息感に包まれてたんだ。なのに着換えて、汽車に乗るため三キロも全力疾走しなきゃならなかったんだぞ。心不全で死ぬとこだったんだ。それだけじゃない。イザベル伯母さんにつかなきゃならんウソを考えるんで知恵熱を出しそうだったんだ。それでもって貴様のいまいましい夜会服に、身体をぎゅうぎゅう押し込まなきゃならなかったんだ」

僕は悲嘆の鋭い叫び声をあげた。その時まで、ロッキーがこの場を乗り切るために僕のワードローブに頼っているとは思わなかったのだ。

「お前僕の服を駄目にしちゃうだろ！」

「してやりたいぜ」ロッキーはものすごく不愉快な言い方でそう言った。奴の災難はこいつの性格に最悪の効果を及ぼしているようだ。「何とかこいつらに仕返しをしてやりたいところなんだ。ひどい目に遭わされてるんだぞ。サイズが三つくらい小さ過ぎるんだな。今にも何かが起こりそうな具合なんだ。駄目になっちまえばいいんだよ。そしたら息ができる。有難いことにジーヴスが何とか出かけて、俺にあったカラーを買ってきてくれた。でなけりゃ今頃は絞殺死体になってたところだ。飾りボタンが壊れる寸前だったんだ。パーティー、ここは正真正銘の地獄だ！　イザベル伯母さんは俺にダンスしろって言い続けてる。踊る相手もいないのにどうしたらダンスができる？　いやもしここにいる娘っ子を全員知ってたとしたって、俺に踊れるわけがなかろうが？　このズボンじゃちょっと動くだけでも大冒険なんだぞ。俺はくるぶしを痛めてるんだって伯母さんに言わなきゃならなかった。伯母さんはコーハンとストーンはいつ来るんだって俺をせっつきっぱなしだ。そのストーンの奴が二テーブル向こうに座ってるって気づくのは時間の問題だろう。何とかせにゃならん、バーティー！　このめちゃめちゃな窮状から俺を救出する手を、お前が何か考えてくれなきゃいけない。お前のせいでこんな目にあってるんだ」

「僕のせいだって！　どういう意味だ？」

「うー、じゃあジーヴスのせいだ。おんなじことだ。ジーヴスにまかせろって言ったのはお前だからな。この災難の原因はジーヴスのせいだ。ジーヴスのメモを元に俺が書いた手紙だ。うまいこと書き過ぎたんだ。伯母さんがたった今そのことを言ってた。伯母さんは今いる場所で人生を終えようって諦めをつけてたんだ。そこにニューヨークの喜びを書き連ねた俺の手紙が届きだした。それがあんまり刺激的だったもんで、とうとう病気は回復して彼女は旅立てたっていうんだな。信仰療法による奇跡の快癒だって思ってるらしい。もう我慢できん、バーティー！　終わりにしよう！」

「ジーヴスは何か思いつかないのか？」

「だめだ。〈きわめて不快でございますな、旦那様！〉とか言いながらうろつき回っているだけだ。まったくたいした助けになるってもんだぜ！」

「うーむ、心の友よ」僕は言った。「僕にしてみりゃ僕のほうがお前よりずっとひどい身の上なんだ。お前には快適な家があってジーヴスがいる。金だってずいぶん貯まっただろうに」

「金が貯まるだって？　どういう意味だ――金が貯まるってのは？」

「だってお前の伯母さんは小遣いをよこしてくれてるんだろう。そこの払いだって伯母さん持ちだろうが、そうじゃないのか？」

「その通り、彼女の払いだ。だがな、伯母さんは小遣いを止めちまったんだ。今夜弁護士に手紙を書いてた。もう自分がニューヨークにいるんだから、こんなことを続ける必要はなくなったって言うんだ。俺たちはいつもいっしょにいるんだから、金のことは伯母さんが見るって方が話が簡単だってな。バーティー、言わせてもらう。このいまいましい災難を俺は顕微鏡で精査してみたんだ、まだ前途の希望があるなんて言う奴がいたら、そいつはちょっとした偽善者だぜ！」

「だけどロッキー、心の友よ、あんまりにもひどすぎる話じゃないか！　このいまいましいホテルで僕が、ジーヴスなしでどんな目に遭ってるか、お前にはわかりゃしないだろうが。僕はフラットに帰らなきゃならないんだ」

「あのフラットに近づくな！」

「だけどあれは僕のフラットなんだ！」

「どうしようもない。イザベル伯母さんはお前が嫌いなんだ。お前は何をして生計を立ててるのかって伯母さんが訊くんだ。それで何もしていないって答えたら、そんなことじゃないかと思った、あいつは役立たずの頽廃した貴族社会の典型的な見本だって言うんだ。気に入られたとでも思ってるなら、忘れるんだ。もう戻らなきゃならない。伯母さんに探しにこられちゃあ困る。さよならだ」

　翌朝ジーヴスが来てくれた。彼が音もなく部屋に浮遊して入ってくると、懐かしさのあまり僕はほとんど崩壊せんばかりだった。

「おはようございます、ご主人様」彼は言った。「あなた様のお荷物を少々追加してまいりました」

彼は持ってきたスーツケースの革ひもをほどき始めた。

「こいつをこっそり運び出すのは、大変だったんじゃないか？」

「容易ではございませんでした、ご主人様。わたくしは機をうかがわねばなりませんでした。ロックメトラー様はきわめて注意おこたりない女性でいらっしゃいます」

「なあ、ジーヴス。言いたいように言ってくれ――これはちょっとあんまりなことになった、そうじゃないか？」

「現状況は、確かにこれまで一度たりともわたくしの経験いたしたことのないものでございます。混ぜ色織りのスーツをお持ちいたしました。今どきの気候に適したお召し物と存じます。明日は、もし支障なくばでございますが、薄い緑の綾織の入りました茶色の背広をお持ちいたします」

「もうこんなことは――続けられない――ジーヴス」

「最善を祈らねばなりません、ご主人様」

「何か策は思いつかないのか？」

「この問題につきまして、わたくしは少なからぬ思考を傾注いたしております、ご主人様。しかしながら今のところ、成功裏にではございません。シルクのシャツは三枚置いてまいります――紫がかった灰色と、ライトブルーと藤紫色でございます――一番上の長引出しに入れてございます、ご主人様」

「何も思いつかないなんて言うんじゃないだろう、ジーヴス？」

「現時点ではさようでございます、ご主人様。ハンカチと褐色の靴下が一ダースずつ、一番上の左側の引出しに入れてございます」彼はスーツケースに革ひもを掛け、椅子の上に置いた。「奇妙なご婦人でございます、ロックメトラー様は」

「ずいぶん内輪な言い方だな、ジーヴス」

彼は瞑想にふけるように窓の外を見た。

「多くの点で、ロックメトラー様は、ロンドン南東部に住まいいたしておりますわたくしの叔母を想起させるところがございます。二人とも気性が大変似通っております。わたくしの叔母も大都会の歓楽を愛するという同じ嗜好を持っております。辻馬車に乗ることに情熱を傾けておるのでございます、ご主人様。家族の者の監視の目がない折には、すぐさま家を飛び出しまして、辻馬車を走らせて日がな過ごすのでございます。この欲望を満足させんがため、子供の貯金箱にまで手をつけたことが一再ならずあるほどでございます」

「君の叔母さんについておしゃべりができて嬉しいよ、ジーヴス」僕は冷たく言った。この男が僕を落胆させたと思って、うんざりしていたのだ。「だがそれが僕の問題とどう関係するのかがわからないな」

「ご寛恕を願います、ご主人様。マントルピースの上にネクタイを少々並べて置いてまいります。お好みでお選びいただければよろしいかと存じます。赤のドミノ模様の入った青のネクタイをわたくしはお勧めいたします、ご主人様」

そして彼は気づかぬほどの静かさでドアに向かい漂い流れ、音もなく流れ去り行ってしまった。

大きな衝撃やら喪失の後、しばらく床に倒れて思い浮かぶことどもをつらつら考えた後、起き上がって体勢を立て直し、新たな生活を始めてみようとする習性が人にはあるとは、しばしば聞かれるところである。偉大な癒し手たる時の力、そして大自然が何とかしてくれるとか何とかそういうことだ。聞くべきところは多い。僕にはわかるのだ。なぜなら僕自身の場合も、いわゆる虚脱の時を一日、二日過ごした後で、僕は回復を始めたからだ。ジーヴスの喪失という恐るべき事態は、あらゆる喜びの感覚を多かれ少なかれまがい物じみて感じさせたが、少なくとも僕は自分が再び人生を楽しむ元気を持てることに気がついた。つまりこういうことだ。僕には再びキャバレーに出かけるくらいの元気が出てきた。たとえひとときなりとも、忘れるためにだ。

他のみんなが寝ている時間に目覚めている部分に関して言うと、ニューヨークは狭い街だ。僕の行程がロッキーのそれと交差するまでに、たいした時間はかからなかった。僕は一度奴をピールズで見た。それからフロリックス・オン・ザ・ルーフでもまた見かけた。どちらのときも奴は誰ともいっしょではなかった。例の伯母さん以外にはだが。奴は理想の暮らしを送っているみたいなフリをしていたが、事情を知る僕には、仮面の下でこの哀れな男が苦悩していることを看取するのは困難ではなかった。僕のハートは奴のために血を流していた。少なくとも、僕自身のために血を流していない部分についてはだ。奴には緊張のあまり神経がおかしくなりそうな男の気配があった。

僕には伯母さんも少々気が転倒しているような具合に見えた。僕はそれを、セレブたちはいつになったら押し寄せてくるのか、ロッキーが手紙でつるんでいると言っていた、ワイルドで気楽な連中は突然どうなってしまったのか、と、彼女が気をもみ始めたせいだと理解した。僕は彼女を責めない。僕は奴の手紙を二、三通読んだに過ぎないが、それは確かに哀れなロッキーの奴は実に断然ニューヨークのナイトライフの中心で、奴がキャバレーに現れない日は、支配人は「じゃあしょうがないな」とか言ってシャッターを下ろしてしまう、といった印象を与えるものだったのだ。

それから二夜連続で僕は彼らと会わなかった。だがその次の晩僕がメゾン・ピエールで一人きりで座っていると、誰かが僕の肩甲骨をぽんぽん叩いてきた。見るとロッキーが僕の脇に立っている。奴の表情は切ないまでの憧憬と卒中発作が入り混じったみたいなザマに見えた。この男がどうやって僕の夜会服をどうにかこうにか大きな不幸なしに何度も着続けていられるのかは僕には謎である。奴が後になって僕に打ちあけてくれたところでは、早い時点で奴はウェストコートの背に切込みを入れており、おかげでずいぶんと助かったのだそうだ。

一瞬僕は、今夜奴は何とか伯母さんから逃げ出してこられたのだと思った。だが、奴の向こうを見ると、彼女がまた来ているのが見えた。彼女は向こうの壁際のテーブルに座って、僕のところを、支配人に文句が行って然《しか》るべきだ、みたいな目つきでみている。

「バーティー、なあ心の友よ」ロッキーは静かな、押し殺したような声で言った。「俺たちはいつだって友達だよな、そうじゃないか？　つまりだ、お前に頼まれれば俺はお前のためになんだってする、そうだろ」

「ああ、親愛なるわが友よだ」僕は言った。この男は僕を感動させたのだ。

「じゃあ、頼む。こっちへ来て今夜これからいっしょに俺たちのテーブルに座ってくれないか」

うむ、おわかりいただけよう。神聖なる友情の要求にも限度というものがある。

「なあ親友」僕は言った。「わかってるだろう、僕はもちろん何だってするさ。だけどさ――」

「お前は来なきゃならないんだ、バーティー。来なきゃだめだ。伯母さんの気を逸らすために何かしなきゃならん。何だかじっと考え込んでるんだ。ここ二日間ずっとあんなふうなんだ。疑いだしたんだと思う。行く先々でどうして誰一人知り合いに会わないのか、伯母さんには理解できないんだ。二、三日前たまたま偶然、前よく知ってた新聞記者二人に会ったんだ。お陰でしばらくは何とかなった。俺は二人をデヴィッド・ベラスコとジム・コルベットだって言ってイザベル伯母さんに紹介したんだ。だけどあれの効き目も今じゃもうお終いだ。それでまた伯母さんは不審に思いはじめてるんだ。何とかしなきゃならない。さもなきゃ悪事は全部露見だ。もし全部見つかっちまったら、伯母さんの遺産は全部パアなんだ。一セントだってもらえやしない。後生《ごしょう》だから、俺たちのテーブルに来て助けてくれよ」

僕は行った。困っている友達には手を貸してやらないといけない。イザベル伯母さんはいつも通り椅子にボルトで垂直に固定されたみたいに端座していた。ブロードウェイ探求を開始したときに彼女がもっていた強い興味は、いく分失われているように見えた。どちらかと言うと不愉快な事柄についてずいぶん深く考えている、といったふうだった。

「バーティー・ウースターにはもう会ったんだよね、イザベル伯母さん?」ロッキーが言った。

「会ったよ」

「座れよ、バーティー」ロッキーは言った。

かくして楽しいパーティーが始まった。そいつは陽気で幸せな、パンを細かくちぎっているばかりの楽しいパーティーで、話し始める前に二回咳払いをして、それからやっぱり話はしないことに決めた、といったような次第に進行した。一時間ほどこんなふうに野放図な遊蕩にふけった後、イザベル伯母さんは家に戻りたいと言った。ロッキーが僕に語ったことからすると、これは僕には不吉な予兆と思われた。僕が聞いた限りでは、来訪当初彼女はロープで引っぱらなきゃ家に帰らないような勢いだったはずだ。

ロッキーの思いも同じだったにちがいない。奴は懇願するような目で僕を見たからだ。

「お前も来るだろ、なっ、バーティー。フラットで一杯やらないか？」

契約書にそんなことは書いてないと僕は思ったが、どうしようもなかった。この可哀そうな男をこの女性と二人だけにして見捨ててゆくのは残酷だと思えたのだ。それで僕はいっしょに行くことにした。

最初の最初から、僕たちがタクシーに足を踏み入れたその瞬間から、何かが起こりそうだという予感は膨らみだしていた。伯母さんが座っているその位置から、中身の濃い沈黙が辺りを圧していた。前部座席の狭いシートでバランスをとりながらも、ロッキーは何とか話題を提供しようと最善を尽くしていたが、それでもなお我々は賑《にぎ》やかな一行ではなかった。

フラットに帰り着いたとき、私室で座っているジーヴスの姿がちらりと見えた。僕はジーヴスに集合せよ、と指令できたらいいのにと思った。彼が必要な事態になりそうだと何かが僕に告げたのだ。

飲み物は居間のテーブルの上に置かれていた。ロッキーがデカンターを取り上げた。

「いいところで言ってくれ、バーティー」

「ストップ！」伯母さんが吠《ほ》え、奴はそいつを落っことした。

残骸を拾い集めようと身体をかがめたロッキーの目が僕には見えた。それは来るべきものが来たことを、承知している者の目だった。

「放ってお置き、ロックメトラー！」イザベル伯母さんが言った。それでロッキーはそいつをそのまま放置した。

「話すべき時が来たようだね」彼女は言った。「若者がこれから破滅しようってのをのん気に見過ごすわけにゃあいられないよ」

哀れなロッキーの奴は咽喉をゴボゴボ鳴らした。ウィスキーがデカンターから流れ出て僕のカーペットにこぼれるときみたいな音だ。

「えっ？」

伯母さんは話を進めた。

「悪いのはね」彼女は言った。「あたしなんだよ。あの頃は光明が見えてなかったんだ。だが今やあたしの目は開いてる。あたしゃとんでもない間違いを犯しちまったってことに、今じゃ気づいてるんだ。あたしがお前に働いた不正を思うとね、身体が震えてくるよ。ロックメトラー、お前をそそのかして、こんな邪悪な都会に足を踏み入れさせちまっただなんてね」

ロッキーが弱々しげにテーブルを手探りで探っているのを僕は見た。指がテーブルに触れると、安堵の表情がこの哀れな男の顔に宿った。僕にはこいつの気持ちが理解できる。

「だけどロックメトラー、あたしがお前に都会に行って暮らせって指示する手紙を書いた時にはね、マンディー氏がニューヨークについて話されるのを伺う恩恵に浴したことがまだなかったんだよ」

「ジミー・マンディーだ！」僕は叫んだ。

ありとあらゆることが皆こんがらがっているみたいなときに、突然手がかりが見つかるということは間々あるものだ。彼女がジミー・マンディーの名を口にしたとき、僕にはうっすらと、何が起こったのかがわかってきた。前にもこういうことがあった。思い出した。イギリスでの話だ。ジーヴスの前に僕が使っていた男が、夜間の外出中にこっそり集会に出かけていって、戻ってくると僕が少しばかり夕食を振舞っていた友人たち一同の面前で、僕のことを社会構造中の役立たずの汚点だと公然と罵倒したのだ。

伯母さんは僕をしぼませ、ひるませてやろうとするみたいに上から下まで見てよこした。

「そうだよ。ジミー・マンディーだ!」彼女は言った。「あんたみたいな種類の人間があの方のことを聞いたことがあるなんて、あたしゃ驚いたよ。音楽なし。酔っ払いの踊る男もなし。恥知らずのこれ見よがしの女たちもあの方の集会にはいないんだ。あんたには面白くもなんともないはずだよ。だけどね、あんた以外の、それほど罪深い暮らしをしてない者にとっては、あの方にはメッセージがあるんだよ。あの方はニューヨークをそれ自身から救うためにやっていらしたんだ。ニューヨークに――あの方の個性に富んだ言葉で言えば――旅立ちを強いるために、やってらしたんだよ。ロックメトラー、お聞き。あたしがはじめてあの方のお話を聞いたのはね、三日前のことだった。この人生において単なる偶然が将来全体のかたちを決めるなんてことは、一体どれくらいあるもんかねえ!

お前はベラスコさんから電話があったもんで出かけてたんだ。それで予定通りあたしをヒッポドロームに連れてってくれるわけには行かなくなった。それであたしはお前の執事のジーヴスに、そこに連れていくようにって頼んだんだよ。あの男の知能ったらまったくひどいもんだね。あたしの言うことを聞き間違えたんだ。だけどあれがそうしてくれたことにあたしゃ感謝するよ。あれはあたしを、後でわかったんだがマディソン・スクウェア・ガーデンっていうところに連れて行った。そこでマンディー氏は集会を開いてらっしゃるんだね。あれはあたしを席まで案内すると帰っちまった。それで集会が始まるまで、あたしゃ間違いに気づかなかったんだよ。あたしの席は列の真ん中だったから、たいそうたくさんの人たちに迷惑を掛けないとそこを出るわけにも行かなかった。それでそのままそこに留まったんだ」

彼女は大きく息を吸い込んだ。

「ロックメトラー、あたしゃこれ以上何かに感謝したことはないね。マンディー氏はすばらしかったよ！　あの方は人々の罪を洗い流してくださる大昔の預言者みたいだった。霊感に熱狂されるあまりにぴょんぴょん跳ねて回ってらっしゃるんで、怪我するんじゃないかって気が気じゃなかったほどだよ。時にちょいとばかしおかしなやり方で自己表現をなさるんだ。だけど一語一句が確信に裏打ちされていたよ。あの方はあたしにね、本当のニューヨークを見せてくださった。あの方はあたしにね、金ぴかの悪所場に座って、まともな人間ならベッドに入ってる時間にロブスターを食べていることの虚栄と邪悪とをわからせてくださったんだよ。

あの方はタンゴとかフォックス・トロットってのは、悪魔が人を底なしの地獄に引きずり込むための策略だっておっしゃるんだよ。古代ニネヴェやバビロンの享楽を全部合わせたよりも、黒人のバンジョー・オーケストラが十分間演奏する方がもっと罪深いっておっしゃるんだ。それであの方が片足立ちしてあたしの座ってるところを指差して〈これはお前のことだ！〉って叫んだとき、あたしゃ床を突き抜けて地面に沈んじまうところだったよ。あそこに行ってあたしは別の人間に変わったんだ。あたしの様子が変わったのに気がついたろう、ロックメトラー？　あたしがもはや、ああいう邪悪な場所で踊れだなんてお前をせっつくような軽率で無思慮な人間じゃなくなったってことに、お前は気づいたにちがいないんだよ」

ロッキーはまるでそいつがたった一人の友達だみたいにテーブルにしがみついていた。

「う、うん」奴はどもりながら言った。「お、俺は何か間違ってると思ってたんだ」

「間違ってるだって？　正しいんだよ！　すべてが正しいんだよ！　ロックメトラー、まだ遅過ぎやしない、お前だって救われるよ。邪悪な杯をほんのひと口啜っただけなんだからね。まだ飲み干しちゃいないんだ。最初は苦しいかもしれない。だけど気をしっかり持ってこの恐ろしい街の魔力と魅力と抗して戦いさえすれば、必ずやできることなんだよ。あたしのためだと思って、やってみてくれないかい、ロックメトラー？　明日田舎に出発して、この戦いを始めておくれでないかねえ？　一歩一歩、意志《ウイル》の力をもって――」

愛すべきロッキーの奴をトランペットの音みたいに奮い立たせたのは「意志《ウイル》」という言葉であったにちがいないと、僕は思わずにいられない。奇跡が起こってイザベル伯母さんの遺言《ウイル》から除外されれる憂き目から救済されたとの認識が、その言葉で奴の胸に落ちたにちがいないのだ。いずれにせよ、彼女が話すにつれ、奴はどんどん元気になり、テーブルから手を離すとぎらぎらした目で彼女に向き直った。

「俺に田舎に行けって言うのか、イザベル伯母さん？」

「そうだよ」

「田舎に住めって？」

「そうだよ、ロックメトラー」

「四六時中田舎にいろだって？　決してニューヨークに来るなだって？」

「そうだよ、ロックメトラー。そういうことを言ってるんだ。それしか方法はないんだよ。田舎でなきゃお前は誘惑から逃れられないんだ。やっておくれだね、ロックメトラー？　あたしのために――やってくれるね？」

ロッキーはまたテーブルをつかんだ。奴はそのテーブルからずいぶんたくさんの勇気をもらっているらしい。

「やるよ」奴は言った。

「ジーヴス」僕は言った。その翌日のことだ。僕は懐かしきわがフラットに戻り、懐かしき肘掛け椅子にもたれ、懐かしきよきテーブルに脚を載せていた。僕はたった今ロッキーの奴が田舎のコテージに帰るのを見送ってきたところなのだ。それより一時間前にロッキーは、彼女がその近在の呪《のろ》いであるところの何とか言った寒村へと、伯母さんを見送った。それでやっと僕らは二人きりになったというわけなのだ。

「ジーヴス、我が家にまさるところはないな――どうだ？」

「まことにおおせの通りでございます、ご主人様」

「ああ懐かしの我が家よ、とかなんとか言ったっけな――どうだ？」

「おおせの通りでございます、ご主人様」

僕はもう一本のタバコに火を点けた。

「ジーヴス」

「はい、ご主人様？」

「わかるかなあ。この一件についちゃ一時、君はまるきりお手上げでいるんだって僕は本当に思ってたんだ」

「さようでございますか、ご主人様？」

「ロックメトラー伯母さんを集会に連れて行こうだなんて、一体いつ思いついたんだ？　純然たる天才の仕事だ！」

「有難うございます、ご主人様。ある朝わたくしが、叔母のことを考えておりました折に、いささか突然に思いついたのでございます、ご主人様」

「君の叔母さんだって？　辻馬車好きの叔母さんのことかい？」

「さようでございます、ご主人様。発作が始まったと見ますと、いつも我々は叔母を教区牧師のところにやったものでございます。より高き事物について牧師にひとくさり話してもらいますと、いつでも叔母の心は辻馬車からそらされたものでございました。同様の治療策が、ロックメトラー様にも有効なのではあるまいかと、思い至ったような次第でございます」

僕はこの男の変通の才に感嘆した。

「頭脳だ」僕は言った。「まごうかたなき天才だ。そんな脳みそをどうやって手に入れたんだ、ジーヴス？　魚をたくさん食べてるにちがいない、そうじゃないか。君はたくさん魚を食べているのかな、ジーヴス？」

「いいえ、ご主人様」

「ああそうか。じゃあ、生まれ持っての才能だな。そういうことか。そう生まれついたんでなけりゃ、心配したってしょうがないってことだな」

「おおせの通りでございます、ご主人様」ジーヴスは言った。「ご提言をお許し願えますならば、今お締めのネクタイはもはやご着用なさらぬがよろしいかと存じます。緑色のためかお顔映りがよろしくなく、少々胆汁質の印象に拝見されます。代わりましてわたくしは、こちらの赤のドミノ模様の入りました青いネクタイを強くお勧め申し上げるものでございます、ご主人様」

「よしわかった、ジーヴス」僕は謙虚に言った。「君は何でもわかってるんだ！」

6．旧友ビッフィーのおかしな事件

「ジーヴス」浴槽から出てきた僕は言った。「集合だ」

「はい、ご主人様」

僕はこの男を少なからず優しい気持ちでもって見つめた。このとき僕はパリに来て一週間かそこら経ったところだったのだが、パリというところはいつも、僕をエスピエグルリ［いたずらっぽさ］とジョア・ド・ヴィーヴル［生きる喜び］で一杯な気分にしてくれるのだ。

「ボヘミアンの歓楽にふさわしい、ほどほどに洗練された紳士の衣服を出してくれ」僕は言った。「河向こうで芸術家連中と昼食なんだ」

「かしこまりました、ご主人様」

「それでもし誰かが僕を訪ねてきたら、ジーヴス、僕は静けき黄昏《たそがれ》どきの近くに戻ると言っておいてくれ」

「はい、ご主人様。あなた様のご入浴中にビッフェン様がお電話をかけておよこしになられました」

「ビッフェン氏だって？　そりゃ驚いた！」

異国の街で人がいつもどんな具合に知人と出くわすものかは驚きである。何年も会っていないし、家の近所じゃあ絶対に会わないのが確実な連中にだ。パリというところはビッフィーの出没がもっとも期待されない地域である。僕と奴が二人して街で浮き名を流した時代もあった。ほとんど毎日昼食や夕食をいっしょにしたものだ。だが十八カ月ほど前に奴の年老いたゴッドマザーが亡くなって、ヘレフォードシャーにある家財産を奴に遺した。それで奴はその地に隠遁し、ゲートルを着けて牛たちのわき腹を突っつき、田舎紳士であり地主である人物として現在あるわけなのだ。

「ビッフィーの奴がパリにいるだって？　一体何してるんだ？」

「わたくしにはお話しいただけませんでした、ご主人様」ジーヴスが言った——ほんの少し冷たい言い方だったように僕は思った。何だかビッフィーのことが好きではないみたいに聞こえる。だが以前は二人ともいつだって結構仲良くやっていたのだ。

「どこに泊まってるんだって？」

「コリゼー通りのオテル・アヴェニダでございます、ご主人様。これからお散歩をなさって、今日の午後にまたおいでであそばされるおつもりだとおおせでいらっしゃいました」

「じゃあ僕の留守中に来るようだったら、待っててくれるように言ってくれ。さてと、ジーヴス、メ・ガン・モン・シャポー・エ・ル・タケステッキ・ド・ムッシュー［手袋と帽子と竹ステッキを頼む］。でかけてくるよ」

それはそれは素晴らしい日だったし、時間もたっぷりあったので、僕はソルボンヌの近くでタクシーを止め、残りは歩いていくことに決めた。それでもって三歩半歩いたか歩かないかのところで、僕は目の前の舗道上にビッフィーの奴が本人おん自ら突っ立っているのに出くわしたのだ。もし四歩目を完了していたら奴と激突していたところだ。

「ビッフィー！」僕は叫んだ。「こりゃこりゃこりゃあ！」

奴は目をぱちくりさせて僕を見た。ヘレフォードシャーにいる奴の牛たちが、昼食中に思いがけなく突っつかれたような案配にだ。

「バーティー！」奴は咽喉《のど》をゴボゴボいわせた。「ありがたい！」ウソ偽りなし、衷心《ちゅうしん》からといった風情で奴は言った。奴は僕の腕をしっかりつかんだ。「行かないでくれ、バーティー。道に迷っちゃったんだ」

「道に迷ったとはどういうわけだ？」

「散歩に出て二、三キロ歩いたところで、一体全体ここがどこだかまるでわからないってことに突然気がついちゃったんだ。もう何時間も同じところをぐるぐる回っているんだよ」

「どうして誰かに道を訊かなかったんだ？」

「フランス語はひと言だって話せないんだ」

「うーん、じゃあどうしてタクシーを呼ばなかったんだ？」

「突然気がついたんだけど、お金を全部ホテルに置いてきちゃったんだ」

「タクシーに乗ってホテルについてから金を払えばよかったじゃないか」

「うん、だけど突然気がついたんだけど、何てことだろ、ホテルの名前を忘れちゃったんだ」

要するにチャールズ・エドワード・ビッフェンとはこういう男だ。いまだかつてサンドイッチをかじった者じゅうで一番のうすボンヤリの毛糸頭野郎なのだ。神も知ることだし、アガサ伯母さんもこの点に強く同意してくれるだろうが、僕自身だって傑出した頭脳の持ち主というわけではない。だがビッフィーと比べれば僕なぞ歴史上の偉大な思想家たちの仲間入りだ。

「一シリングやったっていいんだ」ビッフィーは切なげに言った。「ホテルの名前を教えてくれるならさ」

「そいつは僕の貸しにしといてくれ。コリゼー通り、オテル・アヴェニダだ」

「バーティー！　超自然の大神秘だ！　一体全体どうして君がそいつを知ってるんだい？」

「お前が今朝ジーヴスに知らせた住所だ」

「そうだった。忘れてたよ」

「じゃあいっしょに来て何か飲もう。そしたらお前をタクシーに放り込んで家に送り届けてやるよ。昼食の約束があるんだが、まだ時間はどっさりあるんだ」

僕らは通り沿いに軒を連ねて押し合いへしあいしている十一軒のカフェのうちのひとつへと流れて行き、僕は気付けの一杯を注文した。

「一体全体パリで何をしてるんだ？」僕は訊いた。

「バーティー、心の友よ」ビッフィーはまじめくさった顔つきで言った。「僕はここに、忘れてみようとして、やって来たんだ」

「うん、確かにうまいことやってるな」

「そういう意味じゃないんだ。つまりだ、僕のハートは悲しみに暮れてるんだ。全部話してやるよ」

「だめだ」僕は抗議した。だが奴はもう始めてしまっていた。

「去年のことだ」ビッフィーは言った。「僕はカナダにちょっとサーモン釣りに出かけたんだ」

僕はおかわりを頼んだ。これから釣りの話が始まるとなると、僕には刺激物が必要だ。

「ニューヨーク行きの客船で、僕はある女の子に出会った」ビッフィーは息を詰まらせたみたいなおかしな音を出した。ブルドッグがカツレツを半分急いで呑み込んで、残る半分を食べる態勢を大忙しで整えているのに似ていなくもないような音だ。「パーティー、なあ親友、彼女のことをなんて言ったらいいのか僕にはわからないよ。ただただ言葉にならないんだ」

それはまた結構なことだ。

「彼女は素晴らしかった。夕食の後、僕らはボートデッキの上をいっしょに歩いたものさ。彼女は舞台人なんだ。少なくとも一種のさ」

「一種のってのはどういう意味だい?」

「うーん、芸術家のモデルをしたり大きなドレスメーカーでマネキンをやったりとか、そういうことなんだ。わかるだろ。ともかくだ、彼女は何ポンドか貯金して、ニューヨークで仕事にありつけるかどうかって出かけてく途中だったんだ。彼女は自分のことを全部話してくれた。父親はクラパムで牛乳配達業を経営してる。それともクリップルウッドでだったかもしれない。少なくとも、牛乳配達業かブーツ販売店のどっちかなんだ」

「混同しやすいところだな」

「君にわかってもらいたいのは、つまりこういうことなんだ」ビッフィーは言った。「彼女は善良で、しっかりした、尊敬すべき中産階級の家柄の出なんだ。派手なところは何もない。どんな男だって誇りに思うような妻だってことなんだ」

「うーん、誰の妻なんだって?」

「誰の妻でもない。この話の肝心なところはそこなんだ。僕の妻になってもらいたかったんだ。だのに、僕は彼女を失ってしまった」

「けんかしたってことか?」

「ちがう、けんかしたなんて意味じゃない。つまり文字通り僕は彼女を失ったってことなんだ。僕が彼女を最後に見たのは、ニューヨークの税関でだ。僕らは山積みのトランクの後ろにいて、僕の妻になってくれって僕は彼女に言ったところで、彼女はいいわって言ったところで、すべては完璧にうまくいってたんだ。そこにまびさしつきの帽子をかぶった、とんでもなく無礼な男がやってきて、僕のトランクの底から申告忘れのタバコを見つけたんでその件について話がしたいとかって言ってよこしたんだ。船着場に着いたのは十時半過ぎで、時間もだいぶ遅くなってたし、僕はメイベルにホテルに行ってるようにって、明日行くから昼食を食べにいっしょに出かけようって言ったんだ。それからというもの、一度たりとも僕は彼女の姿を目にしていない」

「彼女はホテルにいなかったってことか？」

「おそらくいたと思う。だけど——」

「まさかお前、行かなかったわけじゃないだろう？」

「バーティー、なあわが友よ」神経の昂《たか》ぶった様子でビッフィーは言った。「頼むから、僕が言おうとしてることと言おうとしてもいないことを先取りするのはやめてくれないか！　僕の言い方で話させてくれないかな。さもなきゃ僕はめちゃめちゃ混乱して、話のはじめにまた戻らなきゃいけなくなっちゃうんだ」

「お前の言い方で話してくれ」僕はじりじりして言った。

「うん、じゃあひとことで言うとさ、バーティー、僕はホテルの名前を忘れちゃったんだ。三十分間このタバコについてじっくり説明し終えたらば、僕の心は空っぽになっちゃったんだ。どこかに名前を書いといたと思ってたんだけど、どうもそうじゃなかったみたいなんだ。ポケットのどこにも、そいつを書いた紙は見つからなかった。だめだ、どうしようもないんだ。彼女は行ってしまった」

「どうして調べなかったんだ？」

「うーん、実はさ、バーティー、僕は彼女の名前を忘れちゃったんだ」

「バ、バカな、そんなバカな！」僕は言った。いくらビッフィーだからってそいつはあまりにあんまりすぎる話だと思えたからだ。「一体どうしたら彼女の名前を忘れられるんだ？　それに、お前はちょっと前に彼女の名前を僕に言ったじゃないか。ミュリエルとかなんとかって」

「メイベルだ」ビッフィーは冷たく訂正した。「忘れたのは彼女の名字なんだ。そして僕はあきらめてカナダに向かった」

「だがちょっと待て」僕は言った。「お前は彼女に自分の名前を言ってあったはずだろう。つまりさ、お前の方で彼女の行方を突き止められなかったとしたって、彼女の方はそれができたんじゃないのか？」

「その通りだ。だからこそすべては地獄のように絶望的だってことなんだ。彼女は僕の名前を知ってるし、僕がどこに住んでるとかそういうことを全部知ってる。だけどそれきり僕に何も言ってこないんだ。つまりさ、僕がホテルに現れなかったってことを、彼女の方じゃ、僕は心変わりしたんですべてを終わりにしたいっていう、デリケートなほのめかしだって理解したんじゃないかって思うんだ」

「そうなんだろうな」僕は言った。他に考えようはないと思われた。「となるとブイブイいわせて回って傷を癒すしかないってことだ。どうだ？　仕上げにアバィエかどこかに行こうじゃないか」

ビッフィーは首を横に振った。

「そんなことしたってだめだ。もうやってみたんだ。それに僕は四時の汽車でここを発つんだ。明日の晩、僕のヘレフォードシャーの家に関心があるって人と夕食の約束があるんだ」

「あれ、お前あそこの家屋敷を売るつもりなのか？　気に入ってるんだと思ってたんだけど」

「気に入ってたさ。だけどこんなことの後でさ、あの大きな、寂しくてだだっぴろい家にこのまま住み続けるなんて、思っただけでぞっとするんだ、バーティー。だからサー・ロデリック・グロソップがやって来たとき――」

「サー・ロデリック・グロソップだって！　キチガイ医者のじゃないなっ？」

「偉大なる神経の専門家だ、その通り。どうして君は知ってるんだい？」

その日は暖かだったが、僕は震えた。

「僕はあのうちの娘と一週間かそこら婚約してたことがあるんだ」抑えた口調で僕は言った。かろうじてあの場を逃げおおせた記憶は、いつだって僕を卒倒しそうな気分にさせるのだ。

「彼には娘がいるのか？」心ここにない体《てい》でビッフィーが言った。

「いるんだ。全部話させてくれ――」

「今はだめだ、心の友よ」席を立ちながらビッフィーは言った。「もうホテルに戻って荷づくりの具合を見なきゃならないんだ」

奴の話をこれだけ聞かされた後で、こんな仕打ちはずいぶん非道な真似のように思えた。しかしながら、歳を重ねれば重ねるほど、ギヴ・アンド・テイクのスポーツマン精神は我々のうちからほとんど消えたも同然だということが、身にしみて理解されて来るというものだ。それで僕は奴を夕クシーに押し込んで昼食に向かったのだった。

それから十日とは経っていなかったはずだ。目が覚めて朝のお茶とトーストを摂取していた時のこと、僕は途轍もないショックに打ちのめされたのだった。英字新聞が到着し、「タイムズ」紙をベッド脇に置いて、ジーヴスが部屋から漂い去っていった。と、競馬欄を探しながら安閑とページをめくっている僕の目に、小記事が突然跳びあがってきて眼球を直撃したのだった。

こういう記事だった。

結婚決定

C・E・ビッフェン氏とグロソップ嬢

故E・C・ビッフェン氏と故ビッフェン夫人の一人息子であるメイフェア地区ペンスロウ・スクウェア11番地在住のチャールズ・エドワード氏とサー・ロデリック・グロソップとレディー・グロソップの一人娘、西区ハーレイ・ストリート6b在住のオノリア・ジェーン・ルイーズ嬢との婚約が発表された。

「何てこった！」僕は叫んだ。

「ご主人様？」ドアのところに現れたジーヴスが言った。

「ジーヴス、グロソップ嬢を憶えてるか？」

「きわめて鮮明に記憶いたしております、ご主人様」

「ビッフェン氏と婚約したそうだ！」

「さようでございますか、ご主人様」ジーヴスは言った。それだけで何も言わず、彼はすべり去り行ってしまった。奴の平静さは僕には驚きであると同時に衝撃だった。彼の心のうちには恐ろしく冷酷なところがあるに相違ないことを、そいつは示唆していた。つまりだ、彼はオノリア・グロソップのことを知らないわけではないのにだ。

僕はもう一遍この記事を読み直した。奇妙な感覚がした。間一髪のところで自分が結婚する破目を免れた女性と、友達が婚約したというニュースを目にする衝撃をご経験されたことがおありかどうかはわからない――これを正確に記述するのは困難なことだ。とはいえ、子供のときからの友達とジャングルを歩いていた男が、トラだかジャガーだか何かしらかに遭遇し、自分はうまうまと木によじ登ったものの、はるか樹下を見下ろせば竹馬の友がそのけだもののよだれ滴る下あごのうちに消え去りゆくのが目に入った、というときの感情がだいたいそれと似たようなところではあるまいか。こう言っておわかりいただければだが、深甚な、祈りに満ちた安息感、同時に悲しみの激痛とが入り混じったような心もち、といったところだ。つまりこういうことだ。僕がオノリアと結婚しないですんだのはありがたいことだが、ビッフィーみたいなほんとにいい奴がひどい目に遭うのはまことに遺憾である。僕はお茶をちょっぴり飲むと、この件についてあれこれ思いを巡らせはじめた。

もちろん、おそらく世の中にはグロソップみたいな危険人物と婚約して幸せでいられるような男はいるのだろう――タフでむこう見ずで頑強なあご先とぎらぎらした目の持ち主にちがいない。だが僕はビッフィーがその手の男でないことを完全に承知している。ご存じだろう、オノリアは頑丈でダイナミックな女の子の仲間で、ウェルター級の筋肉と、騎兵大隊がブリキの橋の上を突撃していくみたいな笑い声の持ち主である。朝食のテーブルを挟んで向き合うにはおぞましすぎる生き物だ。その上頭脳優秀ときている。テニスを十六セットとゴルフを何ラウンドかやって相手を綿のように疲れさせた挙句、ディナーの席にひなげしの花のごとく潑剌と現れて、フロイトに知的興味を持つようにと相手に期待する、といった種類の女性なのだ。もし彼女との婚約があと一週間続いていたら、彼女の父親はカルテにもう一人新たな患者を追加する始末になっていたはずだ。またそれでビッフィーの奴は僕と同じような、おとなしくて温和で害のないタイプの男だ。僕はショックを受けた。もう一度言う。僕はショックを受けたのだ。

同時に、今話したように、僕にとって一番衝撃だったのはジーヴスにおける然《しか》るべき感情の恐るべき欠如だった。この時この男が再び浮遊して現れ出たので、僕は何かしらの人間らしい同情心を示すチャンスをもう一度与えてみた。

「君は名前を聞き間違えてやしないだろうな、ジーヴス?」僕は言った。「ビッフェン氏がオノリア・グロソップと結婚しようっていうんだぞ。あのタマゴ頭と眉毛の親爺《おやじ》さんの娘とだ」

「はい、ご主人様。今朝はどのスーツをご用意いたしましょうか?」

いいだろうか、よくお聞きいただきたい。この言葉は僕がグロソップ嬢と婚約していたとき、脳みそのすべての繊維を振り絞って僕を救出してくれた男から発されたのだ。僕は打ちのめされた。理解できなかった。

「赤の綾織りの入った青いのだ」僕は冷たく言った。これ見よがしに冷たくだ。彼が僕を落胆させたことをわからせようとしたのだ。

それから一週間ほどして、僕はロンドンに戻った。わがフラットにやっと落ち着くかどうかしたところにビッフィーがやって来た。毒を塗られた傷口が、膿《う》み爛《ただ》れはじめているのは一目見て明らかだった。この男の顔は希望に輝いてはいなかった。まごうかたなく、輝いてはいなかった。奴の顔には呆然とした、生気のない表情が浮かんでいた。それはグロソップという致命的な疫病との短い婚約期間中、ひげそり用の鏡に映った僕自身の顔のうちに見られたのと同じ表情だった。しかしながら「この絵のどこがまちがっているのかな?」の仲間になりたくなければ、因習は遵守《じゅんしゅ》せねばならない。それで僕はできる限り温かく、奴の手をとり握手した。

「やあ、やあ、心の友よ」僕は言った。「おめでとう」

「ありがとう」ビッフィーは力なく言った。それから重ったるい沈黙があった。

「バーティー」沈黙が三分は続いた後、ビッフィーは言った。

「ハロー?」

「本当かい――?」

「何が?」

「ああ、なんでもないんだ」ビッフィーは言った。それで会話は再び途絶えた。一分半ほどして、奴はもう一度浮き上がってきた。

「バーティー」

「ここにいるぞ、親友。どうしたんだ?」

「つまりさ、バーティー、君がオノリアと前に一度婚約してたっていうのは本当なのかい?」

「本当だ」

ビッフィーは咳をした。

「どうやって脱出したんだ――いやつまりさ、結婚の成就を阻害せしめた悲劇の本質とは、いったい何だったんだい?」

「ジーヴスがやってくれた。全部計画を考えてくれたんだ」

「帰る前に」ビッフィーは考え深げに言った。「ちょっと台所に寄ってジーヴスと話して行こうかな」

この状況には完全な率直さが必要だと僕は感じた。

「ビッフィー、心の友よ」僕は言った。「男と男の話として訊く。お前はこの事態から逃げ出したいのか?」

「バーティー、わが友よ」ビッフィーは真剣に言った。「友と友の話として打ちあける。その通りなんだ」

「それじゃあ一体全体どうしてこんなことをしでかしちゃったんだ?」

「わからないんだ。君はどうしてだい?」

「僕は――うーん、たまたまそうなっちゃったんだな」

「僕の場合もたまたまそうなっちゃったんだ。傷心のときがどんなもんだか君にはわかるだろ? 一種の無感覚に覆われちゃうんだ。心ここになく、適切な警戒を怠るようになる。それで気がついたらそういうことになっちゃってるんだ。どういうふうにこうなったのかは僕にはわからない。だけどこうなっちゃってたんだ。それで僕が君に話してもらいたいのは、どういう手続きでやったのかってことだ」

「つまり、どうやれば逃げ出せるかってことか?」

「その通りだ。僕は誰の気持ちも傷つけたくない、バーティー。だけどこんなこと、もう我慢ができないんだよ。こんな痛手は想定外なんだ。一日半くらいは、何とかなるさって思ってられた。だけど、今じゃもう――君は彼女の笑い声を憶えてるかい？」

「憶えてる」

「うん、それもだし、それとかまるきり僕を放っておいてくれないっていうこととかさ――精神を向上させるとか何とかいうやつのことなんだけど――」

「わかる。わかるよ」

「それじゃあよかった。君なら何を勧める？　ジーヴスが計画を全部考えてくれたっていうのはどういうことだい？」

「うーん、サー・ロデリックの親爺さんなんだけど、彼はキチガイ医者であってキチガイ医者以外の何物でもないだろう。神経の専門家とか何とかかってどんなに言い張ったってだめだぞ。彼がさ、僕の家系には狂気の気味がいささかあるってことを発見したんだ。たいしたことじゃない。伯父さんの一人がってだけだ。寝室でウサギを飼ってたんだな。それで親爺さんが僕の品定めをしようってここに昼食にやって来たとき、ジーヴスが手はずを整えて、僕はオツムがまるきりパアだって確信を抱いて帰ってくようにしてくれたんだ」

「わかった」ビッフィーは考え深げに言った。「問題は僕の家系には狂気が存在しないってことなんだ」

「一人もいないのか？」

愛すべきビッフィーの奴ほどの完全なバカが、遺伝の力の助けも借りずに今日あり得るとは、ほとんど信じられない話だと僕には思えた。

「一人たりともキチガイはいない」奴は陰気に言った。「これじゃまるで僕の運がいいみたいじゃないか。明日親爺さんは僕のところへ昼食に来る。君をテストしたみたいに僕を試すつもりなんだ。それでもって僕はわが人生で一番ってくらい正気な気分だってきてるんだ」

僕は一瞬考えた。サー・ロデリックに再びあいまみえると考えただけで、僕には冷たい震えのくる思いがする。だが、友達を助けられる可能性があるという時には、我々ウースター家の者は私利の観念を捨てるのである。

「いいかビッフィー」僕は言った。「いいからよく聞くんだ。僕がその昼食に出かけてやる。お前が僕の友達だって親爺さんが知ったら、問答無用で結婚に異議申し立てをはじめてくれるなんて展開は簡単なはずだ」

「いいかもしれない」ビッフィーは晴ればれと言った。「君はなんて心正しきスポーツマンなんだ、バーティー」

「いや何でもないことさ」僕は言った。「そのうちジーヴスに相談するさ。すべてを彼に打ちあけて助言を聞こう。彼は一度も僕を失望させたことがないんだ」

ビッフィーは出て行った。ずいぶん元気づけられた様子だった。僕は台所に向かった。

「ジーヴス」僕は言った。「君にまた手を貸してもらいたいんだ。今ちょっとビッフェン氏と胸痛む話し合いをしてきたところなんだ」

「さようでございますか、ご主人様?」

「こういうことなんだ」僕は言い、すべての話を彼にして聞かせた。

おかしな具合だった。はじめから彼の態度が凍りついていることが僕には感じとれたのだ。いつもなら、こういうささやかな問題について僕がジーヴスと会談を設けようというとき、彼は全面的に同情と聡明なアイディアとを満載していてくれる。だが、今日はちがった。

「申し訳ありませんが、ご主人様」僕が話し終えるとジーヴスは言った。「個人的な問題に介入をいたすのはわたくしには差し出た真似と――」

「おい、頼むよ！」

「いいえ、ご主人様。さような所業は専横と存じます」

「ジーヴス」この悪党に正面から対決を挑むことにして、僕は言った。「一体ビッフィーの奴の、何が気に入らないんだ？」

「わたくしのこと、でございますか、ご主人様？」

「そうだ。きみのことだ」

「さようなことはございません、ご主人様！」

「君が一肌脱いで仲間の生き物を救ってやらないって言うなら、僕には君に強制はできない。だけどこれだけは言わせてくれ。僕はこれから居間に戻る。それから緻密な思考に取りかかるつもりだ。僕が戻ってきて、君の助けなしにビッフェン氏をスープの中から救い出してやったと話したら、君はずいぶんと自分のことをバカだと思うだろうな。君はものすごくバカに見えるだろうよ」

「はい、ご主人様。ウィスキー・アンド・ソーダをお持ちいたしましょうか？」

「ちがう、コーヒーだ！　濃いブラックのコーヒーだ。もし誰かが僕に面会を求めてきたら、僕は忙しいから邪魔されたくないって伝えてくれ」

一時間後、僕はベルを鳴らした。

「ジーヴス」尊大な口調で僕は言った。

「はい、ご主人様?」

「すまないがビッフェン氏に電話して、ウースター氏がよろしくと、それと全部解決だと申しておりましたと伝えてくれ」


翌朝ビッフィーのところに歩いていきながら、僕は少なからず自分自身に満足していた。昨晩名案だと思われたことが、一夜明けて日の光の下で検分してみると、そうたいして立派には見えなくなっているというのがあまりにも普通である。だがこの案に関しては、夕食前と相変わらず、朝食のときにもいい考えだと思えた。僕はよくよく厳密に、あらゆるアングルからこれを精査したのだが、どう見ても失敗しようはないように思われた。

何日か前、エミリー叔母さんの息子のハロルドが六歳の誕生日を祝った。ある種のプレゼントに関しては、前検分の必要性にかねがね反対している僕であるが、ストランド街の店でたまたまちょっと気の利いたちいさな仕掛け物を見つけたのだ。僕の意見では、そいつは子供を喜ばせ、かけがえのないものとして愛されるべく、よくよく考えられた品物だった。それは花束で、根元には巧妙にできたバルブ型の容器がくっついている。それでそいつを押すと一リットルくらいの真水が噴き出して、花の匂いを嗅ごうとしたマヌケの顔に命中するのだ。僕はこれぞまさしく伸びゆく六歳児の心を喜ばせるものだと思い、誕生会に向かったのだ。

ところが叔母の家に着いてみると、ハロルドは豪華で高価な贈り物に取り囲まれて座っていて、それで僕にはたった一一ペンス半ペニーしかしない物を貢物に差し出す厚顔さがなかったのである。類いなき機知の働きでもって――なぜなら我々ウースター家の者には、難局にあっていよいよすばやい思考が可能なのだ――僕はおもちゃの飛行機からジェームズ伯父さんのカードをむしり取って、自分のと差し替え、水鉄砲はズボンに仕舞って持ち帰ったのだった。それでそいつは今でも僕のフラットに転がっているというわけだ。こいつを活用すべき時がとうとう訪れた、と、僕には思われた。

「それで？」僕が居間に跳躍しながら入っていくと、心配げにビッフィーが言った。

哀れなこの男の顔は、すっかり青ざめていた。僕はこの症状には憶えがあった。サー・ロデリックがやって来て僕と昼食を食べるというのを待ち構えていたとき、僕もまったく同じように感じたものだった。一体全体神経に何かおかしなところのあるような人間が、どういうわけでこの人物とおしゃべりしようなんて気になるものなのか、僕には想像もつかない。だが彼のところはロンドンで一番繁盛しているのだ。彼が誰かの頭に乗っかって、付添い看護士に拘束着を持ってこいとベルを鳴らすことなしに、一日は暮れないのである。そういうわけで、帽子から麦藁を突き出させている連中との恒常的接触を通じて彼の人生観はひどく偏ってしまっているものだから、ビッフィーがバルブを押すだけで、あとの仕事は大自然がやってくれるはずだ。

それで僕は奴の肩をぽんぽん叩いて言った。「もう大丈夫だ、親友よ！」

「ジーヴスは何て提案してくれたんだい？」ビッフィーは熱を込めて訊いた。

「ジーヴスは何にも提案しちゃくれなかったんだ」

「だけど君は大丈夫だって言ったじゃないか」

「ウースター家内において、ジーヴスだけが唯一の思考する人物ってわけじゃないんだぞ。僕がお前のちいさな問題を引き受けた。それで僕はすぐさまこの状況を掌のうちに収めてるんだ」

「君が?」ビッフィーが言った。

奴の言い方は僕を嬉しがらせるようなものではまるでなかった。僕の能力に対する信頼感の欠如が示唆されていた。それで僕の見解は、百聞は一見にしかず、というものだった。僕は花束を奴に押しつけた。

「お前、花は好きか、ビッフィー?」僕は言った。

「えっ?」

「匂いをかいでみてくれ」

ビッフィーは無頓着な態度で鼻先を近づけた。そして僕はラベル記載の使用法通りにバルブを押した。

僕は払っただけの元を取るのは大好きだ。一一ペンス半ペニーこいつのために支払ったが、二倍出しても安かったくらいだ。箱に記された広告には、その効果は「筆舌に尽くしがたき滑稽さ」だと記されていたが、誇大表示ではなかった。哀れなビッフィーの奴は一メートルも跳び上がって小テーブルをひっくり返した。

「ほうら!」僕は言った。

この愛すべき人物は最初ちょっとわけがわからないという顔つきでいたが、たちまちのうちに言葉を見つけるとかなり熱っぽい調子で自己表現を開始した。

「落ち着くんだ」奴が息つぎに言葉を止めた時、僕は言った。「こいつはただの暇つぶしの冗談じゃないぞ。実演だったんだ。ビッフィー、旧友の祝福とともに、こいつを受けとってくれ。バルブに水をまた入れて、サー・ロデリックの顔に押しつけて、それでバルブを強く押してやるんだ。あとはあの親爺さんに任せればいい。三秒以内にわが一族にこの男は必要ないってことを突然理解してもらえるはずだって請合うよ」

ビッフィーは僕を見つめた。

「君は僕にサー・ロデリックに水鉄砲を食らわせてやれって提案してるのかい?」

「まさしくその通りだ。うまいこと食らわせてやるんだ。生まれてこれまでこんなにうまい具合に水鉄砲を食らわせてやったことはない、っていうふうに食らわせてやるんだ」

「だけどさ――」

玄関ドアのベルが鳴ったとき、奴はまだ熱のこもった調子で僕に不平をまくし立てていた。

「ああ大変だ!」ビッフィーが叫んだ。ゼリーみたいに震えている。「彼が来た。僕がシャツを着替えてくる間、いっしょに話をしていてくれよ」

僕は大急ぎでバルブの水を入れ替え、ビッフィーの皿の脇にそいつを置き、ドアが開いてサー・ロデリックが入ってくるのにようやっと間に合ったのだった。僕は倒れたテーブルを起こしていたところで、彼は僕の背中に向かって朗らかに話し始めた。

「こんにちは。時間に遅れてはおらぬと思うが――ウースター君!」

僕の心は完全に平安であったわけではなかったと言わざるを得ない。どんな頑丈な心にだって恐怖を叩き込んでやるべく計算し尽したようなところが、この人物にはあるのだ。その名を口にしただけで人がポプラのごとく震える正当理由たりうる人物がこの世に誰かいるとしたら、それこそまさしくサー・ロデリック・グロソップに他ならない。彼は巨大な禿頭の持ち主で、頭に生えるべき毛髪はすべて眉毛方面に集中している。それでその目は一対の殺人光線のように人を射抜くのだ。

「ごきげんよう、ごきげんよう、ごきげんよう」後ろ向きにジャンプして窓から飛び降りてしまいたい、というかすかな欲望と戦いながら、僕は言った。「お目にかかってからずいぶんになりますね、どうです？」

「にもかかわらず、私は君のことを鮮明に記憶しておりますぞ、ウースター君」

「それはよかった」僕は言った。「ビッフィーの奴が、貴方といっしょに昼飯をやっつけるようにって誘ってくれたんですよ」

彼は僕に向かって眉毛を震わせてみせた。

「君はチャールズ・ビッフェン君の友人なのかね？」

「ええそうですよ。何年も何年もずっと友達なんです」

彼は鋭く息を吸い込んだ。ビッフィーの株価が何ポイントか下落したのが僕にはわかった。次いで彼の目は床に向けられた。そこにはひっくり返ったテーブルから落っこちた品物が盛大に散らばっていた。

「何か事故でもありましたかな？」

「たいしたことじゃありませんよ」僕は説明した。「ビッフィーの奴がひきつけだか発作だか何だかを起こして、ちょっとテーブルをひっくり返しちゃったんです」

「ひきつけですと！」

「でなきゃ発作です」

「彼はひきつけを起こしているのですか?」

僕が答えようとしたところに、ビッフィーが急いで駆け込んできた。奴は髪をクシで撫《な》でつけるのを忘れていて、そのせいで面立ちに狂乱の相が加わっていた。僕はこの親爺さんが鋭い目で奴を一瞥《いちべつ》するのを見た。予備的な鋤《すき》仕事はきわめて満足のゆくできばえであり、あの頼もしいバルブのやつの成功は、もはや疑う余地なしといったふうに僕には思われた。

ビッフィーの従僕が食料を持って入ってきて、それで僕たちは席について昼食を始めた。

当初この食事は、昼食を誰かと外食するのが常である人物のキャリアにときおり出来するところの、完全なる大失敗となりそうな様相を呈していた。ビッフィーはまるきりC3クラスのホストで、理性の饗宴、魂の交歓［ホープの詩「ホラティウスの第二巻」より］にあたっては、時折のしゃっくりの他何ら貢献するところはなかった。それで僕が何か気の利いたことを言おうとするたびに、サー・ロデリックは僕のほうにきっと振り向いて、射るような目で僕をにらみつけるので話が中途で止まってしまうのだ。しかしながら、幸いなことに二品目のチキン・フリカッセの出来があまりにも素晴らしかったもので、親爺さんは狼のごとくがつがつと一皿を食べ尽くすと、自分の飼葉桶を持ち上げて二杯目の補充を要求し、その後だいぶにこやかになった。

「チャールズ君、私は今日ここに」ほとんど温容と形容して差し支えない態度で彼は言った。「私が使命、と考えていることを果たしに来たのだよ。さよう、使命じゃ。このチキンは実に素晴らしいですな」

「気に入っていただけて嬉しいです」ビッフィーは口の中でもぐもぐ言った。

「きわめて美味なるかな」残る一切れをフォークで突き刺しながらサー・ロデリックは言った。「さよう、使命と申したのはな、私の知るところ、貴君ら今日びの若者は、世界に冠たる素晴らしき帝都の中央に住まいしながら、その驚異の多くに対して盲目かつ無関心であるように見うけられる。思うに――もし私が賭け事をする人間であれば、まあ、そうではないのだが――君は生まれてこの方、一度たりとも、ウエストミンスター教会ほどの歴史上重要な地すら訪なったことはないという方に、まとまった金額を賭けてもよい位だが、私の言うとおりかな？」

ビッフィーは咽喉をゴホンゴホン鳴らしながら、その通りだというようなことを言った。

「ロンドン塔も訪れたことはない、と？」

「ええ、ロンドン塔も訪れたことはないです」

「そして今この瞬間、ハイド・パーク・コーナーからタクシーに乗って二十分もかからぬ地に、大英帝国全土から集められた、きわめて興味深くかつまた教育的な生物無生物のコレクションが陳列されておるのですぞ。現在ウェンブレー［ロンドン西部の郊外］にて開催中の、大英帝国博覧会のことを、私は申しておるのだがな」

「ウェンブレーのことなら、昨日友達が話してくれましたよ」僕は言った。会話に陽気な調子を投入してやりたいと思ったのだ。「聞いたことがある話だったら、そう言って下さい。万博会場の外で、男が耳の聞こえない男に会ってこう言いました。『ここはウェンブレーかい？』『へえっ？』耳の聞こえない男が言いました。『ここはウェンブレーかい？』男が訊きました。『へえっ？』耳の聞こえない男が言いました。『ここはウェンブレーかい？』男がまた訊きました。『いいや、ウェンズデーじゃないよ。サーズデーだ』と、耳の聞こえない男が答えました。ハッハッハッ、どうです？」

陽気な笑い声は僕の唇で凍りついた。サー・ロデリックは僕の方に向けてちょっと眉毛を揺すってみせ、僕はそれをバートラム氏に対する、退場の意と理解した。僕のことを廃棄物だと自覚させてくれる技巧の冴えにかけて、彼ほどの人物に僕は会ったことがない。

「君はまだウェンブレーには行っていないのかな、チャールズ君?」彼は訊ねた。「そうか、まだかね。思ったとおりだ。さてと、私が本日の午後の使命と考えているのはこのことなのだよ。オノリアが私に君をウェンブレーに連れて行ってもらいたいというんじゃ。君の精神を拡大してくれるはずだとあの娘は言っておるし、私もその点彼女と見解を等しくするものだ。昼食を終えたら、すぐに出発しよう」

ビッフィーは哀願するような目で僕を見た。

「君も来てくれるだろ、バーティー?」

奴の目には強烈な苦悩の色が浮かんでいたから、僕は一秒躊躇しただけで即断した。友達は友達である。それだけではない。あのバルブが僕が胸に抱く高い期待に応えてくれさえすれば、それで楽しい物見遊山はにわかに取りやめという次第になるのは確実だと、僕は考えていたのだ。

「ああ、行くさ」僕は言った。

「ウースター氏のご厚意に甘えてはいかんのではないかな」サー・ロデリックが言った。ふくれ面でいる。

「あ、全然かまいませんよ」僕は言った。「僕もその素敵な博覧会ってやつにずっと行きたいって思ってたところなんです。ちょっと家に帰って服を着替えたら、車でお二人を迎えにうかがいますよ」

沈黙があった。ビッフィーはその日の午後をサー・ロデリックと二人だけで過ごさなくてよくなった安堵のあまり言葉を失っていて、サー・ロデリックの方はというと、沈黙による否認を表明していた。と、その時、彼はビッフィーの席に置かれた花束に気がついた。

「ああ、花ですな」彼は言った。「私が間違っておらねばスウィートピーかな。よいものですな。目にうるわし、香りかぐわし」

僕はテーブル越しにビッフィーの目を見た。そいつは飛び出して、不思議な光を宿らせていた。

「花はお好きですか、サー・ロデリック？」奴はしわがれ声で言った。

「たいそう好きですぞ」

「香りをかいでご覧になってください」

サー・ロデリックは顔をうずめて、匂いをかいだ。ビッフィーの指が静かにバルブに伸ばされた。僕は目をつぶり、テーブルをしっかりとつかんだ。

「いい匂いですな」サー・ロデリックが言うのが聞こえた。「実にいい匂いじゃ」

僕は目を開けた。と、そこにはビッフィーが椅子の背にもたれかかって幽霊みたいな顔つきでいて、花束の方はというと奴の脇のナプキンの上に載っかっていた。僕は何が起きたのかを理解した。人生最大の難局にあって、奴の幸福がすべて指でもってたった一押しするだけのことにかかっている、というときに、この哀れな無脊椎魚の野郎は度胸をなくしてしまったのだ。僕の緻密に考え抜かれた計画は、かくして水泡に帰してしまった。

僕が戻ると、ジーヴスは居間のウインドウ・ボックスのゼラニウムの世話をしているところだった。

「きれいに咲いてくれました、ご主人様」心得顔で、慈父のごときまなざしを花たちに注ぎながら、彼は言った。

「花の話はよしてくれ」僕は言った。「何か素晴らしい科学的な作戦を計画した将軍が、最後のどたんばで部隊の連中にがっかりさせられたらどんなふうな気がするものか、僕には今ならわかるんだ」

「さようでございますか、ご主人様？」

「そうだ」僕は言い、何があったかを話してやった。

彼は思慮深げに聞いていた。

「いささか優柔不断でお心の変わりやすい若紳士でいらっしゃいますな、ビッフェン様は」僕が話し終えたときの彼のコメントはこうだった。「午後これから、わたくしに何かご用はおありでございましょうか、ご主人様？」

「いや、僕はこれからウェンブレーに行くんだ。ちょっと着替えて車を取りに寄っただけなんだ。民衆にもみくちゃにされても大丈夫なような、まずまず頑丈な衣服を出してくれ、ジーヴス。それから車庫に電話するんだ」

「かしこまりました、ご主人様。グレイの粗紡毛の背広がふさわしいかと拝察申し上げます。お車にご同乗をお願い申し上げましたならば、僭越が過ぎましょうか、ご主人様？　実はわたくしも本日の午後、ウェンブレーに参ろうと考えておりましたところなのでございます」

「えっ？　ああ構わないよ」

「まことに有難うございます、ご主人様」

僕は服を着、それから車に乗って二人してビッフィーのフラットに向かった。ビッフィーとサー・ロデリックは後部座席に座り、ジーヴスは僕の隣の前部座席に落ち着いた。ビッフィーは午後の行楽にまるきり適応できていない様子で、それを見た僕のハートはこいつのために血を流し、何とかジーヴスの心のよき部分に訴えかけようと最後の試みをしたのだった。

「僕はこう言わざるを得ない、ジーヴス」僕は言った。「僕はものすごく君に失望しているんだ」

「そうお伺いして残念でございます、ご主人様」

「うん、僕もだ。ものすごく失望している。それでもまだ僕は君が力を貸してくれはしないかって思ってるんだ。君はビッフェン氏の顔を見たか？」

「はい、ご主人様」

「じゃあそれなら」

「こう申し上げるのをお許しいただきたく存じます、ご主人様。ビッフェン様が望まぬ婚姻義務に入られるとしても、その責めを負うべきはひとえにご自身様のみでございましょう」

「君が言ってるのは完全なたわ言だ、ジーヴス。オノリア・グロソップが天災みたいなもんだってことは、君にだって僕と同じくらいよくわかってるはずだ。君はトラックに轢《ひ》かれたからって言って轢かれた奴を責めてるようなもんだぞ」

「はい、ご主人様」

「完全にそういうことだ。それだけじゃないんだ。あの可哀そうなバカは抗拒不能な状態だったんだ。僕にみんな話してくれた。奴は、生まれて初めて愛したたった一人の女の子を失ったところだったんだ。そういうことがあった後、男ってものがどういうもんか君にはわかるだろうが」

「どのような事情でございましょうか、ご主人様？」

「あいつはニューヨーク行きの船の上で会った女の子と恋に落ちたんだ。それで税関で彼女と別れたんだ。翌朝彼女の泊まってるホテルで会おうって約束してな。それで、ビッフィーの奴がどんな具合かはわかってるだろう。自分の名前だってしょっちゅう忘れてるんだ。住所をメモしてなかったんだな。それでそいつは奴の頭からきれいさっぱり消えちゃったってわけなんだ。トランス状態を過ぎてみて、突然気がついたらオノリア・グロソップと婚約してたって始末なんだ」

「それは存じませんでした、ご主人様」

「僕以外誰も知らないと思う。パリにいたとき奴が話してくれたんだ」

「調査なさることも可能であったかと拝察いたしますが」

「僕もそう言ったんだ。だがあいつはその子の名前を忘れちゃったんだな」

「きわめて驚くべきことと存じます、ご主人様」

「僕もそう言った。だが事実なんだ。その子の洗礼名がメイベルだってことしか、奴は憶えていないんだ。ニューヨークじゅうをメイベルって名の女の子を捜して駆けずり回るってわけにはいかないだろう、どうだ?」

「その困難は理解いたします、ご主人様」

「うーん、それでそういうことなんだ」

「承知いたしました、ご主人様」

この時点までに僕らは博覧会周辺の車の大群の中に入り込んでいて、運転に集中が必要となったため、会話の中断を余儀なくされた。間もなく車を停め、僕らは会場に入場した。ジーヴスはいずこへか消え去り、サー・ロデリックがこの行程の主導権を掌握《しょうあく》した。彼はビッフィーと僕を引率し、まずは産業の殿堂へと向かった。

さて、ご存じだろう。僕は博覧会とかいったものを愛好する男であったためしはない。大衆の群れは、いつだって僕の心を萎《な》えさせるのだ。群衆の間を足を引きずって歩いて十五分くらいすると、僕はもう灼熱のレンガの上を歩いているみたいな心持ちになってきた。またこの饗宴の方にも、いわゆるヒューマン・インタレストが欠落しているように僕には思われた。つまりこういうことだ。間違いなく何百万人もの人々は、壮観なる剝製《はくせい》のハリセンボンとか西オーストラリアから来た種の入ったガラス製の広口ビンとかを見て、快哉《かいさい》を叫び、熱狂するような身体にできているんだろう——しかし、バートラム氏はちがう。決して人を欺かぬ、真実の声をお聞きいただきたい。バートラム氏はちがうのだ。ゴールド・コースト村をよたよた通り抜けて機械の殿堂に向かうまでに、西インド諸島セクションのちょっと陽気なプランターズ・バーの方向に静かにこっそりちょいと失礼することだけが、僕の心のすべてを占めるところとなっていた。サー・ロデリックはここを高速でビュンと通過しようとした。こいつは彼の心の琴線にはまるで触れなかったようだ。だが僕が観察し得た限りでは、カウンターの向こうには颯爽《さっそう》としたスポーツマンがいて、ビンから何かをロンググラスに注ぎ入れたりそいつをスティックでステアしたりしていて、それでそのグラスの中には氷が入っていたみたいだった。この男をもっと見たいという渇望が僕を圧倒した。僕は今まさに本隊から脱落して落伍者になる寸前だった。と、何かが僕の上着の袖に不器用に手をかけてきた。ビッフィーだった。奴もまた、もう十分に堪能し終えた人物らしい空気を身にまとっていた。

人生には言葉が不要な瞬間というのはある。僕はビッフィーを見た。ビッフィーは僕を見た。我ら二つなる魂を完全なる了解が繋ぎ合わせていた。

「?」

「！」

三分後、僕らはプランターズの仲間入りをしていた。

僕は一度も西インド諸島に行ったことはない。だが僕は、人生の基本のいくつかにおいて彼らはヨーロッパ文明の一筋先を行っている、と申し上げられる立場にある。カウンターの向こうにいる男は僕が常々会いたいと思ってきた、親切の国から親切を広めに来たような人物で、僕らが近づくのが見えた瞬間に僕らの要求を察してくれたみたいだった。僕らのひじがカウンターにつくかつかぬかの瞬間に、彼はあちこち跳びあがってはひと跳びごとに別のボトルを持ってきてくれた。あきらかにプランターというものは、少なくとも六種類以上の材料が入っていなければ酒を飲んだものとは見なさないらしい。よくお聞きいただきたい。彼らの考えが間違いだと、僕は言うものではないのだ。バーの向こうの男は僕たちに、これはグリーン・スウィッズルズというのだと告げた。それでだ、もし僕が結婚して息子を持つようなことがあったとしたら、グリーン・スウィッズルズ・ウースターこそ、戸籍に記載されるべき名前だ。彼の父親がウェンブレーで死を免れた日の記念として。

三杯目を飲み終えたところで、ビッフィーが満足げなため息をもらした。

「サー・ロデリックはどこに行ったと思う？」奴は言った。

「ビッフィー、なあ旧友よ」僕は正直なところを言った。「僕は気にしない」

「バーティー、なあ親友よ」ビッフィーが言った。「僕もだ」

奴はまたため息をついた。そして男にストローを頼んで、長い沈黙を破った。

「バーティー」奴は言った。「たった今おかしなことを思い出したんだ。君はジーヴスを知ってるだろう？」

　僕はジーヴスを知っていると答えた。

「うん、ここに入ってくるとき、ちょっとおかしなことがあったんだ。ジーヴスの奴が僕のところへにじり寄ってきて、なんだかおかしなことを言ったんだ。何て言ったか君には絶対あてられないと思う」

「うん、まるで見当がつかない」

「ジーヴスは言ったんだ」ビッフィーは真面目な顔で続けた。「彼の言葉をそのまま引用するぞ――ジーヴスは言った。〈ビッフェン様〉――僕のことを言ってるんだ、わかるな――」

「わかる」

「ビッフェン様」彼は言った。「わたくしは強くお勧め申し上げます。――をご訪問くださいませ」

「どこだって？」奴の言葉が飛んだので僕は訊いた。

「バーティー、なあ旧友よ」ビッフィーは言った。深く心乱された様子だった。「完全に忘れちゃったんだ！」

　僕はこの男をまじまじと見た。

「僕にわからないのは」僕は言った。「お前がどうやってあのヘレフォードシャーの土地を、一日だって切り回していられるのかってことだ。一体全体どうやってお前は、ウシの乳を搾《しぼ》ったかとか、ブタたちに晩ごはんをやったかとかを憶えていられるんだ？」

「ああ、それはなんでもないんだ。あそこには色々な種類の人たちがいて――雇い人とか奉公人とかそういう連中だ、わかるだろ――全部面倒を見てくれるんだ」

「ああ！」僕は言った。「そうか、そういうことならいいんだ。もう一杯グリーン・スウィッズルズを飲んで、そしたら遊園地へ繰り出そう」

僕が博覧会に関して苦々しい言葉を二、三、虚心坦懐《たんかい》に口にしたとき、このもの珍しい場所のうちの、いわゆるより現世的な部分についてそう語っていたわけではないということは、はっきりとご理解いただかないといけない。一シリング払えば、つるつるした滑走台をマットに座って滑り降りることが許される施設の類いを是認する点について、僕は何人《なんぴと》に道を譲るものではない。ジッグル・ジョッグルも好きだし、お金や切手やブラジルナッツのある限り、スキーボール［硬いゴムボールを転がして的の溝に入れて得点するゲーム］で、どれもこれも総取りにしてやる用意が僕にはある。

しかし、こうした祭典にあって僕は陽気な騒ぎ屋ではあるものの、まるきりビッフィーの奴の敵ではなかった。グリーン・スウィッズルズのせいか、それとも単にサー・ロデリックと別れた安堵のせいかは僕にはわからない。しかしビッフィーは恐ろしいまでの沸き立つ喜びとともに、プロレタリアートの娯楽に身を投じていた。ホイップのところから奴を引き剥がすのはほとんど不可能だったくらいだし、スウィッチバックに至っては、奴は残る全生涯をこのままここで過ごしてしまいそうな勢いだった。僕はやっとのことで奴を引きずりだし、それで奴は今こうして僕の隣で目をきらりと光らせながら群衆をかき分けさまよい、運勢を占ってもらおうか、それともウィール・オブ・ジョイをやってみようかどっちがいいかなと迷っているというわけだ。と、その時、奴は突然僕の腕をつかみ、鋭い動物的な叫び声を発した。

「バーティー！」

「今度はどうした？」

奴は建物に掛けられた大きな看板を指差していた。

「見てくれ！　美の殿堂だ！」

僕は奴を思い止まらせようとした。そろそろちょっと疲れてきていたのだ。僕も昔ほど若くはないらしい。

「あんなところに入ることないぞ」僕は言った。「クラブの友人が話してくれた。女の子がたくさんいるってだけだ。たくさんの女の子なんか見たくないだろう？」

「たくさんの女の子を僕は見たい」ビッフィーはきっぱりと言った。「何ダースもの女の子、それでオノリアに似てなきゃ似てないほどいいんだ。それはそれとして、僕は突然思い出したんだけど、あそこがジーヴスが僕に必ず訪れろって話してくれた場所なんだ。全部思い出した。〈ビッフェン様〉彼は言ったんだ。〈わたくしは強くお勧めいたします。美の殿堂をご訪問くださいませ〉って。それでだ、あの男が何を言おうとしていたのか、彼の動機は何なのか、僕にはわからない。だが僕は君に訊く、バーティー。たとえどんな軽い言葉だとしてもだ、ジーヴスの言葉を無視するっていうのは賢明だろうか？　安全なことだろうか？　分別あることだろうか？　左側のドアから入ろう」

この美の殿堂なる場所をご存じでおられるだろうか？　そいつは一種の水族館で、魚の代わりにかよわき生き物が一杯に入っているのだ。中に進むと一種の檻状《おり》の囲いがあって、板ガラス越しに女性が目を見開いて見つめてくる。彼女は変なコスチュームを着ていて、その囲いの上には「トロイのヘレン」と記してあるのだ。次に移ると、今度はヘビとジューヂツしている女性がいる。サブタイトルはクレオパトラだ。おわかりいただけたろう——歴史上の有名な女性たち、とかそういったやつだ。そいつが僕を大いに魅了したとは言えない。美しい女性も、水槽内にいるのを見つめなければいけないとなるとその魅力を大いに失う、と、僕は主張するものだ。それだけではない。僕はなんだか田舎の邸宅で別の人の寝室に間違えてさまよい入ってしまったみたいな、おかしな感覚を覚えていた。それで僕はその感情を克服しようと、かなりスピードをあげて歩を進めた。と、その時、ビッフィーが急にイカレだしたのだ。

少なくとも僕にはそういうふうに見えた。奴は刺すような悲鳴を上げ、僕の腕を急にぎゅっとつかんだので、僕はワニに噛みつかれたみたいな気がしたものだ。奴はそれでそこに立ちすくんだまま、わけのわからないことをブツブツ言っていた。

「ううっっく！」ビッフィーは突然悶絶声をあげた。というか大体そういうような意味のことをした。

大勢の群衆が興味深げに僕らを取り囲んだ。これから女の子にえさやりが始まるとでも思ったのだと僕は思う。だけどビッフィーは彼らのことなどまるきり眼中になかった。奴は気が違ったような有様でもって、囲いの中のひとつを指差していた。どれだったかは忘れた。だが中の女性はラフを巻いていたから、エリザベス女王かボアディケア［ローマ人支配に反抗したイケニ族の女王］かその時代の誰かだったのだろう。なかなかきれいな娘で、彼女の方もビッフィーが彼女を見つめているのと同じパッチリ見開いた目でもって、奴を見つめていた。

「メイベル！」ビッフィーが叫んだ。そいつは僕の耳を爆音みたいに直撃した。

僕はものすごく陽気な心境であったとは言えない。ドラマは大いに結構である。だが僕は公共の場でそいつに巻き込まれるのは嫌だ。それでその時まで、その場がどれくらい公共の場であるかを僕は理解していなかったのだ。この五秒間に群衆の数は二倍に膨れあがったようで、またほとんどの人々の目はビッフィーに注がれていたものの、結構多くの人々が、まるで僕がこのシーンの重要な主役で、今この瞬間にも大衆の健全な娯楽たる何ごとかを全力でやってくれると期待されるところだとでも思っているみたいな目で僕を見ていた。

ビッフィーは春先の仔ヒツジみたいにジャンプしていた——というかそれ以上だ。低能な仔ヒツジみたいな具合にだ。

「バーティー！　彼女だ！　彼女だ！」奴は周囲を狂乱の体《てい》で見回した。「一体全体ステージ・ドアはどこなんだ？」奴は叫んだ。「責任者はどこだ？　ここの責任者に今すぐ会いたいんだ」

そして奴は突然前方に跳んでいってステッキでガラスをガンガン叩きはじめた。

「おい！　お前！」僕は止めようとしたが、奴は僕を振り払った。

田舎に住む連中には、我々のような街暮らしのお洒落な男性が都会向きと考えるような軽い杖の代わりに、かなり握りでのある棍棒みたいなものを携行する傾向がある。ヘレフォードシャーのほうでは、あきらかにノッブケリー［アフリカ南部の原住民が武器に用いる頭にこぶのついた棍棒］みたいな代物が最新モードのようだ。ビッフィーの一回目の強打でもってガラスはめちゃめちゃになった。あとの三叩きで、奴が怪我ひとつせず囲いに入っていけるだけの通路ができた。入場料と引き換えに、値千金のなんと素晴らしき演《だ》し物を見せてもらっていることかと群衆が理解する前に、奴は中に入ってしまい、その女の子と熱心に話をしていた。そしてその同じ瞬間に、二人の大柄な警察官がやって来た。

警察官にロマンティックな物の見方をさせようなど、どだい無理な話だ。この二人は立ち止まって涙の一粒だってそっと拭いはしなかった。彼らは囲いの中に入って出てくると、瞬きする間もなく、群衆の合間をビッフィーを追い立てて行ってしまった。僕は彼らを追って急いだ。ビッフィーの臨終の瞬間の苦痛を和らげてやることが何かできはしないかと思ったのだ。そして哀れな親友は、赤くほてった顔を僕の方に向けた。

「チズウィック六〇八七三番だ」喜悦に漲《みなぎ》った声で奴は吠えた。「書き留めてくれ、バーティー。でないと忘れちゃう。チズウィック六〇八七三番、彼女の電話番号なんだ」

そして奴は消え去っていった。約一万一千人の観光客を後に従えて。それから僕の肘脇で、話しかけてくる声がした。

「ウースター君！　なんと――なんと――一体これはどういうわけなのかね？」

サー・ロデリックが、かつてなく眉毛を巨大化させて、僕の脇に立っていた。

「大丈夫ですよ」僕は言った。「可哀そうなビッフィーの奴の頭がおかしくなっちゃったってだけのことです」

彼はよろめいた。

「なんと？」

「ひきつけというか発作というか、そういうのが出たんですよ」

「こいつもか！」サー・ロデリックは深く息を吸い込んだ。「この男との結婚を、私は愛娘《まなむすめ》に許してやる寸前だったとは！」僕は彼がつぶやくのを聞いた。

僕は親切な精神から彼の肩をぽんと叩いてやった。無論そうするにはいく分勇気が必要だったが、僕はそうしたわけだ。

「僕が貴方のお立場でしたら」僕は言った。「全部取りやめにしますね。式の日取りを取り消して、完全にお流れにすることをお勧めします」

　彼は険悪な目で僕を見た。

「私は君の助言など必要としてはおらん、ウースター君！　君の言った結論にはすでに自力で到達しておる。ウースター君、君がこの男の友人だという、その事実だけで十分な警告だと考えるべきじゃった。君は――私とちがって――彼にまた会うこともあろう。彼に会ったら、こう伝えてはいただけまいか。この婚約は破談と考えてもらいたい、とな」

「よしきた、ホーです」僕は言い、群衆の後を追って急いだ。ちょいとばかり保釈金を払ってやる必要がありそうな気がしたからだ。


　それからほぼ一時間ほどして、僕は人ごみを押し進んで、なんとか車を停めた場所までたどり着いた。ジーヴスが前部座席に座って、宇宙のことどもに思いを馳《は》せていた。僕が近づいていくと、彼はうやうやしげに立ち上がった。

「お帰りになられますか、ご主人様」

「ああ」

「サー・ロデリック様もごいっしょにお帰りでいらっしゃいますか、ご主人様?」

「彼は来ないんだ。何も隠しだてする必要はない、ジーヴス。彼と僕とは仲たがいしたんだ。もう会話を交わすような関係じゃあないんだな」

「さようでございますか? ビッフェン様はいかがなされました? お待ちあそばされるのでいらっしゃいますか?」

「いや、奴は刑務所にいるんだ」

「まことでございますか、ご主人様?」

「そうなんだ。保釈で出してやろうとしたんだが、あっちの方じゃ考え直して、奴を一晩閉じ込めとくって決めたんだ」

「罪状は何でございましょうか、ご主人様?」

「僕が話してた女の子のことは憶えてるだろ? 奴は彼女を美の殿堂の水槽の中で発見して、最短ルートで彼女に接近したんだ。つまり板ガラスの窓を破ってってことだ。それで官憲に検挙されて手錠をされて連行されて行っちゃったんだ」僕は横目で彼を見た。目の端っこから透徹した視線を放つのは難しかったが、僕は何とかやってのけた。「ジーヴス」僕は言った。「ちょっと見の傍観者が考えるより、まだまだ奥があるみたいだな。君はビッフェン氏に美の殿堂に行くようにって言った。君はあの女の子がそこにいるってことを知っていたのか?」

「はい、ご主人様」

これはきわめて驚くべきことだし、ある意味不審だ。

「何てこった、君は何でも知ってるのか?」

「いいえ、滅相もないことでございます、ご主人様」寛大な笑みを浮かべて、ジーヴスは言った。

若主人の機嫌をうまいこと取ろうとしているのだ。

「それじゃあどういうわけでそんなことを知ってるんだ?」

「わたくしはたまたま未来のビッフェン夫人と知りあいなのでございます、ご主人様」

「そうか。それじゃあ君はニューヨークであったことをみんな知ってたわけなんだな?」

「はい、ご主人様。かような理由から、当初ご親切にもあなた様よりいささかの助力をして差し上げられまいかとのご提言をいただきました折、わたくしはビッフェン様のおん為にお力になりたいという心境に必ずしもなれなかったのでございます。わたくしは誤って、あの方が当の娘の愛情をもてあそんだものと推測いたしておりました。しかしながら、あなた様に本件の真相をお話しいただきまして、わたくしは自分がビッフェン様に対して行ってまいった不正に気づき、修正を加えるべく努力いたしたのでございます」

「そうか。奴は恩にきるはずだぞ。彼女に夢中なんだ」

「それはきわめて喜ばしいことでございます」

「彼女の方だって君にはずいぶんと感謝するはずだ。ビッフィーの奴は年収一万五千ポンドもあるんだぞ。ウシとかブタとかメンドリとかアヒルとか、どうしていいかわからないくらい飼ってるのは別にしてだ。いかなる一族においても、一人いれば何かと重宝だろうな」

「はい、ご主人様」

「教えてくれ、ジーヴス」僕は言った。「そもそも君は彼女とどういうわけで知り合ったんだ?」

ジーヴスは往来に夢見るように目をやった。

「彼女はわたくしの姪《めい》でございます、ご主人様。ご提案をお許しいただけますれば、ご主人様、ステアリング・ホイールはかように乱暴に、ぐいとお回しあそばされるべきではございません。あちらのバスにもう少しで衝突をいたすところでございました」

7. 刑の代替はこれを認めない

証拠は出揃った。法機構は遅滞なくその任務を遂行した。そして治安判事は、今にも鼻先から落っこちそうになっていた鼻メガネをかけ直すと、心痛ませるヒツジのように咳払いをし、我々に悪いニュースを告げた。「被告人ウースター」彼は言った——わが名がこう呼ばれるを耳にするバートラム氏の恥辱と苦悩のいかばかりかを、誰が描写し尽くし得ようか?「は、五ポンドの罰金を支払うものとする」

「おっと、わかりました!」僕は言った。「全然オッケーです! 今すぐ払いますよ!」

僕はこの程度の妥当な金額で紛争解決なって、ものすごく大喜びだった。僕はいわゆる人波の、端から端へと目をやって、ジーヴスの顔を探し当てた。彼は一番後ろの席に座っていた。勇敢な男である。若主人の裁判を傍聴に馳せ参じてくれていたのだ。

「おーい、ジーヴス」僕は大声で言った。「五ポンド持ってるかあ? ちょっと持ち合わせがないんだ」

「静粛に!」何とかいう小役人が怒鳴《どな》った。

「大丈夫です」僕は言った。「ちょっと財政上の細かい点について打ち合わせをしてるんです。持ち合わせはあるか、ジーヴス？」

「はい、ご主人様」

「でかしたぞ！」

「貴君は被告人のご友人かな？」治安判事が訊ねた。

「わたくしはウースター様の雇用下にあるものでございます、閣下。紳士お側付きの紳士の役目をいたしております」

「では書記官に罰金を支払いなさい」

「かしこまりました、閣下」

治安判事は僕の方に向いて冷たくうなずいてよこした。僕の手首からもう手かせを外してもよいという合図だ。そしてまた鼻メガネをずり上げると、哀れなシッピーの奴に、ボッシャー街警察裁判所［ロンドンなどの大都市に設置されていた治安判事裁判所に相当する裁判所。もっぱら軽微な犯罪の審理にあたった］においていまだかつて見られた中で一番というような嫌な目つきを向けた。

「被告人レオン・トロツキーの事件――これについては」シッピーに例の嫌な目をまた向けて彼は言った。「当裁判所は変名または偽名であると強く確信するものだが――ははるかに重大である。被告人は警察官に対する理不尽かつ凶暴な暴行によって起訴されたものである。訴追側証拠によれば、被告人が本件警察官の腹部を殴打し、もって重大なる腹痛を生ぜしめ、さらにその他の点において公務の執行を妨害したることは立証された。オックスフォード大学とケンブリッジ大学による年一回の水上競技大会終了後の夜間においては、一定限度の放縦は伝統的に当局の是認するところと理解するべきである。しかしながら、被告人トロツキーのごとき凶暴な加重的フーリガン行為に情状酌量の余地はない。よって被告人トロツキーに第二管区刑務所における三十日の拘禁刑を宣告する。なお、罰金刑への代替はこれを認めない」

「そんな、ちょっと待ってくださいーー困りますよーーねえーーなんてこった！」哀れなシッピーは抗議した。

「静粛に！」小役人の奴が吠えた。

「次の事件」治安判事は言った。それでこの件はそういうことで片がついた。

すべてはまったくの不運だったのだ。少々記憶は不鮮明なのだが、僕が事実を繋ぎ合わせられる限りでいうと、話は大体こういったところだ。

節制を常としている僕だが、年に一度、一夜だけ、他の用事を全部脇に押しやり、自己を開放して失われしわが青春を回復するときがある。すなわち、オックスフォード大学とケンブリッジ大学との年に一度の水上競技大会の間の夜のことだ。換言すれば、ボートレースの夜である。その時には酩酊《めいてい》状態のバートラム氏がご覧いただけるのだ。それでこの晩、大いに認めるところだが、僕はえらいことぐでんぐでんに酔っ払っていて、その結果、エンパイアの向こう側でシッピーと出くわしたときには、断然陽気な気分になっていたのだった。そういうわけで、いつもは騒ぎ屋の中でも一番元気なシッピーが、奴本来の陽気な気分でいないのは僕にはすぐにわかった。奴は秘密の悲しみを抱えた男の雰囲気を漂わせていた。

「バーティー」ピカディリー・サーカスに向かって二人してぶらつき始めると、奴が言った。「わが胸は苦患の重圧に押しひしがれ、もはやはかなき望みの寄る辺なきだ」シッピーは自称作家だ。とはいえ奴の生計は、主として田舎に住む年取った伯母さんからの交付金に依存している。奴の会話はしばしば文学的色彩を帯びる。「しかし小生の問題とは、はかなきだろうがなかろうが、もはや寄るべき望みがまるでないってことなんだ。お手上げなんだ、バーティー」

「どういうふうにだ、青年よ?」

「小生は明日から完全にどうしようもない連中――それだけじゃない――ヴェラ伯母さんのとんでもなくいやったらしい友人なんだぞ、のところに行って、三週間も過ごさなきゃならないんだ。伯母さんが全部段どったんだ。ああ、彼女の庭のすべての球根を甥の呪《のろ》いの腐らしめんことを!」

「かの地獄の猛犬は誰《た》ぞ?」僕は訊いた。

「プリングルって名前の一家だ。会うのは十歳のとき以来なんだ。だがあの時連中は、イギリス随一のイボ家族だって小生に思わせてくれたんだ」

「残念なこったな。意気消沈なのもじゅうじゅうごもっともだ」

「この世は」シッピーは言った。「はなはだしく灰色なるかな。われこの恐るべき憂愁をいかに払い去るべきか?」

その時だ。ボートレースの夜の十一時三十分に思い浮かぶような気の利いたアイディアが、僕の脳裏に思い浮かんでしまったのだ。

「お前に必要なのはさ」僕は言った。「警官のヘルメットだ」

「そうか? バーティー」

「もし僕がお前なら、まっすぐ行って道を渡ってあそこでひとつゲットしてくるな」

「だけどヘルメットの中には警官がいるんだぞ。はっきり見えるだろうが」

「だからどうしたって言うんだ?」僕は言った。奴の論法が理解できなかったのだ。

シッピーはしばらく立って考えていた。

「お前の言うことは完全に正しい」奴はとうとう言った。「今まで思いつかなかったのがおかしいや。お前、本当に小生にあのヘルメットを取ってこいって勧めるのか?」

「絶対おすすめだ」

「それじゃあやってくるよ」みるみる活気を増しながらシッピーは言った。

これで状況はおわかりいただけたことだろう。被告席を自由の身として去った僕の臓腑《ぞうふ》を、後悔の念が苛《さいな》み尽くした理由もおわかりいただけよう。この世に生を得て二十五年、洋々たる前途が眼前に開けたりとか何とかしているというのに、オリヴァー・ランドルフ・シッパリーは囚人となってしまった。それですべては僕のせいなのだ。あの気高き精神を汚辱の内に引きずり込んだのは、まあ、いわゆるだが、ほかならぬこの僕なのだ。かくして問題は生ずる。いかにして僕はこの罪をあがない得ようか?

明らかに、次の一手はシッピーと会って言い残すことは何かないかとか確認することだ。僕はちょっと努力をしてみて色々訊いてまわり、それで今、白壁と木製のベンチのある小さな暗い部屋に、こうしているというわけだ。シッピーは頭をかかえてベンチに座っていた。

「気分はどうだい、青年?」僕は病人の枕許で話すようなひそひそ声で訊いた。

「小生は破滅だ」シッピーは言った。ポーチト・エッグみたいに見えた。

「おい、よせよ」僕は言った。「そんなに悪いことばっかりじゃないぞ。お前には偽名を使うだけの頭の巡りがあったんじゃないか。新聞にはお前のことは何にも出やしないんだ」

「新聞のことなんかどうだっていいんだ。小生が心配してるのは、一体どうやってプリングル家に行って三週間過ごしたらいいかってことなんだ。今日からなんだぞ。小生は刑務所の房に座って足首には鎖とおもりをくっつけてるっていうのにだ?」

「だけどお前は行きたくないって言ってたじゃないか」

「行きたいとか行きたくないとかって問題じゃないんだ、バカ。小生は行かなきゃならない。もし行かなけりゃ伯母さんは小生がどこにいるかを見つけちまう。それでもし伯母さんに小生が城の濠《ほり》の下の一番下の土牢で、三十日間何を代替の余地なしでもってやってるのかってことがわかったら――一体、小生はどういうことになるんだ?」

奴の言いたい点がわかった。

「これは僕たちだけでどうなるって問題じゃない」僕は厳粛に言った。「ハイヤーパワーを信じるしかない。ジーヴスこそ我々が助言を請うべき人物だ」

それから必要なデータをいくつか収集した後、僕は奴と握手をし、肩をぽんぽん叩いて奴を励まし、すみやかにジーヴスの待つ家に帰った。

「ジーヴス」僕の帰宅に備え、ジーヴスが賢明にもこしらえておいてくれたおめざの衝撃から這《は》い上がってきた僕は言った。「話があるんだ。重要なことだ。いつも大切に思ってきた人物――常に尊敬の念を抱いてきた人物――常に――つまりだ、僕は今具合がよくないんで早い話がだ――シッパリー氏のことだ」

「はい、ご主人様」

「ジーヴス、スープリー氏がシップに浸かってるんだ」

「はい？」

「つまりだ、シッパリー氏がスープに浸かってるんだ」

「さようでございますか、ご主人様？」

「それもみんな僕のせいなんだ。誤った親切の念から、彼を元気づけて気分を変えてやろうって思ったばっかりに、あの警官のヘルメットを失敬してこいって勧めちゃったんだ」

「さようでございましたか、ご主人様？」

「すまないがいちいち返事して合いの手をはさむのはやめてくれないか、ジーヴス？」僕は言った。「頭痛を抱えた人間が語るには複雑すぎる話なんだ。君が言葉をはさむと、僕はどこまで話したかわからなくなっちゃうんだな。そういうわけだから僕のためだと思ってそいつはよしてくれ。僕の話がわかってるってことを示すためには時折うなずいてくれればいいんだ」

僕は目を閉じて論点を整理した。

「まず最初に、ジーヴス、君はシッパリー氏が彼のヴェラ伯母さんにほぼ完全に依存しているのは知っているな」

「それはヨークシャー州、ベックレイ・オン・ザ・ムーア村、パドック荘にお住まいのシッパリー様のことでございましょうか、ご主人様？」

「そうだ。彼女を知ってるとか言うなよ！」

「直接お目にかかったことはございません、ご主人様。しかしわたくしには彼の村《かの》に住まいいたす従兄弟《いとこ》がございまして、シッパリー様とは少々面識がございます。従兄弟はシッパリー様を傲岸《ごうがん》で短気なご老嬢だと申しておりました……しかしながら、失礼をいたしました。わたくしはうなずいておりますはずでございました」

「その通りだ、うなずいていてもらいたかった。うん、ジーヴス。うなずいていてもらいたかったな。でももう遅すぎだ」

　僕は自分でコクンとうなずいた。昨夜僕は八時間の睡眠をとっていなかった。それでいわゆる嗜眠症が、時々に僕を襲う傾向を見せていたのだ。

「はい、ご主人様?」ジーヴスが言った。

「あ――ああ――そうだ」身体をしゃんと起こしながら僕は言った。「どこまで話したかな?」

「シッパリー様はほぼ完全に老シッパリー様にお頼りあそばされておいでだと、お話しの途中でございました、ご主人様」

「そうだったか?」

「さようでございます、ご主人様」

「君の言うとおりだ。そうだったな。うん、じゃあわかるだろう、ジーヴス。奴は彼女とうまいことやってけるようにってうんと気を使わなきゃあならないってことだ。わかるかな?」

　ジーヴスはうなずいた。

「じゃあ、ここから気をつけて聞いてくれ。つまりだ、ある日彼女は、こっちに来て村のコンサートで歌うようにってシッピーの奴に手紙を書いてよこした。こいつは勅命《ちょくめい》にも等しいからな、と言ってわかってもらえればだが、シッピーはこれを断るわけにはいかないんだ。だが奴は前に一度村のコンサートで歌ったことがあって、聴衆から少なからぬ野次を飛ばされて、もう二度とそういうのは願い下げなんだ。ここまではいいかな、ジーヴス?」

ジーヴスはうなずいた。

「それで奴はどうしたか、ジーヴス? その時には賢明だと思われたことをやったんだ。奴は彼女に、村のコンサートで喜んで歌いたいのはやまやまだが、大変残念なことにたまたま編集者からケンブリッジ大学のコレッジについてシリーズで文章を書いてくれっていう依頼があって、すぐそっちに行かなきゃならないから三週間ほど留守にするって言ったんだ。ここまではわかったかな?」

ジーヴスはココナッツ頭を傾けた。

「そうしたところだ、ジーヴス、シッパリー伯母さんは返事をよこした。娯楽よりも仕事が優先だってことはよくわかるってな——娯楽っていうのはベックレイ・オン・ザ・ムーア村のコンサートで歌を歌って地元のタフな連中から嘲笑を浴びるってことの彼女なりの謂《い》いだ。だけど、奴がケンブリッジに行くなら、彼女の友達のプリンググル家に絶対泊まらせてもらわなきゃならない。その家はケンブリッジの町のすぐ郊外にあるんだな。それで彼女は二十八日に奴が行くからよろしくって知らせて、すると先方はよしきたって言ってよこして商談成立だ。それでただ今シッパリー氏は牢屋の中というわけだ。最終的な帰結というか結末はいかが相成るか? ジーヴス、これは君の偉大なる知能にふさわしい問題だ。君が頼りなんだ」

「あなた様のご信頼にお応えいたすべく最善を尽くす所存でおります、ご主人様」

「それゆけ、ジーヴスだ。うん、それでだが、ちょっとブラインドを下ろしてもらって、クッションをいくつかもってきてもらって、それでその小さい椅子をこっちに寄せてもらって脚を載せられるようにしてもらえないかな。そしたらあっちに行ってもらってじっと考えてもらって、それから

――そうだな二時間くらい、いや三時間だな――したらば君の考えを聞かせてもらえないかな。それで誰かが訪ねてきて僕に会いたがったら、僕は死んだと伝えてくれ」

「死んだ、でございますか、ご主人様?」

「死んだ、だ。たいして間違っちゃいない」

首の筋を寝違えたほかはだいぶリフレッシュされて目が覚めたときには、ほとんど夜になっていたにちがいない。僕はベルを押した。

「二度ご様子を伺いに参りましたが」ジーヴスが言った。「どちらの折もあなた様はお寝みでいらっしゃいましたので、お起こししてはなるまいと存じまして」

「見上げた精神だ、ジーヴス……それで?」

「あなた様がご提示されたちいさなご問題につきましてわたくしなりに精査検討を加えました結果、回答はただひとつとの結論に到達いたしました」

「ひとつあれば十分だ。どういう提案をしてくれるんだ?」

「あなた様がシッパリー様の代わりにケンブリッジにおでかけあそばされるということでございます、ご主人様」

僕はこの男を見つめた。確かに僕は何時間か前よりはだいぶ気分がよくはなっていた。しかしこんなヨタ話を聞かされるほどの健康状態ではまるきりないのだ。

「ジーヴス」僕は厳しく言った。「しっかりするんだ。そんなのは病床のたわ言だ」

「残念ながらシッパリー様をディレンマからお救い申し上げる手立てては、これより他にご提案いたしかねます、ご主人様」

「だけど考えてもみろよ！　省察するんだ！　騒擾《そうじょう》の一夜を過ごして法の手先共とものすごく苦痛に満ちた朝を経てきたとはいえ、僕にだってこの計画がキチガイじみてるってことくらいわかるぞ。この話の唯一の漏《も》れを指摘するなら、あすこの人たちが会いたいのは僕じゃなくて、シッパリー氏だってことだ。彼らは僕のことなんか全然知らないんだぞ」

「であればこそ尚更よろしゅうございます、ご主人様。と申しますのは、わたくしがご提案申し上げておりますのは、あなた様がシッパリー様を装ってケンブリッジにおでかけあそばされるのがよろしいということだからでございます」

これはあんまりだった。

「ジーヴス」僕は言った。僕の目が涙で潤《うる》んでいなかったかどうか確信はない。「君は自分でだってこいつがどうしようもないバナナオイル話だってことはわかるはずだぞ。病人の枕頭に立ってこんなわけのわからない話をして聞かせるなんて君らしくないじゃないか」

「わたくしのご提案申し上げる計画は実行可能であると考えるものでございます、ご主人様。あなた様がお寝みの間、わたくしはシッパリー様と二、三お話をいたして参ることができました。シッパリー様の申されますには、プリングル教授ご夫妻とは十歳のお子様の時以来一度もお顔をあわせられたことはないとの由にございます」

「そうだ、それはその通りだ。奴がそう話してくれた。だとしても、彼らは僕の伯母さん――というか奴の伯母さんのことについて色々質問をしてくるはずだ。そしたら僕はどうしたらいいんだ？」

「シッパリー様はご親切にもシッパリー伯母上様に関する事実をいくつかお話しくださいました。またわたくしはそれらをざっと書き留めてまいりました。これとわたくしの従兄弟《いとこ》が伯母上様のご習性について話してくれたこととを足しあわせますれば、あなた様は通常の質問にはお答えできるお立場にお立ちあそばされるものと拝察をいたします」

ジーヴスには何というか嫌に狡猾《こうかつ》なところがある。初めて会ったその時から、彼はいく度となく一見してあきらかにバカみたいな提案や計画、作戦行動の計略やら策略でもって僕を驚かせてきた。それで五分後には僕は、そいつが健全であるばかりでなく、実に興味津々《しんしん》たる計画であると確信させられているのだ。とはいえこの問題について説得させられるに当たっては、およそ四半時間を要した。いまだかつてない、ことさらに珍妙な計画であったからだ。しかし彼はやり遂げた。僕は強硬な拒否の姿勢を崩さなかったが、勝負の決着は突然についたのだった。

「強くご提案申し上げますが、ご主人様」彼は言った。「できる限りお急ぎでロンドンをお発ちあそばされて、しばらくの期間、見つかりにくい隠棲の地にご避難あそばされるべきと存じます」

「えっ？　どうしてだい？」

「先ほどよりスペンサー夫人から三度続けてお電話があり、あなた様とお話しになられたいとの由でございました」

「アガサ伯母さん！」僕は叫んだ。僕の褐色に焼けた肌が青ざめた。

「はい、ご主人様。伯母上様のお話し振りから察しますに、本日の夕刊にて警察裁判所における今朝の手続きの報告をお読みあそばされたものと拝察をいたします」

僕は大草原のジャックウサギみたいに椅子から飛び上がった。アガサ伯母さんが手斧を持って飛び出したとなったら、打つべき手はひとつしかない。

「ジーヴス」僕は言った。「言葉より行為の時だ。荷造りを頼む――大急ぎでだ」

「荷造りは済ませております、ご主人様」

「ケンブリッジ行きの汽車は何時か調べるんだ」

「四十分後に一本ございます、ご主人様」

「タクシーを呼べ」

「タクシーはドアの外にて待っております、ご主人様」

「よし！」僕は言った。「じゃあ案内を頼む」


プリングル邸はケンブリッジからずいぶん離れた、トランピントン・ロードを二、三キロ下ったところにあった。僕が到着したとき、他の皆はディナーの支度に着替えている最中だった。したがって僕が夜会服にあわてて着替え、客間に降りていってはじめて、全員にお目通りとなったわけだ。

「ハロー、アーロー！」深く息を吸い、かろやかに入室しながら僕は言った。

僕はクリアーなよく響く声で話そうとしていた。だが最高に陽気な気分でいたわけではない。内気で人見知りな男にとって、見知らぬ家をはじめて訪れるというのは神経をつかう仕事だ。別人のふりをして訪問すれば事態は好転するというものではない。僕はきわめていちじるしく心沈む思いを感じていた。プリングル一家の登場によってもその思いはいささかも和らぐものではなかった。

シッピーは彼らをイギリス随一のイボ家族と表現したが、僕には奴の言ったところはだいたい正鵠《せいこく》を得ていると思われた。プリングル教授はやせていて、禿げていて、消化不良に見えているような人物で、タラみたいな目をしていた。一方プリングル夫人の顔つきはというと、一九〇〇年ごろに悪い知らせを受けて、いまだにそいつを克服できないでいるみたいな勢いだった。この二人と会った衝撃にのたうち苦しんでいる最中に、僕はショールを体中にぐるぐる巻きにした、古色のかかった二人の老女に紹介されたのだった。

「僕の母はもちろん憶《おぼ》えているだろうね？」重要証人Aを指して、プリングル教授は悲しげに言った。

「えー、ああ！」なんとかちょっとは晴れやかな笑顔をつくろって、僕は言った。

「それから僕の伯母だ」教授はため息をついた。まるで事態はどんどん悪化するばかりだと言いたげにだ。

「これはこれはこれは！」重要証人Bの方向に晴れやかな笑顔をまた向けて、僕は言った。

「二人は今朝になってやっと君のことを思い出したって言うんだよ」教授はうめき声をあげた。すべての希望は捨て去ったとでもいうみたいにだ。

しばらく間があった。一同が一枚岩となって僕を見つめた。エドガー・アラン・ポーの陰気な小説からでてきた一族みたいな有様でだ。僕のジョア・ド・ヴィーヴルが根元から死に果てるのを、僕は感じていた。

「わたしゃオリヴァーを憶えてるよ」重要証人Aが言った。彼女はため息を放ってよこした。「そりゃあ可愛い子だったのに。何て悲しいこった！　何て悲しいこった！」

無論、客人に完全なる安らぎを与えようという、まことに冴え渡った、計算され尽くした発言である。

「あたしゃオリヴァーを憶えてるよ」重要証人Bが言った。黒いビロードの帽子［死刑宣告の際判事がかぶった帽子］をかぶる前にボッシャー街治安判事がシッピーを見たのとおんなじような目で僕を見ながらだ。「性悪の子供だったよ！　あたしのネコをいじめたんだ」

「ジェーン伯母さんの記憶力は素晴らしいんですのよ。もうじき八十七歳におなりだってことを考えますとね」プリングル夫人が沈鬱《ちんうつ》なプライドを込めてささやいた。

「あんた何て言ったね？」重要証人が疑い深げに訊いた。

「あなたの記憶力は素晴らしいって申し上げたんですよ」

「ああ！」愛すべきこの年老いた生き物は僕をまたねめつけてよこした。この界隈でバートラム氏がうるわしき友情を求めるのは不可能だと僕は理解した。「あたしのティビーを庭じゅう追いかけまわしてね、弓矢を射かけてまわったんだよ」

この瞬間、ソファの下から一匹のネコがそぞろ出てきて、僕に向かって尻尾を振りたてて見せた。ネコというものはいつも僕になついてくるのだ。シッピーの旧悪をなすりつけられねばならないことが、実にますます情けなくなった。僕は背をかがめて耳の後ろをかいてやろうとした。僕はいつだって必ずそうすることにしているのだ。するとこの重要証人が金切り声をあげた。

「やめさせておくれ！　やめさせておくれ！」

彼女は前方に飛び上がり、この年齢にしては異例のすばやい身のこなしでネコをすくい上げると僕を苦々しい反抗の目つきでもってにらみつけて立っていた。僕にけんかを売ってくるみたいにだ。はなはだ不快である。

「僕はネコが好きなんですよ」僕は弱々しく言った。

効果なしだった。観衆の同情は僕には集まらなかった。また会話はいわゆる引き潮に差し掛かっていた。と、その時、ドアが開き一人の若い娘が入ってきた。

「娘のエロイーズだ」教授は不満げに言った。まるでそいつを認めるのが嫌だとでもいうみたいにだ。

僕はこの女性と握手しようと振り返った。そして手を差し出したままぽかんと口を開け、そこに立ち尽くした。こんなにひどい打撃を被ったことが今まであったかどうか、僕には思い出せない。誰にでも誰か恐るべき人物をおそろしく思い起こさせるような誰かに突然出会うという経験がおありではなかろうかと思う。つまりだ、例をあげると、前に僕はスコットランドにゴルフに行ったとき、アガサ伯母さんに生き写しの女性がホテルに入ってくるのを見たことがある。待ってじっくり見てみれば、おそらくは申し分ない人物だったに相違ない。だが僕は待ちはしなかった。その晩逃げ出したのだ。見るも恐ろしきこの光景にただただ耐えられなかったのだ。あと他にも、素敵にお祭り気分のナイトクラブからいたたまれずに逃げ出したこともあった。ウエイター頭《がしら》がパーシー伯父さんにそっくりだったのだ。

それでだ、エロイーズ・プリングルは、おそろしく恐ろしいばかりにオノリア・グロソップに似ていたのだった。

このグロソップなる天災については前にお話ししたことがあったと思う。彼女はキチガイ医者のサー・ロデリック・グロソップの娘で、僕はほぼ三週間ほど彼女と婚約していたことがある。自らの意志に反してだ。それでたいそう幸運にもこの親爺《おやじ》さんが僕がキ印だと思ってくれて、この手続きを全面的に中止してくれたのだった。それからというもの、僕は彼女のことを考えただけで、絶叫とともに夜中に目覚める男になってしまった。それでこの娘は彼女にまるきりそっくりだときているのだ。

「あー――ごきげんよう?・」僕は言った。

「はじめまして」

これでとどめだった。まるきりオノリアそのものが話してるみたいな声だ。

オノリア・グロソップはライオン使いが一座の一頭に向かって何か権柄《けんぺい》ずくで通達してよこしているような声の持ち主なのだが、この娘の声もまさにそうだった。僕は痙攣《けいれん》的にあとずさって空中に跳びあがり、何かぐにゃぐにゃしたものに足をぶつけた。鋭く、もの悲しい鳴き声が宙を裂き、憤然とした叫び声がそれに続いた。僕が振り返ってみると、ジェーン伯母さんが四つんばいになってネコに大丈夫だ心配ないと言って聞かせているところで、ネコはというとソファの下に潜り込んでしまっていた。彼女は僕をにらみつけた。彼女の最悪の不安が現実のものとなったことが僕には見てとれた。

この時点でディナーの開始が告げられた――僕にはまだその用意ができていなかった。


「ジーヴス」その晩二人きりになって、僕は言った。「僕は臆病者じゃない。だがこの騒ぎはちょっと勝ち目薄ってことになるんじゃないかって思ってるんだ」

「このご訪問をお楽しみでおいでではいらっしゃらないのでございますか、ご主人様?・」

「楽しんじゃいないさ、ジーヴス。プリングル嬢は見たか?・」

「はい、ご主人様。距離は離れておりましたが」

「彼女を見るにはそれが一番だ。鋭く観察はしたか?」

「はい、ご主人様」

「誰かを思い出さなかったか？」

「あの方の従姉妹《いとこ》にあたられるグロソップお嬢様にいちじるしく似ておいでだと拝見をいたしました、ご主人様」

「従姉妹だって！　彼女がオノリア・グロソップの従姉妹だって言うつもりじゃないだろうな？」

「さようでございます、ご主人様。プリングル夫人は旧姓をブラザウィック様と申され、二人姉妹のお妹御様でいらっしゃいます。お姉上様はサー・ロデリック・グロソップ様とご結婚あそばされました」

「なんと！　それじゃあ似ているわけだ」

「はい、ご主人様」

「それにしたってなんてそっくりなんだ、ジーヴス！　彼女は話し方までグロソップ嬢そのまんまなんだぞ」

「さようでございますか、ご主人様？　わたくしはまだプリングルお嬢様がお話しあそばされるところをお伺いいたしてはおりませんが」

「だからって残念がる必要はないんだ。それでどういうことかっていうと、ジーヴス、僕はシッピーの奴を絶対がっかりさせたくはないんだが、この訪問は僕にとっては厳しい試練となるだろうってことなんだ。いざとなれば、僕は教授夫妻には我慢できる。一生分の努力を振り絞ってジェーン伯母さんにだって何とか我慢できる。だがあのエロイーズって娘と毎日つき合えっていうのは——それだけじゃない、レモネードしか飲まないで——ディナーのときに飲むものっていったらそんなもんしかないんだぞ——そうしろって言うのは、ちょっと要求があんまりに過ぎると思うんだ。どうしたらいい、ジーヴス?」

「プリングルお嬢様とごいっしょなさるのは、できる限りお避けあそばされるがよろしいかと存じます」

「そいつとまったく同じ素晴らしい考えを僕も思いついていたんだ」僕は言った。

女性との交友を避けろなどと口で言うはたやすい。だが同じ家にいっしょに暮らして、彼女の方では僕を避けたくないとなると、これはなかなかに大変な仕事なのだ。こちらが特に敬遠したいと考える人々に限って、シップ薬みたいにぺたりと群れ集ってくっついてくるというのは人生の不可思議である。ここに来て二十四時間もしないうちに、この疫病神とはずいぶんどっさりと顔を突きあわせる次第となりそうだということに僕は気づいていた。

彼女はいわゆる階段やら廊下やらでいつも出会う女の子だった。僕がどこかの部屋に入ると必ず、一分としないうちに彼女はふわりとそこに現れた。それで僕が庭を歩いていると、彼女は必ず月桂樹の茂みとかタマネギの苗床とか、どこかしらから僕の前にひょいと飛び出してくるのだ。十日くらい経つまでに僕はすっかり憑き物にでも憑かれたような気分になっていた。

「ジーヴス」僕は言った。「絶対何かにとっ憑かれたみたいな気がしてきてるんだ」

「ご主人様!」

「あの女性は僕につきまとってくるんだ。僕が一人きりになれるときなんか一瞬もないみたいなんだ。シッピーの奴はここにケンブリッジのコレッジの研究をしにやって来たってことになってるだろう。それで彼女は今朝だけで五十七のコレッジに、僕を引きまわして歩いたんだぞ。午後になって庭で座ってたら、彼女は待ち伏せして飛び出してきて僕のまん前にいるんだ。それで晩には僕を居間に追い込んだんだ。こんな調子じゃ、いずれ僕が風呂に入ってたら彼女がせっけん皿の中に丸くなってたなんてことになったって僕は驚かないぞ」

「きわめて過酷でございますな、ご主人様」

「とんでもなくそうなんだ。解決策を何か思いつかないか?」

「現時点ではまだでございます、ご主人様。プリングルお嬢様はあなた様にたいそうご関心をお持ちのご様子と拝察いたします。あの方は今朝わたくしに、あなた様のロンドンでのお暮らしぶりについてお訊ねあそばされました」

「なんと?」

「はい、ご主人様」

僕は恐怖におびえながらこの男を見た。身の毛もよだつ思いが僕を襲った。僕はポプラのように震えた。

その日の昼食のときおかしな出来事があった。僕はカツレツをやっつけ終えたところで、椅子の背にもたれて座っていた。僕の分のボイルド・プディングを切り分けてもらう前にちょいと一息ついていたのだ。その時、ふと顔を上げると、エロイーズ嬢の目が僕になんだか変な具合にじっと注がれているのと目が合ったのだ。その時はたいして気にも留めなかった。なぜならボイルド・プディングとは、その真価を発揮させるには五感の集中を要求するものだからである。だが今や、ジーヴスの言葉に照らしてこのエピソードを思い返してみるに、このことの邪悪な意味を僕は完全に思い知らされたように感じた。

あの時ですら、僕はあの目つきにはなんだか不思議と見憶えがあるように感じたのだった。今や僕は突然それがなぜなのかを理解した。それはオノリア・グロソップとの婚約前夜、彼女の目に僕が認めたのとまるで同じ目つき――餌食と定めた相手をみつめる雌トラの目――だったのである。

「ジーヴス、僕が何を考えているかがわかるか？」

「はい、ご主人様？」

僕はかすかに咽喉《のど》を鳴らした。

「ジーヴス」僕は言った。「気持ちを集中して聞いてくれ。僕は自分のことを抗し難い魅力を誰彼なく振りまいてまわってるすごくいい男で、僕と会った女の子は最初の三十秒で心の平静をかき乱されずにはいられないなんて思ってるなんて印象を君に持ってもらいたくはないんだ。実のところ僕はそれとはまるきり正反対の男だし、僕と会った女の子はだいたいが眉を上げて、上唇をひん曲げてみせるのが普通なんだ。したがって僕が不必要な心配をしがちな男だなんてことは言えないはずだ。ここまでは認めてくれるな、どうだ？」

「はい、ご主人様」

「それでもだ、ジーヴス、僕みたいな男に不思議と引き寄せられる特定のタイプの女性がいるっていうのも科学的事実なんだ」

「まことにおおせの通りでございます、ご主人様」

「つまりこうなんだ。僕は自分が、大まかに言って通常人が持つべき脳みその半分くらいしか持っちゃいないってことを完全によく理解してる。それで普通人の容量の二倍くらい脳みそのある女の子がやってくると、そいつはあまりにしばしば目に恋の炎を燃やしながら僕のところに直進して来るんだ。どう説明したものか僕にはわからない。だけどいつだってそうなんだ」

「種のバランスを維持せんとする大自然の采配かと拝察いたします、ご主人様」

「そうかもしれない。とにかくだ、何度も何度もそういうことが起こってるんだ。オノリア・グロソップのときもそうだった。彼女はガートン・コレッジで学年じゅうでおそろしく優秀な女性の一人として鳴らしてたんだ。それで彼女はステーキを一切れ呑《の》みこむブルドッグの仔みたいに、僕にまとわりついてきたんだった」

「プリングルお嬢様は、わたくしが伺いましたところでは、グロソップお嬢様よりもさらにご優秀な学生でいらしたそうでございます」

「ほら、そうだ！　ジーヴス、彼女は僕を見つめるんだ」

「さようでございますか、ご主人様？」

「僕はいつも階段や廊下で彼女に出会うんだ」

「さようでございますか、ご主人様？」

「彼女は僕に読むべき本を薦《すす》めるんだ。僕の精神を向上させるって言ってさ」

「きわめて示唆的でございます、ご主人様」

「それで今朝の朝食のとき、僕がソーセージを食べてたら、彼女は僕にやめろって言うんだ。現代医学の知見によると、十センチのソーセージには死んだネズミと同じくらいのばい菌がいるんだそうだ。母親みたいな言い方だった。わかるだろ。僕の健康をやきもき気に病んでいるんだ」

「それはもはや決定的と考えてよろしいと存じます、ご主人様」

僕は椅子に沈み込んだ。完全に気分が悪くなった。

「どうしたらいいかなあ、ジーヴス？」

「考えねばなりません、ご主人様」

「君が考えてくれ。僕には道具がないんだから」

「全身全霊を傾注して本件解決に尽力いたす所存でおります、ご主人様。必ずやご満足をいただけますよう、あい努めてまいります」

それなら大丈夫だろう。だが僕は不安だった。そう、事実からは逃れようがない。バートラム氏は不安だった。


翌朝、僕たちはケンブリッジのコレッジをさらに六十三訪ねた。昼食が済むと、僕は部屋に行って横になりたいと言った。半時間ほどそこに潜伏して危険の去ったのを確認すると、僕は本と喫煙具とをポケットに押し込んで、窓を這《は》い出て好都合にもそこにあった雨どいを伝い下り、庭に降り立ったのだった。僕の目的地はサマー・ハウスで、そこでなら一時間かそこらは誰にも邪魔されずに静かに過ごせそうに思えたのだ。

庭はものすごくいい気分だった。太陽は輝き、クロッカスはみんなカラシ色で、どこにもエロイーズ・プリングルの影も形もなかった。ネコが芝生をうろついていて、それで僕はチュッチュッチュッと舌を鳴らしてやって、そしたらその子は低い声でのどをゴロゴロ言わせて僕にトコトコ近寄ってきた。僕がその子を腕に抱き上げて耳の後ろをくすぐってやっていると、頭上からどでかいキンキン声がして、窓から半分身を乗り出しているジェーン伯母さんの姿が見えた。とんでもなくいまいましいことだ。

「ああ、よしきた、ホーですよ」僕は言った。

僕はネコを腕からおろした。それでその子は茂みの中に駆け去っていった。年老いた親戚にレンガをぶつけてやりたいという思いを打ち消しながら、僕は低木の植え込みを目指してまた歩き出した。ひとまずそこに無事潜伏を果たすと、ふたたび僕は歩を進め、ようやくサマー・ハウスにたどり着いた。それで、信じていただきたい、僕が一本目のタバコにやっと火をつけたかどうかというところで、僕の広げていた本のうえに影が落ち、あの「兄弟よりもしっかりくっつく〔『箴言』十八・二四「兄弟よりもしっかりくっつく者もいる」〕」令嬢おん自らがお出ましあそばされたのだった。

「あっ、みーつけた」彼女は言った。

彼女は僕の隣に腰を下ろした。それで身の毛のよだつようないたずらっぽいしぐさでもって小パイプからタバコを引き抜くと、そいつをドアの向こうにポイと放り投げた。

「あなたったらいつだってタバコを吸ってばっかりなんだから」彼女は言った。「タバコなんて吸わなければいいのに。僕の身を気づかって愛らしくたしなめてよこす若妻気分がだいぶ過ぎるようだ。体に悪いわ。それにこんなところに薄手の上着も羽織らないで座っていちゃだめだわよ。あなたには誰か面倒を見てくれる人が必要だわ」

「僕にはジーヴスがいるさ」

彼女はちょっと眉をひそめてみせた。

「私、あの人嫌いだわ」彼女は言った。

「えっ？　どうしてさ？」

「知らない。あんな人追い出しちゃえばいいんだわ」

総身がぞっと鳥肌立った。なぜかをお教えしよう。僕と婚約してオノリア・グロソップが最初にしたことのひとつが、彼女はジーヴスが嫌いだし、追い出して欲しいと思っていると僕に告げることだったからだ。この娘とオノリアとの類似が、身体的な点のみに留まらず、魂のどす黒さにおいてもまたいちじるしいことを認識して僕は断然卒倒せんばかりだった。

「何を読んでらっしゃるの？」

彼女は僕の本を取り上げてまた眉をひそめた。そいつは僕が、汽車の中でちょっと読もうと思ってロンドンのフラットから持ってきたものなのだ。なかなかピリ辛めの探偵小説で、題名は『血痕』だ。彼女は意地の悪い冷笑を浮かべてページを繰った。

「あなたがこんなナンセンスをお好きだなんて理解できないわ――」突然彼女は言葉を止めた。「あら嫌だ！」

「どうしたんだい？」

「あなた、バーティー・ウースターをご存じでらっしゃるの？」

それで僕は自分の名前がタイトル・ページのど真ん中に無造作に走り書きされているのを見たのだった。僕の心臓は三連続バク転をしてみせた。

「あっ――ああ――えーと、つまりさ――うん、ほんのちょっとさ」

「絶対にぞっとするくらい嫌な人に決まってるわ。そんな人とお友達だなんて私驚いてよ。色々なことは措いても、とにかく彼ってほとんど痴愚者も同然なのよ。あの人私の従姉妹《いとこ》のオノリアと婚約していたことがあって、それがだめになったのはあの人がほとんどキチガイだったせいなの。ロデリック伯父様があの人のことお話しになるところを聞かせて差し上げたいわ！」

僕はこの話に夢中だったとは言えない。

「あなたあの人にはよくお会いになるの?」

「まああかな」

「私何日か前に新聞で読んだんだけど、あの人路上で不名誉な騒ぎを起こして罰金刑を科されたそうよ」

「うん、僕も読んだ」

彼女はいやらしい、母親みたいなふうに僕を見つめた。

「あの人はあなたにとってよい影響ではありえないわ」彼女は言った。「絶交していただきたいの。ねえ、そうしていただける?」

「うーん――」僕は話し始めた。と、そこにネコのカスバートの奴が、茂みの中で一人きりではちょいと退屈だとでも思ったのだろう、親しげな表情を顔に浮かべてふらりと現れ、僕のひざに飛び乗った。僕は誠心誠意真心をこめて彼を歓迎した。ただのネコながら、彼はこの集いにおいて第三者を形成した。おかげでうまい具合に話題を変える口実ができたのだ。

「ネコってのはかわいいもんだな」僕は言った。

彼女はその手には乗らなかった。

「あなた、バーティー・ウースターと絶交してくださる?」彼女は言った。ネコのモティーフは完全に無視された。

「それは難しいなあ」

「ナンセンスだわ！　ほんの少し意志の力が要るだけじゃないの。あんな男がそんなに面白くて気のあった友達だなんてことあり得ないわ。ロデリック伯父様が言ってらしたけれど、あの男は骨なしのろくでなしですって」

僕だってロデリック伯父様について思うところを何点か述べることもできたはずなのだが、しかし僕の唇は、いわゆるだが、封印されていた。

「前にお目にかかったときから、あなたってずいぶん変わってしまったわ」プリングルの疫病娘は責めるように言った。彼女は身をかがめ、ネコのもう片方の耳の後ろを掻き始めた。「憶えてらっしゃる？　私たちが二人とも子供だったとき、あなたは私のためなら何でもしてやるんだって言ってらしたのよ」

「僕がそんなことを？」

「私が怒っていてキスさせてくれないって言って、あなたが泣いたのを私憶えているわ」

その時僕はそんなことを信じやしなかったし、今だって信じない。シッピーは多くの点でたいそうなバカだが、いくら十歳のときとはいえ、そんなにも底なしのバカだったはずはない。僕はこの娘が嘘をついているのだと思ったが、だからといって状況がいく分かでも改善されるというものでもない。僕は何センチかじりじりと身を離し、前方を見ながら座って腰を落ち着けた。額《ひたい》からは少々汗が吹き出してきた。

そしてその時突然――それでだ、どんな具合かおわかりいただけるだろうか。つまりだ、誰でも一度か二度は、何か圧倒的な力によって何かどうしようもなくバカげた行為に及ぶべく駆り立てられてしまうという、恐ろしい感覚を経験されたことがおありなのではなかろうか。混雑した劇場にいるとき、「火事だ！」と叫んでどうなるか見てやろうや、と、何ものかがそそのかしてくるみたいな感覚。あるいは誰かと話しているとき、まったく唐突に、「さて、こいつの目に突然一発食らわせてやったらどんな具合だろうかな！」と思えてきてしまう、といったような感覚か。

それで僕が何を言おうとしているのかというと、この時、彼女の肩が僕の肩をぎゅうぎゅう押し、彼女の黒髪が僕の鼻先をくすぐってきたとき、彼女にキスしようという完全にキチガイじみた衝動が、僕を襲い、圧倒したということなのだ。

「嘘だろ、ほんとかい？」僕はしわがれ声で言った。

「忘れてしまったの？」

彼女はタマネギ頭をあげ、彼女の目はまっすぐに僕の目を見つめた。僕は自分が破滅してゆくのを感じとれた。僕は目を閉じた。そしてその時、戸口から僕が生まれてから聞いた中で一番、うるわしい声がしてきたのだった。

「そのネコをお返し！」

僕は目を開いた。善良なるジェーン伯母さんがそこにいた。かの女性のうちの女王が僕の眼前に立ち、僕があたかも生体解剖論者で、生体実験の真っ只中に不意打ちされたところだ、みたいなふうに僕をにらみつけていたのだ。いかにしてこの女性のうちの真珠が、僕の跡をたどって僕を見つけ出したものかはわからない。だが彼女はそこに立っていた。彼女に神の祝福あれ。知的な年老いたる魂。映画の最後の場面で登場する、救援隊みたいな具合にだ。

僕は待ってはいなかった。呪《のろ》いは解け、僕は逃げ去った。逃げ去りながら、あの愛らしい声がまた聞こえた。

「あいつはあたしのティビーに矢を射かけたんだ」この賞賛さるべき、素晴らしき八十代女性は言った。

それから数日間はまったく平穏だった。僕は比較的わずかしかエロイーズと顔を合わせなかった。僕は窓外の雨どいのもつ、賛辞を尽くせないほどの優れた戦略的価値に気づいた。これ以外のルートを利用して僕が屋外に出ることはもはやほぼ皆無だった。このまま幸運が続いてくれれば、刑期満了まで何とかこの滞在を我慢することができるのではなかろうかと僕には思われた。

しかし、ところかわって、と、無声映画みたいな言い方をすればだが――

何日後かの晩のこと、僕が居間に降りて行くと、家族全員は揃ってきちんと集合しているようだった。教授、教授夫人、重要証人A、B、エロイーズ嬢は、ここかしこに分散していた。ネコは敷物の上に寝そべり、カナリアは鳥かごにいた。要するに、この晩がいつもと同じただの晩ではないことを示唆するものは、何ひとつありはしなかったのだ。

「さて、さて、さてと！」僕は陽気に言った。「ハロー、アロー、アロー！」

僕はいつも、ちょっとした入場スピーチみたいな真似をするのが好きだ。ことの次第に友好的な雰囲気を導入できるように思うからだ。

エロイーズ嬢は非難するような目で僕を見た。

「あなた一日中どこへ行ってらしたの？」彼女は訊いた。

「昼食の後は自分の部屋にいたよ」

「あなた五時にはお部屋にいらっしゃらなかったわ」

「うん。由緒あるコレッジについてひとしきり仕事をした後で、散歩に出たんだ。健康管理のためには運動をしなきゃならないからな」

「メンズ・サナ・イン・コルポーレ・サノ［健全なる精神は健全なる身体に宿る］」と、教授が所見を述べた。

「そのとおりですよ」僕は心をこめて言った。

この時、すべてが木の実のように甘美で絶好調だと僕が感じていたその時、プリングル夫人が突然僕の頭蓋骨底部を砂袋で殴りつけてきたのだった。とはいえ実際にそうしたという意味ではない。それはちがう。僕はまるきりそんなふうだったと比喩的な言い方をしているのだ。

「ロデリックは本当に遅いわね」彼女は言った。

この名が発声されると僕の神経中枢はレンガでぶん殴られたみたいになったと言ったら、不思議に思われる向きもあろう。しかし、僕にしてみれば、すなわちサー・ロデリック・グロソップと何らかの交渉を持ったことのある男にとってみれば、世界中にロデリックは一人しかいないのだ――そしてその一人で、もう多すぎなのである。

「ロデリックですって?」僕は咽喉をゴボゴボ鳴らした。

「僕の義理の兄の、サー・ロデリック・グロソップが今晩ケンブリッジに来るんだ」教授が言った。「明日セント・ルークス・コレッジで講演をするんだよ。ここにディナーに来るはずなんだ」

気がついたら秘密の九人組の隠れ家に囚われの身になっていたヒーローみたいな気分で僕が立っていると、ドアが開いた。

「サー・ロデリック・グロソップ様」メイドだか誰かが宣言し、彼が入ってきた。

社会のよりよき構成要素一般からこの嫌な親爺《おやじ》が忌み嫌われている理由のひとつは、彼がセント・ポール寺院のドームみたいな頭と、少しでも穏当なサイズにするにはボブ・スタイルにでも切り揃えてやらないといけないような眉毛の持ち主だという点にある。自分の背後に戦略的退去のための退路を確保していないときに、このツルツルでもじゃもじゃの人物が攻撃を仕掛けてくるのを見るのは、実につらい経験である。

彼が入室してくると、僕はソファの後ろに後ずさりし、神にわが霊を託した。これから一人の暗黒の男によってわが身に災いが降りかかることは、手相を見てもらうまでもなく僕にはあきらかだった。

彼は最初僕が目に入らなかったようだ。彼は教授と夫人とに握手をし、エロイーズにキスをして、重要証人らに向かって頭を揺すっていた。

「申し訳ないが少々遅れたようだ」彼は言った。「道路でちょっとした事故があってな。運転手が言うには――」

そして彼は辺境に潜伏している僕を認め、びっくりしてうめき声をあげた。まるで僕が彼の内面をたいそう傷つけたとでもいうみたいにだ。

「こちらは――」僕のほうに手を振って教授が言いかけた。

「私はすでにウースター氏とは面識がある」

「こちらは」教授は続けた。「シッパリーさんの甥御さんのオリヴァーですよ。シッパリーさんは憶えておいででしょう?」

「どういう意味ですかな?」サー・ロデリックが咆哮《ほうこう》した。キチガイ連中と繁く付き合っていることで、折に触れて彼の態度には鋭い、権威ある様子が表れる。「こいつは恥知らずの若者、バートラム・ウースターですぞ。オリヴァーやらシッパリーやらいうこのナンセンスは一体何なのです?」

教授は僕を当然の驚きをもって見つめた。他の一同も同様である。僕はちょっと弱々しくほほ笑んだ。

「あの、実は――」僕は言った。

教授はこの状況と格闘していた。彼の脳みそがブンブンぅなる音が聞こえたくらいだ。

「彼は自分がオリヴァー・シッパリーだと名乗ったのですよ」彼はうめいた。

「こっちへ来るんだ！」サー・ロデリックは怒鳴《どな》った。「つまり君はこの一家に対し、旧友の甥を装って迷惑をかけたと理解してよいのだな？」

これは事実のきわめて的確な記述だと思われた。

「え、ええ、そうです」僕は言った。

サー・ロデリックは僕をにらみつけた。その目線は一番上の飾りボタンの辺りのどこかから僕の体内に入って、ひとしきり身体中をぶらついた後、背中から出て行った。

「狂人だ！　まったくの狂人だ。彼を見た最初の瞬間から私はそれに気づいておった」

「なんて言ってるのかねえ？」ジェーン伯母さんが訊ねた。

「ロデリックは、この若者は気違いだって言っているんです」教授がわめき立てた。

「ああ！」うなずきながらジェーン伯母さんが言った。「あたしゃそう思ってたよ。あいつは雨どいを下って降りてるんだよ」

「何ですって？」

「あたしゃ何度も見たよ――ああ、何度もね！」

サー・ロデリックは荒々しく鼻を鳴らした。

「彼は適切な拘束の下に置かれて然《しか》るべきだ。彼のような精神状態の人間が世間を大手を振ってうろつきまわることを許されているなどは、まったく言語道断の所業だ。次にはごくごく容易に人殺しをする段階に至りますぞ」

ここはシッピーの奴を見捨ててでも、この恐るべき告発を晴らさねばならぬ時だと僕には思われた。結局のところ、シッピーの命運だってもう尽きているのだ。

「僕に説明させてください」僕は言った。「ここへ来るようにってシッピーに頼まれたんです」

「どういう意味だね？」

「彼は自分では来られないんです。なぜかって言うと、ボートレースの夜に警官を殴ったんで刑務所に入れられちゃってるんです」

この話の論旨を一同に理解させるのは容易なことではなかった。また、この話をわかってもらったところで、だからといって皆の態度が友好的になるというものではなかったようだ。ある一定の冷淡さ、とでも言えばよいものか。ディナーの開始が告げられたとき、僕は自分自身にアウトを宣告し、速やかに自室に退散した。少しは晩ごはんだって食べたかったが、とてもそんな雰囲気ではなかったのだ。

「ジーヴス」部屋に飛び込んでベルを鳴らすと、僕は言った。「僕らは沈没だ」

「ご主人様？」

「地獄の土台も鳴動してるし、ゲームは終了なんだ」

彼は気持ちを集中して聞いていた。

「そのような事態は、可能性として常に予想されておりましたものでございます、ご主人様。となりますと残る手立てはただひとつでございます」

「そいつは何だ?」

「シッパリー伯母上様にお目に掛かりにお出かけあそばされることでございます、ご主人様」

「一体全体何のためにそんなことをするんだ?」

「プリングル教授からのお手紙によってこの事実が伯母上様の知るところとなるよりも、あなた様がご自分でご報告なされる方が賢明であろうと思料いたすものでございます、ご主人様。とは申せ、今なおあなた様にシッパリー様をお助けすべく全力を尽くされるおつもりがおありであれば、でございますが」

「シッピーをがっかりさせるわけにはいかない。そうしたほうがいくらかでもいいって君が考えるなら――」

「ほかに手立てはございません、ご主人様。シッパリー様の不行跡をご寛大にご覧あそばされるご心境に、伯母上様はおなりあそばされておいでではあるまいかという予感が、わたくしにはいたしておりますのでございます、ご主人様」

「どうしてそんなふうに考えるんだ?」

「単なる直感でございます、ご主人様」

「まあいい、君がそうする価値があるって考えるならな――どうやったらそこにたどり着けるんだい?」

「ここからの距離はほぼ二百四十キロほどでございます、ご主人様。車をお借りあそばされるのが最善かと拝察いたします」

「すぐに借りて来てくれ」僕は言った。

ジェーン伯母さんとサー・ロデリック・グロソップは言うまでもなく、エロイーズ・プリングルから二百四十キロ離れられるというのは、僕が今まで聞いたどんな考えよりも、いい考えに思えた。

ベックレイ・オン・ザ・ムーア村、パドック荘というのは、村から約二パラサング［古代ペルシアの距離単位］ほど離れたところにあり、僕は翌朝村の宿屋でたっぷりした朝食をとった後、ほぼ身震いすることなく、現地目指して出発した。思うに、僕がこの二週間過ごしたような日々を経験した後では、身体組織が強靭化《きょうじんか》するものなのだろう。結局のところ、僕は思ったのだが、シッピーの伯母さんがどんな人物であろうとも、少なくとも彼女はサー・ロデリック・グロソップではない。そう考えれば僕の地位は最初から安泰というものである。

パドック荘はいわゆる中くらいの大きさの家で、まあまあ結構な広さの実によく手入れされた庭と、植え込みの向こうに曲線を描いてゆく丁寧にローラーで均《なら》された砂利の車道があって――とまあ、一目見て、「ここには誰かの伯母さんが住んでるんだな」と言いたくなるような家だった。僕が急いで車道を上がり、曲がり目に差し掛かかると、やや離れた距離に、移植ごてを手に花壇のそばで奮闘している女性の姿が目に入った。もしこれが僕の求める女性でないとしたら、僕はずいぶんと人を見る目がないというものだ。そういうわけで僕は一時停止し、咳払いをして、口を開いた。

「シッパリーさんですか?」

彼女は僕に背中を向けていた。それで僕の声を聞いて彼女は、跳び上がりというかはね上がりというか、サロメの幻想の場面の途中で画鋲を踏んづけた裸足の踊り子と似ていなくもないような具合に跳躍して見せた。着地すると彼女は目玉をぎょろつかせて僕を間抜けなふうに見つめた。大柄で頑丈な、赤ら顔の女性だ。

「すみません、驚かせたんでないといいんですが」僕は言った。

「あんた誰だい？」

「ウースターといいます。貴女の甥御さんのオリヴァーの友達なんです」

彼女の呼吸は平静におさまってきた。

「ああそうかい？」彼女は言った。「あんたの声を聞いたとき、誰か他の人かと思ってね」

「いいえ、僕なんです。オリヴァーについてお話しすることがあって来たんです」

「あの子がどうかしたのかね？」

僕は躊躇した。事態の核心というか、肝心の点に近づくにつれ、僕の中ののん気な自信の大部分がどこかへ消え去ってしまっていた。

「えー、ちょっと痛ましい話なんです。あらかじめ申し上げておきます」

「オリヴァーは病気なんじゃないだろうね？　事故に遭ったんじゃないね？」

彼女の心配そうな話しぶりを見て、僕は人間らしい感情の証左と嬉しく感じた。これ以上手間どらず、仕事をやっつけようと僕は心に決めた。

「あ、病気じゃあないんです」僕は言った。「事故かっていうと、何を事故と呼ぶかでちがってくるんですが。彼はムショにいるんですよ」

「どこにだって？」

「刑務所です」

「刑務所だって！」

「全部僕のせいなんです。ボートレースの晩いっしょに歩いていて、僕が彼に警官のヘルメットを盗《と》ってやれってアドヴァイスしたんです」

「わからないね」

「えー、彼は気分がふさいでたみたいだったんです。それでよくはわからないけど道を渡って警官のヘルメットを失敬したら気が晴れるんじゃないかって、僕は思ったんです。そしたら警官が大騒ぎしたんで、オリヴァーは彼をぶん殴っちゃったんです」

「ぶん殴っただって？」

「バシッとぶったんです——一撃を加えたんです——腹になんですが」

「あたしの甥のオリヴァーが、警官の腹を打ちのめしたんだって？」

「完全に腹をやっちゃったんです。それで次の朝には、治安判事が彼をバスティーユに三十日間代替刑なしで送り込んじゃったんです」

僕はこの間ずっと、彼女がどうこの事実を受け止めるのかを見ようと、心配しながら彼女を見つめていた。そしてこの瞬間、彼女の顔は真っ二つに割れたみたいに見えた。一瞬、彼女の顔は口ばっかりになった。それから彼女は大声で笑い、移植ごてを気違いじみた勢いで振り回しながら芝生の上をよたよたと歩き回った。

この場にサー・ロデリック・グロソップがいなかったのは、彼女にとってちょっとは幸運だったと僕には思われた。彼がいたら最初の三十秒で彼女の頭の上に座って、拘束着を持ってこいと叫んでいたところだろう。

「怒ってらっしゃらないんですか？」僕は言った。

「怒るだって?」彼女は幸せそうにクックと笑った。「あたしゃ生まれてこのかたこんな愉快な話は聞いたことがないよ」

僕は嬉しかったしほっとした。僕はこのニュースが彼女をあんまり動転させなければいいとは思っていたが、まさかこんなに大喜びされようとは思ってもみなかったのだ。

「あたしゃあの子を誇りに思うよ」彼女は言った。

「それはよかったです」

「イギリス中の若いもんが警官のお腹をぶん殴ってまわってくれりゃあ、この国もずいぶんと住みやすい国になるんだろうに」

僕はこの論法についてゆけなかった。だがすべてはうまい具合に行っているようだ。それでしばらく陽気な言葉を交わした後、僕はさよならを言ってその場を辞去した。

「ジーヴス」宿屋に戻った僕は言った。「全部もう大丈夫だ。だが僕には一体全体どういうわけかわけがわからないんだ」

「あなた様がシッパリー伯母上様にお会いになられました折、実際にはどのようなことが起こりましたのでございましょうか?」

「僕はシッピーが警官を暴行したかどで刑務所にいるって話したんだ。そしたら彼女は心の底から大爆笑して嬉しそうに移植ごてを振って、奴のことを誇りに思うって言ったんだ」

「わたくしにあの方の一見奇矯《ききょう》なお振舞いをご説明申し上げることができようかと存じます。わたくしの聞き及びましたところでは、この二週間ほど、シッパリー伯母上様は地元の警官からきわめて執拗な嫌がらせを受けてきたとのことでございます。そのためあの方が、警察官という職業全体に対する偏見を持つに至られたのは確かなことと拝察いたします」

「本当か？　どういうことだ？」

「その警官はいささか任務の遂行に熱心すぎるきらいがございました、ご主人様。過去十日間に少なくとも三回以上、その者はシッパリー様を召喚いたしました――やれ、制限速度を超えて運転したの、やれ首輪なしで飼い犬に公共の場を歩かせたの、やれ煙突から煙の出しすぎをやめないのといった事柄につき、でございます。かような言葉を用いてよろしければ、本村落におきまして独裁者のごとき地位を占めるお方でいらっしゃいますから、シッパリー伯母上様は過去におかれましてはこうした事柄について免責されるのにお慣れあそばされておいでていらっしゃいました。したがいましてこの警官の予期せぬ仕事熱心さにより、あの方は警察官という集団全体に悪感情を持つようになりあそばされ、その結果お若いシッパリー様のなさったような暴行を、お優しい、寛大なる精神でもってご覧あそばされるようになられたのでございます」

　僕は彼の言いたい点を理解した。

「そりゃまたなんて驚いたような運のいい話だな、ジーヴス！」

「はい、ご主人様」

「君はその話をどこで聞いてきたんだ？」

「わたくしの情報提供者は当の警官本人でございます、ご主人様。わたくしの従兄弟でございまして」

　僕はぽかんとこの男を見つめた。僕は、いわゆるだが、すべてを理解したのだ。

「なんてこった、ジーヴス！　彼を買収したのか？」

「いいえ、滅相もないことでございます、ご主人様。しかしながら先週彼の誕生日がございまして、ささやかなプレゼントをいたしました。わたくしはいつも従兄弟のエグバートが好きでございますので、ご主人様」

「いくらだ？」

「五ポンドでございます。ご主人様」

僕はポケットを探った。

「これをとっておいてくれ」僕は言った。「あとの五ポンドは幸運に対してだ」

「大変ありがとうございます、ご主人様」

「ジーヴス」僕は言った。「君は不思議なやり方で奇跡を実現してくれるんだな。君が構わなきゃ、ちょっと歌を歌わせてもらいたいんだが、どうだ？」

「たいへん結構でございます、ご主人様」ジーヴスが言った。

8. フレディーの仲直り大作戦

「ジーヴス」ある日の午後、クラブから帰ってきた僕は彼に目をやりながら言った。「君の邪魔をしたくはないんだ」

「はい、ご主人様?」

「だが、君とちょっと話がしたいんだ」

「はい、ご主人様?」

来るべき海辺の休暇に向けて、ウースター氏の旅行カバンに何かしらを詰めていた彼は、いまや立ち上がり、うやうやしげな熱意はちきれんばかりの体《てい》でたたずんでいた。

「ジーヴス」僕は言った。「僕の友人のことで、ちょっと困った状況が生じてるんだ」

「さようでございますか、ご主人様?」

「君はバリヴァント氏を知っているな?」

「はい、ご主人様」

「うん、今日ちょっと昼食を食べにドローンズに寄ったら、奴が喫煙室の暗い隅っこに、夏の最後のバラみたいな風情で座ってるのに会ったんだ。もちろん僕はびっくりした。いつも奴がどんなに陽気な男かは知ってるだろう。行く先々の寄り合いでその場の華なんだ」

「はい、ご主人様」

「おふざけの塊《かたまり》みたいな男だ、実際な」

「まさしくおおせの通りと存じます、ご主人様」

「それで僕は訊いてみたんだ。そしたら奴は婚約してた女の子とけんかしたばかりだって言うんだな。奴がエリザベス・ヴィッカーズ嬢と婚約してたのは知ってるだろう?」

「はい、ご主人様。モーニングポスト紙に婚約のお知らせが載っておりましたのを記憶いたしております」

「ところがもはや婚約してないんだ。何のけんかだったのかは奴は言わない。だが、あきらかな事実はな、ジーヴス、彼女のほうから婚約を解消してきたってことだ。彼女のほうじゃ奴を近寄らせもしないんだ。電話で話すのも拒否だ。手紙は開封しないまま送り返してくるんだ」

「たいそうお辛いことと拝察申し上げます、ご主人様」

「僕らは何とかしてやらなきゃならない、ジーヴス。だけどどうしたらいい?」

「ご提案申し上げるのはいささか困難と存じます、ご主人様」

「それで手はじめに奴をマーヴィス・ベイにいっしょに連れていってやろうと思っているんだ。夢にまで見た女性に帽子を手渡されてフラれた男のことなら、僕にはわかってるんだ、ジーヴス。場所を変えて気分を一新する必要があるんだ」

「人をして深く首肯せしむるお考えと存じます、ご主人様」

「そうなんだ。場所を変えるってのが肝心なんだ。僕が聞いたある男の話なんだが、女の子が男を振った。男は外国に行った。二カ月後彼女は男に打電してよこした。〈帰って来て、ミュリエル〉男は返事を書こうとした。そこで突然彼女の名字を思い出せないことに気がついた。それでそいつに返事することなく、一生幸せに暮らしましたとさ、だ。フレディー・バリヴァント氏がマーヴィス・ベイで何週間か過ごした後に、完全にこんなことは克服してしまえるなんてのは、いかにもありそうな話じゃないか、ジーヴス」

「その可能性は大と存じます、ご主人様」

「それで、もしそうならなかったとしたって、海の空気とおいしい質朴な食事でもってリフレッシュされれば、君が霊感を得て、この二つなる迷える魂を再びいっしょにする方法を考えつきそうなもんじゃないか」

「最善を尽くす所存でおります、ご主人様」

「わかってる、ジーヴス。わかってるさ。靴下をたくさん入れておくのを忘れるなよ」

「はい、ご主人様」

「テニスシャツも多めに頼む」

「かしこまりました、ご主人様」

荷造りは彼にまかせた。何日後かに僕らはマーヴィス・ベイに向けて出発した。そこのコテージを七月と八月の間借りてあるのだ。

マーヴィス・ベイをご存じだろうか？　そいつはドーセットシャーにある。おそろしくエキサイティングな場所というようなところではないが、美点はいくつもある。そこでは海水浴をしたり砂の上に座ったりして日がな一日を過ごすのだ。夜になればヤブ蚊たちといっしょに海辺を散歩できる。九時になったら虫さされに軟膏《なんこう》をすり込んで就寝だ。質朴で、健康的な暮らしである。それでこいつは哀れなフレディーの奴に絶対的にぴったりだったようだった。月が昇って木々の間をそよ風のため息が吹き渡り始めると、浜辺から奴を連れ戻すにはロープで引っぱってこないといけないくらいだった。奴はヤブ蚊連中の間で大人気を博するようになった。連中は、フレディーが出てくるのを待ち構えてぶらぶら過ごし、完璧に申し分ない散歩者がやって来ても、奴のために胃の調子を整えておくためにとわざわざ見逃してやっていたものだ。

僕がこの哀れなフレディーの奴を、客人として少々もて余したのは日中だった。傷心の男を責められはしないとは思うが、我々のささやかな休日の最初の頃、この憂鬱に打ちひしがれたシロモノを支えてやるにはたいそう不撓不屈《ふとうふくつ》の精神が要った。パイプをくちゃくちゃ嚙みながら敷物に向かって顔をしかめていないときには、奴はピアノのところに座って一本指で『ロザリー』を弾いていた。奴は『ロザリー』きりしか弾けないし、またそれだってたいして弾けやしない。どれほど決然と、自信たっぷりに弾き始めても、三小節目あたりでヒューズがとんで、またもう一度最初から始めなければいけなくなるのだ。

ある日の午前中、僕が海水浴から帰ってくると、奴はいつも通りそいつを弾いていた。弾きながら奴がいつもよりもっとひどいメランコリーを感じているように僕には思えた。でなければ僕には人を見る目がないというものだ。

「パーティー」二小節目の左から四番目の四分音符で手をすべらせ、イカナゴの断末魔のガラガラ声みたいな悲惨な音をたてながら、奴はうつろな声で言った。「俺は彼女に会った」

「彼女に会ったって?」僕は言った。「なんだって、エリザベス・ヴィッカーズにか? 会ったってのはどういうことだい？　彼女はこんなところにいやしないだろう」

「いや、いるんだ。親戚かどこかに泊まってるんだと思う。俺は郵便局に出かけてたんだ。手紙が来てやしないか見にさ。そしたら出口のところで会ったんだ」

「それでどうなった？」

「彼女は俺に、死ぬほど知らん顔をして見せたよ」

奴はまた『ロザリー』を弾き始めた。それで十六分音符で指をぶつけた。

「バーティー」奴は言った。「お前は俺をここに連れてくるべきじゃなかったんだ。俺はここを立ち去らなきゃならない」

「立ち去るなんてバカなことを言うなよ。考えられる限り最高のことが起こったんだ。彼女がここに来てるだなんて驚くような幸運じゃないか。大胆になるべき時だ」

「彼女は俺に知らん顔をした」

「気にするな。スポーツマンでいくんだ。も一度彼女にぶつかってみるんだ」

「彼女にとって、俺はきれいに済んだことみたいだった」

「うーん、気にするな。辛抱だ。さてと、彼女がこっちに来てるとすると、お前に必要なのは」僕は言った。「彼女に恩に着られるようなことを何かするってことだ。お前に必要なのは彼女がおずおずとお前に感謝を捧げるようななりゆきにするってことだ。お前に必要なのは――」

「何に対して彼女はおずおずと感謝を捧げてくれるんだ？」

僕はしばし考えた。間違いなく奴はこの問題の核心を衝《つ》いてきた。しばらく僕は途方に暮れていた。とはいえ進退窮《きわ》まったとまでは言わない。そして僕は方途を見つけた。

「お前に必要なのは」僕は言った。「機を伺って彼女が溺れるところを助けることだ」

「俺は泳げないんだ」

フレディー・バリヴァントとはこういう男だ。ありとあらゆる意味で愛すべきいい奴だが、同朋の役には立たない、といっておわかりいただければだが。

奴はまたピアノを弾き始めた。僕は戸外に去ることにした。

僕は浜辺に歩いてゆき、この件を最初から考え直した。もちろん僕はジーヴスに相談したかったのだが、彼はこの朝姿が見えなかったのだ。この難局にあって、フレディーに自力で何とかするよう期待したって無理なのは間違いなかった。愛すべきフレディーの奴に美質が何もないなどと僕は言っているのではない。奴はポロが得意だ。スヌーカー撞球場で、今売り出し中の新人として奴のことが語られるのを僕は聞いたことがある。しかしこれらを別にして、奴を機略に富んだ人物と呼ぶことはできない
僕はいくつか岩の周りを曲がり、深く物思いに沈みながら歩いていた。そしたらブルーのドレスが見えて、当の女の子本人がいた。僕は彼女とは一度も会ったことはないが、フレディーは寝室じゅうに彼女の写真を十六枚も貼っているから、間違えようはない。彼女は砂の上に腰を下ろし、小さくて太った子供が砂の城を作るのを手伝ってやっていた。近くの椅子には年長の女性が本を読んでいた。僕は彼女がその人を「叔母さん」と呼ぶのを聞いた。したがって推論能力を働かせた僕は、この太った子供は彼女の従兄弟だろうと演繹した。もしフレディーがここにいたら、この子供に対して奴は何らかのセンティメンタルな感情を抱こうとすることだろうと、僕は思った。僕にはとてもできないことだ。これほどセンティメンタルな感情をかき立てないガキに今まで会ったことがあっ

たとは思えない。奴はまん丸くて膨満したガキだった。

こいつは砂の城を完成させると、人生に飽きが来たらしく泣き始めた。こいつの感情が本を読むみたいにわかるらしいこの女の子は、お菓子を売っている売店へと奴を連れて行った。

さて、僕をご存じの方なら、僕のことをバカだとおっしゃるだろう。僕のアガサ伯母さんがこの点については証言してくれよう。僕のパーシー伯父さんだってそうしてくれるだろうし、僕の——こう言ってよろしければ——愛する親類たちの多くだってそうだ。うん、僕は気にしない。僕は自認している。僕はバカだ。だが僕があえて言うことは——また僕としてはできる限りこの点を強調したいのだが——折に触れて時たま、僕が本当に人間らしい知性を見せられるという希望を人々が捨て去ったまさにその時——霊感と呼ばなければ怠慢であるようなことを僕は思いつく、ということなのだ。そして今起きたのがそれだった。この時僕が思いついたアイディアを、歴史上最大の脳みそを持った人物を一ダース連れて来たって誰か考えついたかどうか、僕は疑問に思う。ナポレオンだったら思いついたかもしれない。だがダーウィンやシェークスピアやトマス・ハーディーじゃあ千年かかったってダメだと思う。

帰り道で僕はそいつを思いついたのだった。僕は波打ち際を歩きながら、頭を激しく働かせていた。と、その時、あの太った子供が瞑想にふけりながらクラゲをシャベルでピシャピシャ叩いているのを僕は見たのだった。女の子はいっしょではなかった。叔母さんもいっしょではなかった。実のところ、見渡す限り誰もいなかったのだ。そして閃光《せんこう》のごとく突然に、フレディーと奴のエリザベスとの間のすべてのトラブルの解決策が僕にはひらめいたのだ。

僕が二人の姿を見た限りでは、あの女の子はあきらかにこのガキが好きだ。すなわち、僕がこの幼い重量級の子供を短期間誘拐したら、そして女の子がこの子はどこに行ってしまったのかしらとものすごく心配しているところに、愛すべきフレディーの奴が突然この子の手を引いて現れ、こいつが国内中をほっつき歩いていたところを見つけて、事実上命を救ってやったようなものだといったような話をしたらば、彼女の感謝の念は奴に対する敵意を駆逐し、二人は再び仲良くなるにちがいない、と。

それで僕はこのガキを回収していっしょに逃げ帰った。

愛すべきフレディーの奴は、このアイディアの素晴らしさを理解するのに少々手間どった。僕がこの子供を連れてコテージに戻り、こいつを居間に放りつけてやったとき、奴はまったく嬉しそうな顔をして見せなかった。子供は物事を深く考えもせずに怒鳴《どな》り声をはりあげだしていた。フレディーにはこれがずいぶん癪《しやく》に障ったようだ。

「こりゃあ一体全体どういうわけだ?」この小さな訪問者を憎々しげに見ながら奴は訊いた。

ガキの方はというと窓がガタガタ震えるような叫び声を放っていた。それで僕はこういうときこそ戦略が必要だと気がついたのだ。僕は台所にあたふたと走り、ハチミツの壺を取ってきた。これは正解だった。このガキは咆哮《ほうこう》するのをやめ、ハチミツで顔中をベトベトにしはじめた。

「さてと?」沈黙が落ち着くと、フレディーが言った。

僕は計画を説明した。しばらくするとそれは奴に感銘を与えはじめた。悩みやつれた表情は次第に顔から消え去り、マーヴィス・ベイに来てからはじめて奴は幸せそうに笑った。

「なんだかよさそうじゃないか、バーティー」

「いい考えだろ」

「うまく行くような気がするんだ」フレディーは言った。

そういうわけで、子供をハチミツから引き剝《は》がすと、奴はそいつを外に連れ出した。

「エリザベスは浜辺のどこかにいると思うんだ」奴は言った。

いわゆる静謐《せいひつ》なる幸福感で僕の胸はいっぱいになった。というかこの言葉で正しければだが。僕はフレディーの奴がものすごく好きだし、もうすぐ奴がまた彼女とうまくやれると思うと嬉しかった。僕はヴェランダの椅子に寝そべり、心静かにタバコを吸っていた。と、道の向こうに奴が戻ってくるのが見え、そして、何たることか、あのガキがまだ奴といっしょなのが見えたのだった。

「おーい！」僕は言った。「彼女が見つからなかったのかあー？」

それから僕は、フレディーが腹部に蹴りを入れられたような様子なのを見てとった。

「彼女は見つかったんだ」奴は答えた。いわゆる苦い、陰惨な笑いと書かれるような笑いを浮かべながらだ。

「それじゃあ――？」

奴は椅子に沈み込んで、うめき声をあげた。

「こいつは彼女の従兄弟なんかじゃない、バカ」奴は言った。「親戚でもなんでもないそうだ――砂浜で会ったってだけのガキだ。それまで一度だって会ったことはないそうだ」

「だけど彼女はこいつが砂の城を作るのを手伝ってやってたんだぞ」

「知るか、そんなこと。赤の他人だ」

今どきの女の子が五分前に会ったばかりの、おそらくは適切な紹介も受けていないガキと砂の城を作ってまわるというのなら、今どきの女の子について書かれていることはきっとみんな完全に真実なのにちがいない。厚顔無恥という言葉こそ、この場合しっくりくる。

僕は何かフレディーに言ったが、奴は聞いていなかった。

「うーん、じゃあこのいまいましい子供はどこのどいつなんだ?」僕は言った。

「知るか。ああ、神よ。わたしは苦難の時を過ごしました! ああ、神に感謝いたします。この方がこれから誘拐の罪でダートムーア刑務所で人生の何年間かを過ごすことになるということを。それだけがわたしの心の慰めです。面会日には行って檻の間からお前をからかってやるからな」

「全部話してくれ、心の友よ」僕は言った。

奴は全部話してくれた。話せば長い話だった。というのは奴は一言話すごとにほぼ必ず僕を罵倒する言葉を挟んだからだ。だが次第に僕は何があったのかを理解した。奴が用意した話をしている間、エリザベス嬢は氷山みたいな態度で聞いていたそうだ。それで、彼女は実際に奴を嘘つき呼ばわりしたわけではないのだが、態度物腰全般で、奴はイモムシでアウトカーストだということを奴に理解させてくれたそうだ。短距離走者にも比肩すべき俊足で、奴はガキを連れてこそこそと逃げ帰ったのだった。

「それで言っておくが」奴は結論を述べた。「これはお前の問題だからな。俺にはまったく関係ない。刑を科されるのが嫌なら――まあ、ちょっとでも減刑を嘆願したけりゃ――警官がお前を探しに来る前に、子供の両親を見つけてこいつを返しちまったほうがいいぞ」

「こいつの両親って誰だ?」

「知るか」

「どこに住んでるんだ?」

「知るか」

このガキもそいつを知らないみたいだった。まるきり気の抜けた、無知な子供である。こいつに父親がいるという事実はなんとか聞き出せた。だがそこまでだった。夕べに父親と語らいながら、彼に名前と住所を訊こうという考えは、こいつには一度も思い浮かばなかったようである。そういうわけで十分間時間を無駄にしたあと、僕らは偉大な世界へと旅立った。というか、いい加減な言い方をすればそんなところだ。

僕は誓って言うが、子供を連れて辺りをさまよいはじめるまで、息子を両親の許に返してやるということがこれほど困難な仕事だとは思ってもみなかった。誘拐犯がどうして捕まるものか、僕には謎である。僕はブラッドハウンド犬みたいにマーヴィス・ベイじゅうを捜して回った。だが、僕の前に進み出て子供を返せという者は誰もいなかった。この子供に対する関心の欠如からして、こいつは自分だけのコテージに一人きりで暮らしているのではなかろうかと思えてきたくらいだ。再び霊感を得て、菓子屋の売店の男に訊いてみてやっと手掛かりがつかめたのだった。売店の男は、このガキとだいぶ懇意らしく、子供の名はケグワーシーで、両親はオーシャン・レストという名の家に住んでいると教えてくれた。

となると次はオーシャン・レストを探すだけだ。そしてやがて、オーシャン・ヴュー、オーシャン・プロスペクト、オーシャン・ブリーズ、オーシャン・コテージ、オーシャン・バンガロー、オーシャン・ヌック、オーシャン・ホームステッドを訪ね歩いた後、僕はそいつを見つけだしたのだった。

僕はドアをノックした。返事はない。またノックしてみた。中で何か気配がしたが、誰も出てこない。ここの人たちの頭に、僕は面白がってこんなことをしてるんじゃないんだってことが沁み通るような仕方でもってノッカーをたたきつけてやろうしたその時、頭の上のどこかから「やあ、こんにちは」と叫ぶ声がした。

僕が見上げると、丸っこくってピンク色で東西を灰色の頬ひげが被覆している顔が見えた。そいつは上の窓から僕を見下ろしていた。

「やあ！」そいつはまた叫んだ。「中には入れないよ」

「僕は中に入りたくなんかありません」

「なぜかって言うと――あっ、トゥートルズちゃんだね？」

「僕の名前はトゥートルズじゃありません。貴方はケグワーシーさんですか？　貴方の息子さんを連れ戻して差し上げたんです」

「見えたよ。いないいないバーだよ、トゥートルズちゃん。パパにはお顔が見えまちたよー」

顔がぱっと消え失せた。声は聞こえた。顔がまた現れた。

「ばあっ！」

僕は砂利を激しく蹴り立てた。この男は僕をイラつかせた。

「君はここに住んでるのかな？」その顔は訊いた。

「ここのコテージを何週間か借りてるんです」

「君の名前は？」

「ウースターです」

「そりゃ驚いた！　綴りはW-o-r-c-e-s-t-e-rかな、それともW-o-o-s-t-e-rかな？」

「W-o-o――」

「こう訊いたのは私が前にミス・ウースターという人物と会ったことがあるからなんだ。綴りはW-o――」

綴り方競技はもうたくさんだった。

「ドアを開けてこのお子さんを入れてあげてくれませんか?」

「ドアは開けられないんだ。私の知っているこのミス・ウースターはスペンサーという名の男と結婚したんだが、彼女は君のご親戚かな?」

「僕のアガサ伯母です」僕は答えた。僕はできるだけ苦々しげにしゃべった。彼はいかにもアガサ伯母さんの知り合いらしい人物だと僕が考えているということを、態度で示そうとしたのだ。

彼は僕ににこにこ笑いかけてよこした。

「そりゃなんて幸運なんだ。トゥートルズちゃんをどうしようかって我々は心配していたところなんだよ。ハシカの病人がいるんだ。娘のブートゥルズが今ハシカなんだ。トゥートルズちゃんへの感染の危険を避けねばならない。まったくなんて幸運なんだ。最愛の子供を君が見つけてくれただなんて。乳母の許を逃げ出したんだ。赤の他人に託すわけにはいかないが、君ならちがう。スペンサー夫人の甥御さんとあっちゃあ、信頼を置くに十分だ。トゥートルズちゃんを君のところに置いてやってくれ。まったく絵に描いたようにうまくできた次第じゃないか。ロンドンにいる私の弟に、こっちにトゥートルズちゃんを連れに来てくれるようにって手紙を書いてあるんだ。何日かすれば奴がこっちに来てくれるかもしれない」

「かもしれない、ですか?」

「もちろん忙しい男だからな。だが一週間以内に来るのは確実だ。それまでトゥートルズちゃんは君のところに居られるというわけだ。素晴らしい計画じゃないか。まったく感謝するよ。君の奥方はトゥートルズちゃんをきっと気に入ってくれるさ」

「妻なんて僕にはいません！」僕は叫んだ。だが窓はバシンと閉まった。あたかも頬ひげのこの男が、ばい菌が外に逃げ出そうとするところを見つけて、ちょうどうまいことそいつの機先を制したとでもいうような具合にだ。

僕は深く息を吸い、額《ひたい》を拭った。

窓が勢いよくまた開いた。

「やあ！」

一トンくらいはある包みが僕の頭に激突し、爆弾みたいに炸裂した。

「うまく受け止めてくれたかな？」また現れたその顔は言った。「なんてこった。外したな？　まあいい。食料品屋で買ってくれ。ベイリーズ・グラニュレイティッド・ブレックファスト・チップスだ。トゥートルズちゃんはそいつを朝ごはんにちょっぴりミルクをかけて食べるんだ。クリームをかけるんじゃないぞ。必ずベイリーズのを買ってくれ」

「わかりました。だけど――」

顔は消えた。窓はまたバシンと閉められた。僕はしばしその場にたたずんでいた。だが、もう何も起きなかった。それでトゥートルズの手を引いて、僕はのろのろと歩み去ったのだった。

それで道路に出ると、フレディーのエリザベス嬢と出くわした。

「あら、かわい子ちゃん？」彼女はガキを認めて言った。「パパに見つけてもらったのね？　貴方の可愛い坊やとわたしは、今朝、浜辺で大の仲良しになりましたの」彼女は僕に言った。

もう限界だった。あの頬ひげのキ印のオヤジとの会見にかてて加えてこんな目に遭ったものだから、彼女が僕に会釈してさよならを言い、道路の先をずいぶん行ってしまうまで、呼吸を収めてこの子の父親だとの濡れぎぬを否定する言葉を発声する態勢が整わなかった。


この子供を五体満足で連れ帰るのを見て、フレディーが快哉《かいさい》を叫ぶとは期待していなかったが、それでも僕は奴がいささかなりとももうちょっとは人間らしい気丈さをもって出迎えてくれるものと思っていた。古きよき英国ブルドッグの精神である。奴は僕らが入っていくと飛び上がって、ガキをひとにらみし、頭を抱えた。しばらく奴はひとことも口をきかなかった。だが、そいつの埋め合わせをするみたいに、いったん話し出すと長いことしゃべり止まなかった。

「それでだ」ひとしきり長広舌を終えたところで奴は言った。「何とか言えよ！　まったくこいつは、どうして何にも言わないんだ？」

「話をさせてくれりゃあ、話すさ」僕は言った。そして悪いニュースを切り出した。

「いったいどうするつもりなんだ？」奴は訊いた。奴の態度が不機嫌だったことを否定したって、そいつは無駄というものだ。

「僕らはどうしたらいいのかなあ？」

「僕らだって？　どういう意味だ、僕らとは？　俺はこの贅肉の塊の世話なんかするつもりはないぞ。ロンドンに帰るんだ」

「フレディー！」僕は叫んだ。「フレディー、わが親友よ！」僕の声は震えていた。「お前はこんな時に友達を見捨てるのか？」

「ああ、そうだ」

「フレディー」僕は言った。「僕の手助けをしてくれよ。してくれなきゃ困る。このガキの服を脱がせて、風呂につからせて、また服を着せなきゃならないってことがわからないのか？　何もかも僕一人でさせるつもりか？」

「ジーヴスが助けてくれるだろ」

「いいえ、ご主人様」ジーヴスは言った。ちょうど昼食を持って入ってきたところだったのだ。「畏《おそ》れながらご主人様、わたくしはこの件とは全面的に関係無用とさせていただきたく存じます」彼は丁重に、しかしきっぱりと言った。「わたくしはお子様につきましてはほとんど、いえまったく経験がございません」

「今こそ経験を積むときだ」僕は言いたてた。

「いいえ、ご主人様。申し訳ございませんがわたくしは一切関知いたしかねます」

「それじゃあお前が手伝ってくれ、フレディー」

「嫌だ」

「だめだ。考えてもみるんだ、親友よ！　僕らは何年も友達じゃないか。僕はお前の母上のお気に入りなんだぞ」

「そんなことはない」

「うーん、とにかくだ、僕らは学校にいっしょに行ったんだし、それにお前には一〇ポンド貸しがあったはずだ」

「ああ、そうだったか」奴は一種あきらめたような口調で言った。

「それだけじゃない、なあ友よ」僕は言った。「全部が全部お前のためにしたことだ。わかってるだろう？」

奴は不思議そうな顔をして僕を見つめた。そして幾度か大きく息を吸って吐いた。

「バーティー」奴は言った。「ちょっと待て。俺はなんだって我慢する。だが感謝しろとまでは言われたくないんだ」

思い返せば、この難局にあってコルネイ・ハッチ［十九世紀中葉に建設されたロンドン郊外にある巨大な精神病院］に行かずとも済んだのは、地元の菓子屋の全商品を丸ごと買い切ろうと思いついた僕の名案のおかげである。ほぼ絶え間なくこのガキにお菓子を供給することで、その日は何とか満足のいく仕儀とあい成った。八時にはこいつは椅子で寝入ってしまった。それで視界にある限りのすべてのボタンを外してやって、ボタンのないところは何とかなるまで引っぱってやったりしてこいつの服を脱がせてやった末、僕らはこいつをベッドに搬送し終えた。

フレディーは眉間に苦々しげにしわを寄せながら、床にうず高く積み重なった服に目をやり立っていた。僕には奴が何を考えているかがわかった。ガキの服を脱がせるのは簡単だ――筋力を使うというだけの仕事だ。だが一体どうしたらこのガキをまた服の中に押し込むことができるというのだろうか？　僕は堆積の山を足で蹴散らした。リネンでできた何かしらのシロモノがあった。ピンク色のフランネルでできた布切れがあったが、この世の何にも似ていなかった。実に全くもって不快である。

とはいえ翌朝になると、僕はひとつおいた隣のバンガローに子供がいたのを思い出したのだった。それで朝食前に僕はそこに出向き、乳母を借り受けてきた。女性とはなんと素晴らしきものなる哉《かな》である。実に全く素晴らしき哉だ！　この乳母はバラバラの部品をすべて組み立ててのけた。それも全部正しい箇所に、ものの八分ばかりでだ。それで無事に服を着終え、バッキンガム宮殿のガーデン・パーティーに出かけられるくらい立派にめかしこんだ子供が仕上がった。僕は彼女に大量の金銀を降り注いでやった。彼女は朝と夕方にくると約束してくれた。これはその時点までに見えた、はじめての希望の曙光《しょこう》だった。

「つまり、結局さ」僕は言った。「子供が側にいるってのはなかなかいいもんだってことは言えるんじゃないか。といってお前にわかるかどうかだけどさ。なんとも居心地のいい、家庭的な雰囲気がするじゃないか、な？」

ちょうどその時、ガキの奴がフレディーのズボンにミルクをぶちまけた。着替えて戻ってきた奴は、生気をなくしていた。

朝食がすむとまもなく、ジーヴスが耳に入れたいことがあるとやって来た。

さて、近々に起こった苦悩に満ちた出来事のせいで、そもそもここにフレディーを連れて来たのはどうしてだったかをつい忘れがちになっていたとはいえ、僕はまるきりそいつを忘却していたわけではさらさらない。また、日々が移ろい過ぎるにつれ、僕は少々ジーヴスに落胆し始めていたと言わねばならない。ご記憶だろうか、そもそもの計画では、海の空気と質朴な食事でもってリフレッシュされ、脳みその働きを極上の状態に整えた上で、彼はフレディーと奴のエリザベス嬢とを再び仲直りさせる方法を考案しているはずだったのだ。

それで何が起こったか？　この男はよく食べたしよく眠りもした。しかしハッピーエンディングに向けた手を、ひとつたりとも打ってはいない。その方面で唯一とられた手立ては、僕が打ったのであり、僕一人が誰の助けも借りずに打ったのだ。それでだ、そいつがまるきり断然大ポカだったことを認めるのに僕はやぶさかではないのだが、それでだって僕が熱意と創意工夫とを見せたという事実は残るのだ。そういうわけだから彼が近寄ってきたとき、僕は少しばかり尊大な態度で出迎えた。ちょっぴり冷淡な態度だ。少々冷ややかな、と言っていいか。

「そうか、ジーヴス？」僕は言った。「僕に話したいことがあるんだって？」

「はい、ご主人様」

「話してくれ、ジーヴス」僕は言った。

「有難うございます、ご主人様。わたくしが申し上げたいのは以下のようなことでございます。すなわち、わたくしは地元の映画館にて映画の上映を観て参りました」

僕は眉を上げた。この男に対して僕は驚いていた。家庭内の生活がおそろしく緊迫し、若主人がかくも恐ろしいほどにそいつに立ち向かっているというときに、彼がトコトコ近寄ってきて己《おの》が娯楽についてペチャクチャむだ話をするのを、僕は認めるものではない。

「君が楽しんだんなら、そりゃよかった」僕は少々嫌味ったらしい言い方で言った。

「はい、ご主人様。有難うございます。館主は七巻物の超特選映画を上映しておりました。ニューヨーク社交界の放縦かつ熱狂的な階層における生活を取り扱ったものでございます。主演はバーサ・ブレヴィッチ、オーランド・マーフィー、そしてベイビー・ボビーでございます。きわめて興味深い作品でございました、ご主人様」

「そりゃあよかった」僕は言った。「それじゃあ今朝君が砂浜でシャベルとバケツを持って楽しいひとときを過ごしたら、あとで僕のところに来てその話を全部してもらえるかな？　僕には今、心に思い悩んでることなんか全然ありゃあしないんで、君の楽しい休日について何でもみんなすべて聞かせてもらえるのがほんとに嬉しいんだよ」

皮肉な謂いである。と言っておわかりいただければだが。嫌味だ。実際、この意味するところがちゃんと伝われば、ほとんど辛辣《しんらつ》である。

「映画のタイトルは『小さき手』でございました、ご主人様。父親と母親、そしてベイビー・ボビーによって演じられました役柄は、不幸にも離れ離れになるのでございます――」

「そりゃ残念だな」僕は言った。

「しかしながら心の内では、皆が皆、互いを愛しておりますのでございます、ご主人様」

「ああそうか。そう聞いて嬉しいよ」

「かくして事態は進行いたしまして、やがてある日――」

「ジーヴス」彼に向けてものすごく不快な目をやりながら僕は言った。「一体全体何の話をしてると思ってるんだ？　地獄じみた子供を背負い込まされて、家庭内の平和がこっぱみじんに粉砕されてるっていうときに、僕がそんな話を聞きたいとでも――」

「ご寛恕を願います、ご主人様。この映画上映がわたくしにアイディアを授けてくれたという事実がございませんでしたならば、このようなお話は申し上げておりませぬところでございました、ご主人様」

「アイディアだって！」

「バリヴァント様のご結婚に関わるご将来を、正しき方向に導くに有用と管見いたしますところの、アイディアでございます。ご記憶でいらっしゃいますならば、その目的がために、あなた様はわたくしに――」

僕は自責の念のあまり、鼻を鳴らした。

「ジーヴス」僕は言った。「僕は君を誤解していた」

「滅相《めっそう》もないことでございます、ご主人様」

「いや、本当なんだ。僕は君を誤解していた。僕は君が海辺の行楽にかまけるあまり、その仕事はまるきり投げ出したんだと思っていた。僕はもっとわかってなきゃならなかったんだ。全部話してくれ、ジーヴス」

彼は満足げにお辞儀をした。僕はにっこりとほほ笑んだ。そして、僕らは実際にお互いの首をかき抱き合ったりしたわけではないが、二人ともすべては再び良好な仕儀となったことを理解しあったのだった。

「この超特選映画『小さき手』におきましては、ご主人様」ジーヴスが言った。「子供の両親は、わたくしが申しましたように、離れ離れになるのでございます」

「離れ離れになる、と」僕は言った。「よしわかった！　それで？」

「二人を、この小さなお子が再びいっしょに結びつける日が来るのでございます、ご主人様」

「どうやって？」

「わたくしの記憶が正しければ、ご主人様、お子はこう申しました。〈パパ、ママのこともう愛してないの?〉でございます」

「それから?」

「二人はきわめて激しく心揺さぶられたのでございます。いわゆるカット・バックと申す手法がとられまして、求婚そして新婚生活、それから歳を経て移ろいゆく恋人たちの姿といったシーンが次々に続いてまいりました。そして映画の結末は抱擁し合う二人のクローズ・アップにて締めくくられ、それを子供が当然の喜びをもって見守り、また遠くで『ハーツ・アンド・フラワーズ』を演奏するオルガンの音が聞こえる、といった次第でございました」

「続けてくれ、ジーヴス」僕は言った。「君の言うことには不思議な魅力があるな。僕は君の言わんとするところがわかってきたように思うんだ。つまり――?」

「つまり、でございます、ご主人様。こちらのお若い紳士様を家屋内にてお預かりいたしておりますことにより、バリヴァント様とヴィッカーズ様に関しましても、いささか似通った性質の大団円を取りはからうことが可能ではあるまいかと思料いたすものでございます」

「君はこのガキがバリヴァント氏ともヴィッカーズ嬢とも、何らの血縁関係にないという事実を見逃していやしないか?」

「かようなハンディキャップがございましたとしても、ご主人様、よき結果は達成可能と拝察いたすものでございます。こちらのお子様がおいでのところに、バリヴァント様とヴィッカーズ様を短期間ご同席させることができますれば、またさらにその上でこちらのお子様が何かしら感動を誘う言葉を口にしてくださいますならば――」

「君の言いたいことは完全にわかったぞ、ジーヴス」僕は熱狂して叫んだ。「こいつは大ごとだ。僕が考えるやり方はこうだ。この部屋を舞台だとしてみるぞ。子供、中央。娘、左中央。フレディー、舞台後方、ピアノを弾いている。だめだ。それじゃあうまくない。あいつは『ロザリー』を一本指でちょっと弾けるだけなんだ。だからソフトな音楽はカットしないとだめだ。だがあとは全部大丈夫だ。見てくれ」僕は言った。「このインク壜がヴィッカーズ嬢だ。〈マーヴィス・ベイみやげ〉って書いてあるこのマグカップが子供だ。このペン拭きがバリヴァント氏だ。何か会話から始めて、子供のセリフになるようにするんだ。子供がセリフを言う。たとえばこうだ。〈ねえ、おねえちゃん、もうパパのこと愛してないの？〉差し伸ばされた手の演技だ。一瞬場面はこのまま。フレディーが左に移動して娘の手をとる。感激で胸がいっぱいになる演技だ。それから大事なセリフだ。〈ああ、エリザベス。僕らの誤解は、ちょっと長すぎたんじゃないかなあ？　見たかい？　小さな子供にまでしかられちゃったよ！〉そんなところだ。今のはざっとアウトラインを見てもらっただけなんだ。フレディーは自分の役をよく練り上げなきゃいけないな。子供のためにはいいセリフを考えてやらないといけない。〈ねえ、おねえちゃん、もうパパのこと愛してないの？〉じゃ決め手に欠けるな。何かもっとこう――」

「わたくしがご提案を申し上げて、もしよろしければ、ご主人様」

「何だ？」

「わたくしは〈フレディーにキスして！〉とのセリフを強く推《お》すものでございます。短くしかも憶えやすく、またテクニカル・タームを用いて申しますならば、パンチが効いております」

「天才だ、ジーヴス！」

「まことに有難うございます、ご主人様」

「じゃあ〈フレディーにキスして！〉で決まりだ。だがジーヴス、一体どうやって奴らをここに寄せ集めたらいいんだ？　ヴィッカーズ嬢はバリヴァント氏を無視してるんだぞ。奴の周囲半径一・六キロ以内には近寄らないんだ」

「それは厄介なことでございます、ご主人様」

「何でもないさ。室内セットはやめて屋外セットにするってだけのことだ。準備ができたら、彼女を砂浜のどこかに追い込むなんて簡単な話さ。ところで、子供にはセリフを完璧に憶え込ませないといけないな」

「はい、ご主人様」

「よし！　セリフと演技の初回リハーサルは明日の朝十一時ちょうどに開始だ」


哀れなフレディーの奴はあんまりにも陰気な心理状態でいたものだから、子供への演技指導がすむまで奴にはこの計画のことは話さないでおくことにした。奴はとてもそんなことを絶えず気に掛けていられるような心境にはなさそうだった。そういうわけで僕らはトゥートルズに関心を集中することにした。そしてことに着手してすぐ、トゥートルズをこの計画の精神に賛同させる唯一の手は、何らかの菓子類をいわゆる動機付けとして与えることだと僕らは理解した。

「主たる困難は、ご主人様」初回リハーサルが終了したところでジーヴスが言った。「愚考いたしますところ、このお若い紳士様の心理に、言っていただきたい言葉と、報酬の菓子との関係を、確実に定着させることにあるものと存じます」

「まさしくその通りだ」僕は言った。「このセリフをはっきり言えば必ず自動的にチョコレート・ヌガーがもらえることになるっていう基本的事実を、こいつがしっかり把握してくれれば成功なんだ」

僕は動物の調教師になったらどんなに面白いことだろうかとよく考えたものだ。徐々に発達してゆく知性を刺激するとかなんとかそういうことがだ。いや実に、これはまったくすべてがすべて、ハラハラと胸躍る体験だった。成功が我々の目をまっすぐに見つめているみたいな気がする日もあった。そんな時、子供は老練な役者みたいにすらすらセリフを言ってのけたものだ。そして次にはまるきりバラバラのボロボロになってしまう。時は飛ぶように過ぎ去っていった。

「急がなきゃいけないぞ、ジーヴス」僕は言った。「このガキの叔父さんが今日にでも到着して、こいつを連れて行っちまうってことになりかねない」

「おおせの通りと存じます」

「代役はいないんだからな」

「まことにさようと存じます、ご主人様」

「頑張らないといけないぞ！　この子供にはときどき落胆させられると言わねばならないな。聾唖者だってもう自分の役を憶えてていい頃だと思うんだが」

とはいえこのガキのためにこれだけは言っておいてやるべきだろう。奴は最善を尽くす男だ。失敗は奴の士気を挫《くじ》きはしなかった。見えるところに何でもいいからお菓子がある限り、奴は自分のセリフを言おうとしてみせた。それで言わんとしていたところにぶち当たるまで、何かしらを言い続けた。奴の一番の欠点は確実性のなさだ。僕としては、多少危険でもともかく初日にして、機会があり次第すぐにでも公演を始める用意があったのだが、ジーヴスがノーと言った。

「過分の性急さは禁物でございます、ご主人様」彼は言った。「お若い紳士様の記憶力が、確実さをもって機能することを拒否いたす限り、我々は失敗の重大なるリスクを冒すことになります。ご記憶でいらっしゃいますでしょうか、ご主人様。今日あの方は〈フレディーにキックして!〉とおおせでございました。このセリフではお若いご婦人のハートは勝ち得ません、ご主人様」

「その通りだ。また彼女の方じゃほんとにキックしてくるかもしれないしな。君の言う通りだ。公演は延期しないといけないな」

ところが、なんてこった! 上演延期とはならなかったのだ。翌日の午後、舞台の幕は上がったのだった。

誰のせいでもない——少なくとも僕のせいではない。こうなる運命だったのだ。ジーヴスは外出中で、僕だけがフレディーと子供といっしょに家にいた。フレディーはピアノのところに腰を落ち着けたばかりで、僕はこのガキにちょっと運動させてやろうと表に連れ出していた。僕たちがヴェランダに出たところにちょうど、浜辺に向かう途中のエリザベス嬢がやって来たのだ。彼女が見えたとたんに、ガキは親しげな叫び声をあげ始めた。それで彼女は階段の下で歩を止めたのだった。「ハロー、赤ちゃん」彼女は言った。「おはようございます」彼女は僕に言った。「そちらに上がってもいいですか?」
彼女は返事を待ってはいなかった。ただヴェランダに飛び上がってきた。彼女はどうもそういう娘のようだ。そして子供をちやほやし始めた。それでだ、二メートル先の居間には、ピアノを打ちのめしているフレディーがいたのだ。バートラム氏から見れば、実に全く不穏な状況である。いつ何どきフレディーがヴェランダに出てこようと思いつかないとも限らない。だのに僕はまだ奴に役の練習を始めさせてすらいないのだ。

僕はこの場面を中断しようとした。

「僕らはこれから海岸に行くところなんですよ」僕は言った。

「そうですか?」娘は言った。彼女は一瞬耳をすました。「お宅のピアノは調律中なのね?」彼女は言った。「わたしの叔母も調律士を探してるんです。こちらが済んだらうちに来てくれるようにって中に入って言ってもかまいませんか?」

僕は眉を拭った。

「え、あー——今は入るべきじゃないんじゃないかな」僕は言った。「今すぐはだめだ。彼は仕事中だからね。すまないけど。ああいう連中は仕事中を邪魔されるのに我慢がならないんだ。芸術家気質っていうものなんだね。あとで話しておくよ」

「わかりました。それじゃあ彼にパイン・バンガローに来てくれるようにって頼んでください。ヴィッカーズっていう名前です……あら、終わったみたい。今に出てくるわ。待たせてもらいますね」

「君は——君は海岸に行くんじゃなかったの?」僕は言った。

彼女はガキに話しかけ始めたところで聞いていなかった。バッグの中を探って何かをとり出そうとやっているところだった。

「海岸に……」僕はバブバブ言った。

「ねえ赤ちゃん、わたしが何をもってきたと思う?」娘は言った。「あなたにどこかで会えるんじゃないかと思って、大好きなお菓子を買っておいたのよ」

それでだ。何たることか。彼女はガキの飛び出した目のまん前に、アルバート公記念碑くらいの大きさのタフィーの塊《かたまり》を捧げ持って取り出してみせたのだった！

これでお終いだった。僕らはたった今、長いリハーサルを終えたところで、ガキはすっかり役の気分になっていたのだ。最初のセリフはうまく言えた。

「フゥエディーにキスして！」奴は叫んだ。

そしてフランス窓が開いて、フレディーがヴェランダに登場してきた。まるきりまるでキューの合図を聞いたみたいにだ。

「フゥエディーにキスして！」子供は金切り声をあげた。

フレディーは娘を見た。娘はフレディーを見た。僕は地面を見た。そして子供はタフィーを見ていた。

「フゥエディーにキスして！」奴は叫んだ。「フゥエディーにキスして！」

「これはどういうことなの？」僕のほうに向き直って、娘は言った。

「この子にそいつをやった方がいいですよ」僕は言った。「やるまで叫び続けるんです」

彼女はガキにタフィーをやり、それで奴は沈黙した。フレディーは、哀れなバカだ、ぽかんと口を開けたまま、ひとことも言わず、まだ立っていた。

「これはどういうこと？」娘はまた言った。彼女の顔は紅潮し、彼女の目は、おわかりいただけるだろうか、男に体中の骨がなくなっちゃったみたいに感じさせるような具合にキラキラきらめいていた。然《しか》り、バートラム氏は三枚におろされて切り身になったような気分だった。ダンスの途中でパートナーのドレスを踏んづけ――僕は今、ご婦人のドレスが踏んづけられるくらい十分に長かった時代の話をしている――そいつの裂ける音が聞こえて、すると彼女が天使のようにほほ笑みかけて〈どうぞ謝ったりなさらないで。何でもありませんわ〉と言い、そこで彼女の澄んだ青い目と目が合い、そしたら熊手の歯を踏んづけて、柄が飛び上がってきて顔に激突したみたいな心持ちがした、といったご経験がおありだろうか？　うん、フレディーのエリザベスはそんなふうに見えたのだった。

「それで？」彼女は言った。彼女の歯が少しカチカチ鳴った。

僕は息を呑んだ。それから僕は何でもないと言った。それから僕はたいしたことじゃないと言った。それから僕は言った。「えー、つまりこういうわけなんですよ」それから僕は彼女にすべてを話した。それでその間ずっとそのまま、バカのフレディーはぽかんと口を開け、一言も発さずにつっ立っていた。最初からずっと、たった一声キャンと叫ぶことすら奴はしなかった。

それで彼女の方も何も言わなかった。彼女はただ立って聞いていた。

それから彼女は笑い始めた。僕は女の子というものがこんなに笑うのを聞いたことがない。彼女はヴェランダの端に寄りかかるとキャッキャと笑いころげた。そしてその間じゅうずっと、もの言わぬレンガの世界チャンピオン、フレディーは何も言わずにそこに立っていた。

さて、僕は自分の話を終え、階段の方へにじり寄っていった。言うべきことは全部言ったし、この辺で僕の役には、「注意深く退場」との指示が記されているように思えたからだ。僕は哀れなフレディーを絶望のただ中に置き去りにしてしまった。奴が一言でも口をきいてくれさえしたら、うまくいったかもしれない。だが奴は何も言わずそこにつっ立っていたのだ。

ちょうど家が見えなくなったところで、散歩から戻ってきたところのジーヴスと会った。

「ジーヴス」僕は言った。「全部おしまいだ。あの件は終わった。可哀そうな愛すべきフレディーの奴は完全に大バカをしてのけて、ショーを全部台無しにしちゃったんだ」

「さようでございますか、ご主人様？　実際には何が起きたのでございましょうか？」

僕は彼に話してやった。

「奴はセリフを忘れちゃったんだ」僕は結論を述べた。「ただ立ってるだけで何にも言わないでさ。雄弁が必要な時がもしあるとしたら、この時こそまさにその時なのに。奴は……なんてこった！見てくれ！」

僕らはコテージが見える場所まで戻った。コテージの前には、子供が六人、乳母が一人、浮浪者が二人、乳母がもう一人、それと食料品屋の男が立っていた。彼らはみんなじろじろ眺めていた。道路の向こうから子供がさらに五人、犬が一匹、男が三人、少年が一人駆け足でやって来て、皆じろじろと見ていた。それで我が家のポーチ上では、サハラ砂漠の真ん中に二人きりでいるみたいに見物人にまるで気づかぬまま、フレディーと奴のエリザベスがお互いの腕に抱かれあっていた。

「なんてこった！」僕は言った。

「拝見いたしますところ、ご主人様」ジーヴスが言った。「結局すべてはきわめて満足のいく次第と収まりましたようでございます」

「そうだな。フレディーの奴はセリフは忘れたかもしれないが」僕は言った。「だが演技のほうは確かにバッチリ決まったようだな」

「おおせの通りと存じます、ご主人様」ジーヴスが言った。

9. ビンゴ救援部隊

僕は原稿の最終ページに吸い取り紙をあて、椅子の背に体を預けた。なんだか全精力を使い果たしてしまったような気分だった。途方もない量の汗を額《ひたい》から滴らせた末、この作品はなかなか立派な出来に仕上がったようだ。もう一度読み返し、最後にもう一パラグラフを投入すべきかどうか考え込んでいると、ドアをノックする音がしてジーヴスが姿を現した。

「トラヴァース夫人からお電話でございます、ご主人様」

「そうか?」心ここにあらず、といった体《てい》で僕は言った。

「はい、ご主人様。奥様はご機嫌はいかがであらせられるか、また奥様のためにご執筆中のご論稿の進捗状況はいかがであらせられるかをお伺いなさりたいとの由にございます」

「ジーヴス、女性誌に男性用の膝丈下着のことを書いてもいいと思うか?」

「いいえ、ご主人様」

「それなら脱稿したと伝えておいてくれ」

「かしこまりました、ご主人様」

「それでジーヴス、そいつが済んだら戻ってきてくれ。君に原稿に目を通してもらって、ＯＫを出してもらいたいんだ」

　僕のダリア叔母さんというのは『ミレディス・ブドワール』という名の淑女雑誌を発行しているのだが、最近僕を追い詰めた末、「夫君と兄弟の頁」に「お洒落な男性は何を着ているか」に関する、いくばくかの権威ある見解を書くようにと約束させたばかりなのだ。僕は賞賛すべきときに叔母に激励を与え、その成長発達を促すことの価値を信じるものだし、ダリア叔母さんに帝都をあちこちうろつき回られるより悪いことはいくらだってあるのだから、執筆を快諾《かいだく》したというわけだ。だが正直なところを言わせてもらえれば、そのせいでどんな目に遭うものかがほんのちょっぴりでもわかっていたら、いかに献身的な甥といえども拒絶を申し渡さずにはいられなかったことだろう。全身を極限まで酷使する、まったくもってどえらい仕事だった。今では僕には、どうして作家連中はみんな頭が禿げていて、苦悩を経てきた男みたいな顔つきをしてるのかが、よくわかるようになった。

「ジーヴス」彼が戻ってくると、僕は言った。「君は『ミレディス・ブドワール』なる雑誌を読んだことはないだろうな?」

「はい、ご主人様。さような定期刊行物は未だわたくしの注意に留まるところとなってはおりません」

「そうか、来週六ペンス払ってそいつを買ってくれ。この文章が載ることになってるんだ。ウースター氏、お洒落な男性について語る、ってわけだ」

「さようでございますか、ご主人様?」

「うん、そうなんだ、ジーヴス。僕はこの小品に全精力を傾けたんだ。靴下に関して短く論じた箇所は、君の気に入ると思うんだ」

彼は原稿を取り、それを見ながらじっと考えていたが、やがて優しげに是認を表明する笑みを浮かべた。

「靴下に関する文章はきわめて適切な形式に仕上がっております、ご主人様」彼は言った。

「うまく書けてるかなあ、どうだ?」

「きわめて優良でございます、ご主人様」

僕は彼が読み進むさまをそっと伺っていた。そして予想したとおり、彼のまなざしから、いわゆる愛の輝きが突如姿を消すのを認めたのだった。不快な場面展開に向けて、僕は覚悟を固めた。

「夜会用の柔らかなシルク製のシャツのところはもう読んだか?」ぞんざいな調子で僕は訊いた。

「はい、ご主人様」低く、冷たい声でジーヴスは言った。親友に脚に噛み付かれでもしたみたいな具合にだ。「かような申しようをお許し願えますれば――」

「気に入らないのか?」

「はい、ご主人様。わたくしの是認いたすところではございません。夜会用の正装と合わせて、シルク製シャツが着用されることはございません、ご主人様」

「ジーヴス」眼球中央部よりこの男に向けて反対の意を表明する視線を発しながら僕は言った。「ところが着用されるんだ。これからどんどんだ。今言っておいたほうがいいと思うが、ピーボディー・アンド・シムズに一ダース注文したところだ。そんなふうに僕を見たってだめだぞ。僕の決意はすごく固いんだからな」

「さりながら、わたくしに――」

「だめだ、ジーヴス」手を振り上げて僕は言った。「議論したって無駄だ。靴下、ネクタイ、――さらに言えば――スパッツに関する君の判断を尊重する点において、僕は人後に落ちるものではない。だがしかし、夜会用シャツに関しては君は神経過敏が過ぎるようだ。君にはヴィジョンが欠けているんだ。君は偏見にとらわれているし反動的だ。融通が利かない、といったらそのとおりだ。僕がル・トゥケ［ノルマンディー海岸のリゾート地］にいるとき、ある晩カジノにプリンス・オブ・ウェールズが突然やってきて騒いでいったんだが、その時殿下は柔らかなシルク製シャツをお召しでいらしたといったら、君には興味深いところなんじゃないか」

「皇太子殿下にあらせられましては一定の放縦が許容されることではございましょうが、ご主人様、あなた様におかれましては――」

「だめだ、ジーヴス」僕はきっぱりと言った。「無駄だ。ウースター家の者が決意を固めているときにあっては、我々の――うー、決意は固まっているんだ。まあ、そう言ってわかってもらえればだが」

「かしこまりました、ご主人様」

この男が傷ついているのが僕にはわかった。それに無論、この件全体はひどく神経に堪《こた》えるし不愉快だった。とはいえこれらは過ぎねばならぬ道である。いったい僕は農奴なのかそうではないのか？　煎じ詰めればそういうことだ。うまく意を達したところで僕は話題を変えた。

「それはそれとして」僕は言った。「別の話に入ろう。君は女中を知っているか？」

「女中でございますか、ご主人様？」

「おいおい、頼むぞ、ジーヴス。女中が何かくらい君にはわかってるだろうが」

「女中をお入用なのでございますか、ご主人様？」

「いや、僕じゃない。リトル夫人なんだ。何日か前にクラブでビンゴの奴に会ったんだが、陶磁器類をそっと扱ってくれる女中を見つけてくれたら誰にでも褒美をはずむってリトル夫人が言ってるって話なんだ」

「さようでございますか、ご主人様？」

「そうなんだ。今使っている女中は、古美術品の間をタイフーンかサムーム［砂を含んだ熱風］かシロッコ［地中海地方に吹く熱風］みたいに吹き過ぎるらしいんだ。だから君が誰か――」

「女中ならばたくさん存じております、ご主人様。親しい友人もおりますし、顔見知り程度の知人もおりますが」

「そうか。それじゃあ旧友の中で人材発掘を頼む。それでだ、帽子とステッキ、その他必需品を頼む。ちょっと出かけてこの論文を渡してこなきゃならないんだ」

『ミレディス・ブドワール』の編集室はコヴェント・ガーデン付近の胡乱《うろん》な一角にある。キャベツやらトマトやらがどっさり積み重ねられた間を通り抜けた末に、やっとのことでドアの前にたどり着くと、中から現れたのは誰あろう、ほかならぬリトル夫人であった。彼女は僕に家族の旧い友達向けの暖かい挨拶《あいさつ》をしてよこした。リトル家にはずいぶん長いことご無沙汰だという事実にもかかわらずだ。

「あらこんなところで何してらっしゃるの、バーティー？　あなたはレスター・スクウェアから東には足を踏み入れないものって思ってたけど」

「ちょっとした原稿を届けに来たんだ。ダリア叔母さんに依頼されてさ。叔母さんはこの階段を上がったところで一種の雑誌の編集をやってるんだ。『ミレディス・ブドワール』っていうんだけど」

「まあ、なんて偶然かしら！　あたくしもたった今、そこに寄稿を約束してきたばかりなのよ」

「やめたほうがいい」大真面目で僕は言った。「それがどんなにものすごい労働かってことが、貴女にはわかってないんだ——おおっと、忘れてた。もちろん貴女はちがうんだった。そういうことには慣れっこなんだったね？」

こんなことを言った僕はまるでバカだ。ご記憶であられるかどうか、ビンゴ・リトル氏は、高名な女流小説家、かつて市場に流通した書籍中、最も広く耳目の関心を集め、最も広範な読者層を獲得している三文小説の著者たるロージー・M・バンクスと結婚したのだ。当然ちょっとした記事くらい彼女には何でもないことのはずだった。

「そうね、たいした手間じゃないと思うわ」彼女は言った。「あなたの叔母様はね、本当に素晴らしい主題を提案してくだすったの」

「そりゃあよかった。ところで貴女に女中を用立てる件については、うちのジーヴスに話をしておいたから。彼なら最高の人材を知ってるんだ」

「本当にありがとう。あらそうだわ、あなた明日の晩ご用はおありかしら？」

「いや、何も」

「それじゃうちに来ていっしょに夕食を召し上がらない？　あなたの叔母様もいらっしゃるし、叔父様もごいっしょなさりたいっておっしゃってらっしゃるの。あたくしもお目にかかるのを楽しみにしてるのよ」

「ありがとう。喜んで伺うよ」

僕は心からそう言ったのだ。リトル家は女中に関しては守備手薄かもしれないが、コックに関してはまるきりそんなことはない。ちょっと前にどこからか、ビンゴの細君は途轍もない情熱と技能を持ったフランス人を掘り出してきたのだ。邪悪なまでにものすごいラグーをよそって出してくれる、途轍もなく驚異的な男だ。このアナトールというシェフが来て以来、ビンゴの奴の体重は少なくとも五キロは増えた。

「それじゃ、八時に」

「了解。本当にありがとう」

彼女はさっさと消え去り、僕はというとコピーを手渡すため階段を上った。コピーと言ったが、我々ジャーナリストは原稿のことをこう呼ぶのだ。ダリア叔母さんはありとあらゆる種類の紙に埋もれて、いっぱいいいっぱいにそいつに没頭していた。

僕はいつもは親戚に受けのいいような男ではないのだが、とはいえダリア叔母さんとはいつもかなり仲良くやっている。彼女は僕のトーマス叔父さん——我々の間ではちょいとばかりケチンボだと言われている——と、ブルーボトル号がケンブリッジシャーで勝った年に結婚した。結婚式で祭壇に向かう二人が通路半ばを過ぎる前に、僕は「あの女性はあのオヤジにはできすぎだ」とひとり言を言っていた。ダリア叔母さんは大柄で温和な性格で、狩場で何ダースも見かけるような人物だ。実を言うと、トーマス叔父さんと結婚するまで、彼女はほとんどの時間を馬上で過ごしていたのだ。だが叔父さんが田舎暮らしを嫌うもので、今では彼女は自らの主宰する雑誌に全精力を傾注する次第となっているわけなのだ。

僕が入っていくと、彼女は浮上してきて、僕の頭目がけて陽気な本を投げつけてよこした。

「ハロー、バーティー！　ねえあんた、あの記事を書き終えたってのは本当？」

「最後の句読点まで書き終えたさ」

「いい子ちゃん！　まあ驚いた。絶対どうしようもない腐れ記事に決まってるわね」

「ところがちがうんだな。すごく上出来なんだ。ほとんどのところをジーヴスがいいって認めてくれた。それだけじゃないんだ。シルク製のシャツに関するところはちょっと彼の気に入らなかったんだけど、だけどさ、ダリア叔母さん、僕の言うことは確かなんだ。絶対に最新モードで社交界の集まりの最初の晩やその他の場面でどんどん見かけるようになるはずなんだ」

「あんたのところのジーヴスは」原稿をカゴに放り入れ、バラバラの原稿を焼き串みたいなもので突き刺しながら、彼女は言った。「役立たずね。あたしがそう言ってたって伝えてもらって構わないわ」

「ちょっと待ってよ」僕は言った。「シャツについちゃあ、彼の見解は正しくないかもしれないけど――」

「そんなことを言ってるんじゃないの。少なくとも一週間は前に、うちにコックを探してくれって頼んであるの。だのにまだ見つけてよこさないのよ」

「なんてこった！　ジーヴスは人材紹介所なのかい？　リトル夫人は彼に女中を見つけてくれって頼んでるんだ。彼女に今外で会ったよ。叔母さんとこの雑誌に何か書くんだって言ってたけど」

「そうよ。有難いわ。発行部数をどんどん伸ばすには、あれが頼りなのよ。あたしにしてみりゃとても読めたもんじゃないけど、女性たちはああいうのが好きなの。彼女の名前が表紙に載るってのは大したことなのよ。うちにはそれが必要なの」

「経営がうまくいってないの？」

「大丈夫、うまくはいってるのよ。だけど部数を伸ばすには時間がかかるもんなの」

「そりゃそうだよね」

「頭がちゃんとしてる時ならトムにもわかってもらえるんだけど」原稿を串刺しにする作業を続けながらダリア叔母さんは言った。「だけど今ちょうどあのかわいそうなマヌケ頭ったら、悲観主義の囚われになってるとこなの。全部が全部あの自分のことをコックだって強弁してる殺し屋のせいなのよ。あの女がディナーだとか言い張ってるシロモノがこの上二度も三度も続くなら、印刷所の払いはもうもたないってトムは言うわ」

「そんな、ウソだろう！」

「本当よ。昨日の晩、彼女がリー・ド・ヴォー・ア・ラ・フィナンシエールだって言い張ってるシロモノを食べたおかげで、トムは四十五分間、大事なお金が浪費されて何の見返りもないって話をし続けたのよ」

僕はすべてを理解した。そして彼女に心から同情した。僕のトーマス叔父さんというのは、極東で巨万の富を築き上げた人物なのだが、その過程で彼の消化機能は不振におちいったのだ。その結果彼はきわめて厄介な問題を抱えるに至った。彼と昼食を共にし、陽気に魚料理に向かう姿を目にした後、チーズが供されるずっと前に真っ青になって倒れ掛かってこられた経験が、僕には何度も何度もある。

オックスフォードで読まされた、あの男は何といったか？ シップ――ショップ――ショーペンハウエルだ。そういう名だった。最も高名なる気むずかし屋だ。それで胃液の奴に肘鉄を食わされている時のトーマス叔父さんというのは、かのショーペンハウエルでさえポリアンナ「米国の作家エレノア・ポーターの小説『ポリアンナ』の主人公。いつも何かしら幸せを見つけ出す楽天的な少女」に見えるくらいの有様なのだ。またダリア叔母さんの観点からして、一番悪いことに、そうした折に彼はいつも必ず、自分は破産の危機に瀕しており、経済の建て直しが必要だと考えるらしいのだ。

「そりゃあ大変だ」僕は言った。「だけど明日になれば叔父さんだってリトル家でうまい夕食にありつけるさ」

「保証できる？　バーティー」ダリア叔母さんは真剣に訊いてきた。「あてにならない話を頼りにしてトムを解き放つわけにはいかないのよ」

「あそこのコックは最高なんだ。しばらく行ってないんだけど、二カ月前の調子を失ってない限り、トーマス叔父さんは一生一度っていうようなご馳走に与かれるはずさ」

「そんなことしたって事態は悪くなるってだけだわ。うちのステーキ焼却人のところに帰ってくるっていうんじゃ」ショーペンハウエルがちょっと入りすぎた調子でダリア叔母さんは言った。

　ビンゴと細君が二人してこしらえたささやかな愛の巣は、セント・ジョンズ・ウッドにあった。ちょっとした庭つきの洒落た家々の立ち並ぶ一角だ。次の晩、到着した僕は、自分が最後の参入者であるのに気づいた。ダリア叔母さんは部屋の隅でロージーとしゃべくっていたし、トーマス叔父さんはというと、マントルピースの脇にビンゴと共に立ち、渋い顔をして疑り深げな様子でカクテルを啜《すす》っていた。ボルジア家の連中と食事をする前に、ちょいと鼻を鳴らしている男みたいな具合にだ。それでそいつの独白がこうだ。「このカクテルに特に毒が入っている気配はないが、いずれ後でひどい目に遭わされるんだろうな」と。

そりゃあ僕はトーマス叔父さんが、ジョア・ド・ヴィーヴルみたいなものを何であれ発散していてくれるだろうと期待していたわけではない。それで僕は彼には大して注意を払わなかった。僕が驚いたのはビンゴの奴のとんでもない陰気さのほうだ。ビンゴについて、人は色々と口さがないことを言うだろうが、だが奴のことを陰気なホストだと思う者はあるまい。つまりだ、独身時代の奴がスープの出てくる前にパンを投げ始める様を、いく度となく僕は眼にしている。だが、今や奴とトーマス叔父さんは見事なチームを成していた。げっそりと憔悴しきって、悩みやつれた有様だ。シアン化物をコンソメに入れ忘れたことに突然気づき、今まさに晩餐の鐘が打ち鳴らされる寸前だ、という時のボルジア家の男みたいな風情である。

そしてまた、一同打ち揃っての会話が始まる前に奴が僕に向けて発した一言も、この謎を解く助けとは何らならなかった。僕のカクテルをこしらえながら、奴は突如身体をかがめて言ったのだ。「パーティー」奴はささやいてよこした。なんだか嫌ったらしい、熱っぽい調子でだ。「お前と話がしたいんだ。生死にかかわる問題だ。明日の朝行くからな」

それだけだった。出走開始のピストルが鳴り、我々は饗宴の卓へとぼちぼち向かった。そしてその瞬間から、優越する関心事を前に奴のことは僕の念頭から消え去ったと言わざるを得ない。素晴らしきアナトールは、客人を迎えてだいぶ張り切ったものと思われる。己《おの》が限界をはるかに凌駕《りようが》する仕事を見せつけてくれた

この問題について僕は軽々しく語るような男ではない。僕は自分の言葉を大切にする男だ。その

僕がもう一度言うが、絶対的にアナトールは彼自身を凌駕した。僕が満喫した限り、最高のディナーだった。そして水を得た花のごとくにトーマス叔父さんは復活を遂げた。着席したとき、叔父さんは英国政府について、英国政府だったらとても聞くに堪えないようなことを何かしら言っていた。コンソメ・パテ・ディタリーを食しながら彼は、とはいえ今日《こんにち》これ以上をどうして期待できようか、と言った。それでポピエット・ド・ソル・ア・ラ・プランセスの時には、とまれ天気がこんなにひどいことまで英国政府の責任というわけにはいかない、と、叔父さんは潔く認めた。そしてカネトン・エイルベリー・ア・ラ・ブロシュを終えると、すぐさま彼は、自分は全身全霊を捧げて英国政府を支持するものだとの見解を表明したのだった。

それでその間じゅうずっと、ビンゴの奴は秘密の悲しみを抱えたフクロウみたいな顔つきでいたのだ。変ではないか！

家まで歩いて戻る間ずっと、僕はこのことについて考え続けていた。それで僕としては、奴があんまり早い時間に悲しい身上話を持ち込んでくれねばいいが、と望むばかりだった。奴の様子を見た限りでは、朝六時半に乱入してきかねない勢いだったのだ。

ジーヴスは僕の帰りを待ち構えていた。

「結構なご晩餐でございましたでしょうか、ご主人様？」彼は言った。

「素晴らしく上出来だったぞ、ジーヴス」

「さようにお伺いいたしまして大慶に存じます、ご主人様。あなた様がお出かけあそばされて間もなく、ジョージ・トラヴァース様がお電話をよこされました。あなた様にハロゲートにごいっしょいただけるようにと、熱心にご要望でいらっしゃいました。明日早朝の汽車にて、彼《か》の地に向けてお発ちあそばされるとの由にございます」

ジョージ伯父さんというのはお祭り騒ぎ好きのご老人で、長年にわたってずっと自分のことを手厚くもてなし続けてきたものだから、その結果、何とかいった御仁の剣みたく、いつも頭の上にハロゲートやらバクストン［いずれもイギリスの有名な保養地］やらがぶら下がっているという始末なのだ。でもって一人で出かけるのは嫌ときている。

「だめだ」僕は言った。ロンドンにいたってジョージ伯父さんには十分迷惑しているのだ。伯父さんといっしょに療養所とやらに閉じ込められるのはご免こうむる。

「非常に切迫したご様子でいらっしゃいました、ご主人様」

「だめだ、ジーヴス」僕はきっぱりと言った。「僕はいつだって義務は大切にしたい。だけどジョージ伯父さんときたら——だめ、だめだ！　そういうことだ、わかったかな？」

「かしこまりました、ご主人様」ジーヴスは言った。

彼がこんなふうに言うのを聞くのは、実に気分がよかった。彼は素直で従順な男になってきている。実に従順だ。それというのも僕がシャツの件で断固たる態度を示したおかげなのだ。

翌朝ビンゴが姿を見せたとき、僕は朝食を済ませて奴の来襲に備えて準備万端怠りない態勢でいた。ジーヴスが謁見室に奴を投入してよこし、奴はというとベッドに腰を下ろしていた。

「おはよう、バーティー」ビンゴの奴が言った。

「おはよう、わが旧友よ」僕は丁重に言った。

「ジーヴス、行かないでくれ」鈍く響く声で奴は言った。「待ってくれ」

「はい？」

「ここにいるんだ。留まれ。全員集合だ。君の助けが必要なんだ」

「かしこまりました」

ビンゴはタバコに火を点け、打ち沈んだ体《てい》で壁紙に向かって渋面をこしらえていた。

「パーティー」奴は言った。「とんでもなく恐ろしい災厄が生じてるんだ。何とかしないことには、それも急いで何とかしないことには、俺の社会的名声は破滅、自尊心は喪失、俺の名は汚泥にまみれ、もう金輪際ロンドンのウエスト・エンドの連中に顔向けできなくなることは必定《ひつじょう》なんだ」

「僕の叔母さんの名にかけて、なんてこったただ！」

「そのとおりだ」うつろな笑いを浮かべながらビンゴの奴が言った。「要するにそういうことだ。この災厄は全部が全部、お前のいまいましい叔母さんのせいなんだ」

「どのいまいましい叔母さんのことだ？　具体的に言ってくれ、旧友よ。叔母さんなら山ほどいるんだ」

「トラヴァース夫人だ。あの地獄じみた雑誌を主宰してる女性だ」

「何だって、とんでもないぞ、心の友！」僕は異を唱えた。「彼女は僕のたった一人の真っ当な叔母さんなんだ。ジーヴス、僕の言うことが真実だって君は証言してくれるな？」

「おおせの通り、かくのごとき印象をわたくしは常々胸に抱いておりますと、告白申し上げねばなりません、ご主人様」

「じゃあ、そんな印象はどこかに放りつけちまうんだな」ビンゴの奴は言った。「あの女性は社会にとっての脅威、家庭破壊者、それでもって有害生物だ。彼女が何をしたかを知ってるのか？　あのクズ雑誌にってロージーに原稿を書かせたんだ」

「それなら知ってる」

「そうか、だがお前はそいつがいったい何についての記事かわかっちゃいないんだ」

「ああ、知らない。彼女はダリア叔母さんが素晴らしいアイディアをくれたって話してくれただけだ」

「俺についてなんだよ！」

「お前だって？」

「そうだ、俺だ！　それでなんていう題名か知ってるか？　こういうんだ。〈私はいかにして我がベイビーだんな様の愛を勝ち得ているか〉ときた」

「我が何だって？」

「ベイビーだんな様だ」

「ベイビーだんな様って何だ？」

「俺のことだ。決まってるだろうが」ひどく苦々しげにビンゴは言った。「それでこの記事によるとだ、俺はそのほかにも、旧友に対してさえ良識が邪魔して口にするのもはばかられるような、色々なんだそうだ。要するにだ、この汚らわしいシロモノはだ、いわゆる〈ヒューマン・インタレスト・ストーリー〉とかいうやつのひとつってことなんだ。女性読者が夢中になって読むような結婚生活の赤裸々な暴露ってやつさ。ロージーと俺のすべて、俺が不機嫌な顔をして帰宅したとき彼女がどうするかとかって、そんなことばっかりだ。聞いてくれ、バーティー。彼女が第二パラグラフで書いてたことを思い出すだけで、まだ俺は赤面せずにはいられないんだ」

「どんなことだ?」

「回答は拒否する。だがそいつが限界だってことは信用してもらっていい。この世で俺ほどロージーを愛してる男はいない。だが——そりゃあ日常生活をしてる限りじゃあ分別ある女の子なんだ——だが、口述録音機の前に座った瞬間に、彼女は完全に感傷的になっちまうんだ。バーティー、あの記事は公表しちゃいかん!」

「だけど——」

「もしあいつが人目にさらされたら、俺はクラブを退会してあごひげを伸ばして、隠者にならなきゃならなくなるんだ。世界中に顔向けできなくなっちまう」

「お前、ちょいとばかり大げさに言ってやしないか、親友よ?」僕は言った。「ジーヴス、こいつはちょっと大げさに言い過ぎだって思わないか?」

「ええ、ご主人様——」

「俺は内輪内輪に言ってるんだ」ビンゴは真剣な顔で言った。「お前らはそいつを聞いちゃいない。俺は聞いたんだ。ロージーが昨日の晩、ディナーの前に口述録音機を再生して聞かせてくれたんだ。あの機械がガーガー言いながらあのとんでもない文章を聞かせてくれてるのは、そりゃあ身の毛もよだつような恐ろしい体験だった。あの記事が人目に触れようもんなら、俺は友達全員に死ぬほどからかわれるんだ。バーティー」奴は言った。奴の声はひそめられ、耳障りなガサガサしたささやき声に変わっていた。「お前にゃあイボイノシシほどの想像力もありゃしないだろうが、いくらお前だって、二人だけ名前を挙げるが、ジミー・バウルズとタッピー・ロジャースが、俺が〈半分は神のごとし、半分は片言しゃべりのお茶目なお子ちゃまのごとし〉って活字で言及されてるのを見たら何て言うか、想像がつきそうなもんじゃないか？」

確かに想像できた。

「そんなこと、彼女は言いやしないだろう？」僕はあえぎながら言った。

「言ったんだ。それで俺がこいつを特に引用してみせているのは、俺が聞いて我慢できる唯一の文章だったからだって言ったら、俺がどんな苦境にあるかお前にだってわかってもらえそうなもんじゃないか」

僕はベッドカヴァーを引っ張った。僕は長いことビンゴの友達だし、我々ウースター家の者は友達の味方なのだ。

「ジーヴス」僕は言った。「話は聞いたな？」

「はい、ご主人様」

「事態は深刻だ」

「はい、ご主人様」

「我々は全員集合しなきゃならない」

「はい、ご主人様」

「何か君に提案はあるか？」

「はい、ご主人様」

「何と！　ウソだろう？」

「いいえ、ご主人様」

「ビンゴ」僕は言った。「太陽はいまだ照り輝いているぞ。ジーヴスに何か提案があるそうだ」

「ジーヴス」震える声でビンゴは言った。「俺にこの難局を乗り越えさせてくれるなら、我が王国の半分［『マルコによる福音書』六・二三。ヘロデ王からサロメへの言葉］までなら何だって頼んでもらっていいんだ」

「本件問題は」ジーヴスは言った。「わたくしが今朝方おおせつかりましたもう一つの任務と、きわめてうまく適合いたします」

「どういう意味だ？」

「あなた様にお茶をお運び申し上げます少々前に、トラヴァース夫人がわたくしに電話をかけておよこしになられました。わたくしにリトル夫人のコックを説得してその雇用下をたち去らせ、トラヴァース夫人の使用人とせよとの火急のご用向きでございました。トラヴァース夫人は彼《か》の者の力量に魅了されたようでございます、ご主人様。また彼の者が驚くべき才能を揮《ふる》った夜につきまして、奥様は詳しくお話しあそばされました」

　ビンゴは恐るべき苦悩の叫びを放った。

「何だって？　あのババアはうちのコックをくすね取ろうってしてるのか？」

「はい、さようでございます」

「うちのパンと塩を口にした後でか？　なんてこった！」

「遺憾ながら」ジーヴスはため息をついた。「コックの問題となりますと、淑女方は原始的な道徳意識しかお持ちになられぬものでございます」

「ちょっと待った、ビンゴ」こいつが今にも演説をぶち始めそうだと看て取って、僕は言った。「それとこれがどうしてうまい具合に適合するっていうんだ、ジーヴス？」

「はい、ご主人様。わたくしの経験から申し上げますと、いかなる淑女も、そのお方から真に腕のよいコックを奪い去った淑女を、決して許すものではございません。したがいまして、トラヴァース夫人がわたくしめにお託し下さいました使命の遂行がかないました暁には、暖かい友情のご関係に即座の断絶が生ずるは必至と、わたくしは確信いたすものでございます。リトル夫人はトラヴァース夫人に対し激しくご立腹なされ、必ずやあの方のご雑誌へのご寄稿をお断りあそばされるものとわたくしは確信いたしております。それゆえわたくしどもは、トラヴァース夫人に幸いをもたらすのみならず、かの論稿の出版差し止めを果たすことができるのでございます。かくて、かような表現をお許しいただけますならば、一石を投じて二鳥を殺《あや》めるがごとき次第とあい成るわけでございます、ご主人様」

「確かにその表現の通りだ、ジーヴス」僕は真心こめて言った。「僕に付け加えさせてもらえれば、僕の意見じゃこいつは君の最高かつ最も円熟した名案のひとつだ」

「ああ、だが言わせてもらうが、なあ」ビンゴが泣き言を言った。「つまりだ――アナトールの奴のことだ――つまり彼は百万人に一人っていうようなコックなんだ」

「このバカ、彼がいなけりゃこの計画は成り立たないんだ」

「ああそうだ。だけど俺が言いたいのは――彼がいなくなったら寂しいだろうなあ。恐ろしく寂しいだろうなあって思うんだ」

「何てこった!」僕は叫んだ。「これほどの危機にありながら、まだお前は自分の腹の心配をしてるのか?」

ビンゴは深くため息をついた。

「ああ、わかったよ」奴は言った。「外科医にメスを揮《ふる》ってもらう必要があるときだな。わかったよ、ジーヴス。やってくれ。ああわかった、それゆけジーヴスだ。そうだ、そうだジーヴス、それゆけだ。明日の朝また来るから、進捗状況はどうかを聞かせてくれ」

頭を下げたまま、ビンゴはビュンととび出していった。


翌朝の奴は晴れやかで早起きだった。実際、奴は礼を失するほどに早い時間に現れたものだから、ジーヴスはきわめて適切にも奴に僕のまどろみを邪魔させるのを拒絶したくらいなのだ。

僕が目覚め、客人を迎える用意ができるまでに、奴とジーヴスとは台所で腹を割った話し合いを進めていた。それでビンゴが僕の部屋に忍び入ってきたときには、奴の顔つきから、何かしらうまくいっていないらしいことが見て取れた。

「おしまいだ」ベッドにだらしなく身を預けながら奴は言った。

「おしまいだって?」

「そうだ。例のコックくすね取り作戦のことだ。ジーヴスによると、昨夜彼はアナトールと会ったんだが、アナトールの方じゃ転職を断ったそうだ」

「だけどダリア叔母さんにだって、彼がお前のところでもらってる額より給料をはずむだけの正気はあるはずだろうが?」

「青天井だ。彼女に関する限りな。それでも彼は宿替えを拒んでるんだ。どうもうちの小間使いに恋してるらしい」

「だがお前のところに小間使いなんていないはずだろうが」

「いや、いるんだ」

「見たことないぞ。田舎の葬儀屋みたいな奴が一昨日の晩は給仕をしてたが」

「そいつは地元の八百屋だ。必要なときに手伝いに来てもらってるんだ。小間使いは休暇で旅行中なんだ——というか、昨日までは旅行中だったんだな。ジーヴスがやってくる十分前くらいに戻ってきたんだ。それでアナトールの奴は、俺が見た限りじゃ彼女にまた会えて血気盛んで一意専心てな具合で、造幣局の金蔵の中身をやったって奴を買収して彼女と別れさせるのは無理みたいな有様なんだ」

「だけど考えてもみろよ、ビンゴ」僕は言った。「全くバカバカしい話じゃないか。僕にだってすぐに解決策が思いつくぞ。ジーヴスほどの知性を備えた男がこれに気づかないとは驚いたことだ。ダリア叔母さんはアナトールといっしょに小間使いも雇えばいいんだ。そうすりゃあ二人は離れ離れになりはしない」

「俺だってそう考えたさ、当然だ」

「お前に考えつくわけがない」

「いや、考えついた」

「まあいい、この計画のどこがいけないんだ？」

「うまくいきようがないんだ。お前の叔母さんがうちの小間使いを引き抜くとすると、今彼女が使っている小間使いはクビにすることになるな、そうだろう？」

「で？」

「それでだ。彼女が小間使いをクビにするとなると、運転手が辞職することになる。彼は彼女と恋仲なんだ」

「僕の叔母さんとか?」

「ちがう、小間使いとだ。それで明らかにこの運転手は、お前の叔父さんが満足できるだけに注意深く運転ができる唯一の運転手なんだ」

僕にはお手上げだった。使用人部屋の暮らしというものが、これほどまでに、いわゆるセックス・コンプレックスとやらで混乱した有様であろうとは、想像だにしなかったことである。使用人たちというものは、ミュージカル・コメディーの登場人物みたいに二人ずつ組になっているものらしい。

「そうか!」僕は言った。「となると、我々は多少のっぴきならない状況に置かれてるってことになるみたいだな。結局あの記事は掲載を免れないってわけか、なあ?」

「いや、そんなことはない」

「ジーヴスが別の計画を考えついたのか?」

「いやちがう。だが俺は考えついたんだ」ビンゴは身体をかがめ、親愛の念をこめて僕のひざをぽんぽん叩いた。「いいか、バーティー」奴は言った。「お前と俺はいっしょに学校に行った仲じゃないか。そいつは認めるだろう?」

「ああ、だが——」

「それにお前は絶対に友達を落胆させない男だ。そのことは有名だ、そうだな?」

「ああ、だけど聞いてくれ——」

「お前は救援に駆けつけてくれる。もちろんそうさ。まるで——」軽蔑するような笑いと共にビンゴは言った。「そのことを俺が一度たりとも疑いでもしたみたいじゃないか。お前は旧い学友が困っているときに、そいつを見捨てるような男じゃない。絶対にちがう。バーティー・ウースターはちがう。断じて、ちがう！」

「そりゃそうだ。だけどちょっと待ってくれ。お前の計画ってのは何なんだ？」

ビンゴは穏やかに僕の肩をさすった。

「お前にぴったりの仕事だ、バーティー、なあ心の友よ。お前にとっちゃお茶の子さいさいの簡単な仕事さ。実を言うと、前にお前はこれとよく似たことをやったことがあるんだ——ほら、あの時お前はイーズビー荘で伯父さんの『追想』をくすね取った話をしてくれたろう。あいつのことを突然思い出したんだ。それでひらめいたんだな。つまり——」

「おい！　聞いてくれ！」

「大丈夫なんだ、バーティー。何にも心配することはありゃしない。全く何にもだ。いったいこの仕事にジーヴスのバカみたいにもってまわったやり方でぶつかろうとしたのが大きな間違いだったんだ。術策を弄して遠回りしてる暇なんかなしにして、まっすぐどんと直進するほうがずっと得策だ。そういうわけだから——」

「わかった、だが聞くんだ——」

「それで今日の午後、俺はロージーをマチネーに連れていく。彼女の書斎の窓は開けておく。俺たちがいなくなったらお前はよじ上って部屋に入って、録音機のシリンダー［当時の録音機は磁気テープではなく蝋管を用いた］をくすね取ってとんずらすればいいんだ。バカみたいに簡単な話だ——」

「わかった。だがほんのちょっとだけ待て——」

「お前が何て言おうとしてるか俺にはわかるんだ」ビンゴは腕を振り上げながら言った。「どうやってそのシリンダーを見つけるんだ？　お前が心配してるのはそれだろう？　うん、そいつは簡単なんだ。間違える心配はない。机の左袖の一番上の引出しにある。それで引出しに鍵はかかってないんだ。というのはロージーの速記者が四時頃やってきて原稿をタイプする予定になってるからなんだ」

「なあ、聞いてくれ、ビンゴ」僕は言った。「お前にはほんとにすまないと思ってる。だが侵入盗のまねをするのは断固遠慮させてもらう」

「だが、何てこった！　俺はお前がイーズビー荘でしたことを頼んでるだけなんだぞ」

「いやちがう。僕はイーズビーに泊まってたんだ。小包を玄関ホールのテーブルから移動させるってだけの仕事だった。僕は住居侵入をやった経験はないんだ。すまない。だが僕は何があろうとお前の家なんかに金輪際侵入したくはない」

　奴は僕を見つめていた。驚き、また傷ついた様子だった。

「それがバーティー・ウースターの言うことか？」奴は低い声で言った。

「ああ、そうだ」

「だが、バーティー」奴は優しげに言った。「俺たちは学校にいっしょに行ったたってことについちゃあ、了解があったよな」

「知らん」

「学校だぞ、バーティー。懐かしき我らが母校だ」

「知るか。僕はやらない――」

「バーティー！」

「僕はやらない――」

「バーティー！」

「だめだ！」

「バーティー！」

「ああ、わかったよ」僕は言った。

「そうだ」僕の肩を叩きながらビンゴの奴は言った。「それでこそ本当のバートラム・ウースターだ！」


こう考えたことがおありかどうかわからないが、思慮を備えた男にとっては、新聞で読む侵入盗に関する記事というのは、実にまったく心強い思いするものがある。すなわち、大英帝国がその威信やら何やらを維持することについて強い関心をお持ちであれば、ということだ。つまりだ、この国の息子たちがこれほど大量に住居侵入の道に進んでいるとすれば、国民の士気にそう具合の悪かろうはずはない。つまり、僕が言うことを信用してもらっていいのだが、こいつは最大限に剛直な鉄のごとき神経を必要とする職業だからである。僕はこの家の前で半時間は行ったり来たりを繰り返していたものと思う。それからやっとのことで正面門からダッシュして書斎の窓のある側に滑り込んだのだった。それからも十分ほどは僕は壁に身を寄せ、警官の吹き鳴らすホイッスルの音が聞こえやしないかとちぢこまって立ちすくんでいた。

しかし、やがてしばらくすると、僕は勇気を奮《ふる》って仕事に取り掛かった。書斎は一階にあって窓は素敵に大きかった。それだけではない、開け放たれていた。僕はひざを窓枠に載せ、ぐいと勢いよく身体を持ち上げたので、そのせいで踵《かかと》の皮が二センチぐらい剝《む》けた。それから室内にひらりと飛び降りた。かくして僕はこの場にこうしているというわけだ。と言っておわかりいただければだが。

実際、僕はまるきり一人ぼっちだったので、ここの雰囲気にひどく薄気味悪い思いがしたものだ。こういう時がどういうものかはおわかりいただけよう。マントルピースの上には置時計があってそいつがチクタクとゆっくり、ぎくっとさせられるみたいな調子で時を刻んでおり、まったくもって不愉快だった。それで時計の上には大きな肖像画が掛かっていて、嫌悪と猜疑とを満載した顔つきで僕をにらみつけていた。誰かのお祖父《じい》さんか何かなのだろう。ロージーのかビンゴのかはわからない。だがお祖父さんであることに間違いはない。だが実のところ、彼がひいお祖父さんでないと誓って言う用意は僕にはない。彼は大柄でがっしりした体つきの親爺さんで、ひどく高いカラーをつけていたから、首を痛めそうな案配だった。彼はあごをひどく引きつけていたし、自分の鼻を見下ろして「お前がこんないまいましいものをくっつけくさったのじゃ！」とか言ってるみたいに見えたのだ。

机まではほんの一歩の距離しかなかった。そいつと僕を隔てるものは、茶色いぼさぼさの敷物だけだった。僕はお祖父さんの眼を避けウースター家の旧きよきブルドッグの勇気を振り絞って前進し、敷物上を航行開始した。それで僕が一歩踏み出すかどうかしたところで、そいつの南東角の部分が突如他の地域から分離し、鼻をクンクン言わせてチンチンを始めた。

うむ、つまりだ、この手の場面に直面して適切に対処するには、強く、寡黙で、冷静沈着で、何があってもたじろがない人物でいる必要がある。この種の男なら、僕は思うのだが、敷物に心得顔でじろりと目をやった上で、「ああ、ペキネーズ犬か。なかなかいい子じゃないか！」とかひとり言を言うのだろう。そしてすぐさまこの動物から共感と精神的な支持とを勝ち取るべく、友好的な予備交渉を開始するのだ。だがどうも僕は最近の新聞で読むような神経症的な若者世代の一員であるにちがいなく、というのは一秒もしないうちに、僕が強くも冷静沈着でもないことが明らかになったからである。それはまだいい。だが僕は寡黙でもなかったのだ。一瞬の感情の昂ぶりと共に、僕は鋭く、悲痛な叫び声を発し、北西方向に一メートルほど跳び上がった。それで誰かが爆弾を爆発させたようなすさまじい大音響が轟《とどろ》き渡ったのだった。

いったい女流小説家というものには花瓶一点、写真の額が二点、台皿一点、漆塗《うるしぬ》りの箱一点、ポプリポット一点が載った補助テーブルが書斎にどうして必要になるのか、僕にはわからない。だがビンゴのうちのロージーはこういうものを置いていたわけで、僕はお尻の右側でそれらの上にまともに着地し、打ち倒して横転させてしまった。しばらくの間、僕は全世界が溶解してガラス器と陶磁器の奔流に姿を変えたみたいな気がしていた。何年か前、手斧を持って出動したアガサ伯母さんから逃れるため、アメリカに行っていた時のこと、ナイアガラに出かけて滝の音を聞いたのを思い出す。あの爆音もこれと似たようなものだったが、これほどやかましくはなかった。

そしてこれと時同じくして犬が吠《ほ》えはじめた。

そいつは小さな犬だった――こういう動物から人は石筆がキーキー言うみたいな鳴き声しか期待しないものである。しかしそいつは野太い吠え声を発していた。そいつは部屋の隅に引っ込んで、目をとび出させて壁に身を寄せていた。それで二秒ごとに頭を痛々しげに後ろに落として顎《あご》を上げ、またもや恐るべき咆哮《ほうこう》を放つのだ。

さて、僕は自分が降参すべき時をわきまえている。僕はビンゴにはすまないと思ったし、奴をがっかりさせねばならないと思うと慚愧《ざんき》に堪えなかった。だが方位を変えるべき時は来たと僕は感じた。「バートラム氏を解放せよ!」がスローガンだった。僕は窓に向かって走り高跳びをやって、あわただしく逃げ出した。

それで小径に出てみると、まるで前もって約束して待ち合わせでもしていたみたいに、警官と小間使いが立っていた。

実に間の悪い一瞬だった。

「えー、ああ——こんにちは!」僕は言った。それからいわゆる観想的沈黙とでも言うべきものが一瞬あった。

「おかしな音がしたって申し上げましたでしょう」小間使いは言った。

警官は沸騰してるみたいな顔で僕を見つめていた。

「これはどういうことですかな?」彼は訊ねた。

僕は聖人君子みたいににっこり微笑んだ。

「ちょっとご説明は難しいんです」僕は言った。

「ああ、そうでしょうな!」警官が言った。

「僕はちょっと——えー——のぞいて見てたんです。家族の旧い友達なもので、えー、おわかりでしょう?」

「どうやって中に入ったのですかな?」

「窓からです。家族の旧い友達なもんですから、おわかりいただけますか」

「ご家族の旧友とおっしゃるんですな?」

「ええ、そりゃあ、とても、とっても、とーっても旧いんです。家族のとってても旧い友達です」

「わたし、この方を見たことありませんわ」小間使いが言った。

僕は積極的に憎しみをこめてこの娘を見た。一体全体どうやってこの娘が誰かしらの愛情をかき立て得たのか、たとえそいつがフランス人コックだとしたってだ、それが僕には驚きだった。見た目が悪い娘だとかそういうことではない。全くそんなことはない。別の、もっと幸福な折に出会っていたら、僕だって彼女のことをなかなかかわいい娘だと思ったかもしれない。だが今の彼女は、僕が今まで遭遇した中で最も不快な女性の一人であるように思われた。

「そのとおり」僕は言った。「君は一度も僕に会ったことはない。だが僕はこの家族の旧い友達なんだ」

「じゃあどうして玄関のベルをお鳴らしにならなかったんですの?」

「面倒をかけたくなかったんだ」

「玄関のベルに応えるくらい面倒じゃありませんわ。それでお給金を頂いてるんですから」小間使いは高潔ぶって言った。「わたし、生まれてこの方一度もこの人にお目にかかったことはないと思います」完全に余計なことを彼女は付け加えた。恐ろしい娘だ。

「ああ、そうだ」ひらめいたことがあって、僕は言った。「葬儀屋が僕を知ってます」

「どのような葬儀屋ですかな?」

「一昨日夕食を食べたときにテーブルで給仕をしていた男です」

「今月十六日に葬儀屋がテーブルに給仕に付いていたんですかな?」警官は訊いた。

「もちろんそんなことはありませんわ」小間使いが言った。

「ああ、彼はそんなふうに見えただけで――ああ、そうだ、ちがった。思い出しました。彼は八百屋でした」

「今月十六日に」警官は言った。もったいぶったバカだ！「――八百屋が来たと？」

「ええ、来ました。確かにそのとおりですわ」小間使いは言った。彼女は落胆し、困惑した様子だった。まるで獲物が逃げ去る様を見る雌トラのようだ。それから彼女は明るい顔つきになった。「でもそんなこと、誰かに聞いてまわれば簡単にわかることですわ」

完全に不快きわまる娘だ。

「君の名は何と言うんだ？」警官が尋ねた。

「えー、あのー、名前を言わないとどうしてもいけませんか、つまり――」

「勝手にしたまえ。治安判事の前に出れば、いずれにせよ言わないわけにはいかないんだからな」

「えーっ、待ってください、まったく、何てこった！」

「同行してもらおうかな」

「だけど待ってください。本当なんです。僕はこの家族の旧友なんです。ああ、そうだ！　思い出しました。客間に僕の写真が飾ってあるんです。うんそうだ、それでわかるでしょう！」

「本当にあればの話だが」警官は言った。

「わたし、そんなの見たことありませんわ」小間使いが言った。

僕は絶対的にこの娘が嫌いだった。

「君だってハタキがけの仕事をもっと良心的にやっていれば見てるはずだ」僕は厳しく言った。僕はそいつを胸に突き刺してやるような気持ちで言ったのだ、まったく何てこった！

「客間のハタキがけは小間使いの仕事じゃありません」彼女は偉そうな態度で嘲《あざけ》るように言った。

「そうか」僕は苦々しげに言った。「小間使いってのはそこらで待ち伏せしてうろついて――それで、えー――どこか他所《よそ》で忙しく任務を遂行してればいいはずの警官と庭でのらくらして過ごすのが仕事らしいな」

「小間使いの仕事は玄関ドアを開けてお客様をお迎えすることよ。お客様は窓から入ったりしないわ」

どうも僕の方に分が悪いことがわかってきた。僕は懐柔を試みることにした。

「ねえ、かわいい小間使いさん」僕は言った。「悪趣味なけんかはよしにしようよ。僕が言いたいのは、客間に行けば僕の写真があって、誰か僕の知らない人が大事にほこりを払ってくれているってことだけなんだ。それでその写真を見れば、僕がこの家族の旧い友達だってことを証明できると思うんだ。どうでしょうか、お巡りさん？」

「本当にあればの話だが」その男はいかにも不承不承、そう言ってよこした。

「ええ、大丈夫、ありますよ。ええ、ありますとも」

「では、皆で客間に行って見せてもらうこととしようか」

「やっと男らしいことを言ってくれましたね、お巡りさん」僕は言った。

客間は二階にあって、その写真は暖炉のそばのテーブルの上にある。ただ、おわかりいただけるだろうか、そいつは、なかったのだ。つまりだ、暖炉はあった。暖炉のそばにテーブルもあった。

だが何たることか、僕の写真はどこにもなかったのだ。ビンゴの写真――あり。ビンゴの伯父さんのビトルシャム卿の写真――あり。口許に優しげな微笑を浮かべた七分身のビンゴ夫人の写真――すべてあり。異常なしだ。ところがバートラム・ウースター氏らしき姿は、影も形もありはしない。

「ホー！」警官は言った。

「だけど、何てこった、一昨日の晩はここにあったんです」

「ホー！」彼はまた言った。「ホー！　ホー！」コミック・オペラで酔っ払いのコーラスでも始めたみたいにだ。コン畜生！

その時僕に、一生に一度というような霊感がひらめいた。

「ここのハタキがけは誰の仕事だい？」僕は小間使いのほうに向き直って言った。

「わたしじゃありません」

「君だなんて言ってないさ。僕は誰かって訊いてるんだ」

「メアリーよ。もちろん女中よ」

「そうだ。思った通りだ。僕の予想した通りだ。メアリーというのはですね、お巡りさん、ロンドン一の破壊屋として悪名高いんです。彼女については各方面から苦情の嵐なんです。何があったかわかりますか？　あの恥知らずの娘は僕の写真の額のガラスを割って、それで正直に、人間らしく申し出て罪を認めないで、そいつを片づけてどこかに隠しちゃったんですよ」

「ホー！」まだ酔っ払いのコーラス役を続けながら、警官は言った。

「彼女に訊いて下さい。行って彼女に訊いてみて下さい」

「あなたが行って訊いてくれないかな」警官が小間使いに言った。「それでこの人が少しでも幸せになるならな」

小間使いは部屋を出て行った。それで出がけに肩越しに僕を伝染病みたいに嫌な目つきでチラッと見てよこした。彼女も「ホー！」と言ってはいなかったかどうか、僕に確信は持てない。それからちょっとした小康状態があった。警官は大きくて筋骨たくましい背中をドアに向けて位置どった。それで僕はというと、あっちからこっち、こっちからそっちへと行ったり来たりを繰り返していた。

「いったい何をふざけているのかね？」警官が聞き質してきた。

「ちょっと見てまわってるだけです。置き場所を変えたのかもしれませんから」

「ホー！」

それからしばらくちょっとまた小康状態があった。すると突然、僕は自分が窓のそばにいることに気づいたのだ。それで何と、窓の下側には十五センチくらいの隙間が開いていた。それでその向こう側の世界は、明るくて陽が照り輝いていてそれで——まあいい、僕は自分が特別に頭の回転の速い男だと主張するものではない。だが再びまた何かが「バートラム氏を解放せよ！」とささやきかけてきたような気がして、僕は平然とした顔で窓枠の下に指を掛け、力いっぱい持ち上げ、すると窓が開いたのだった。次の瞬間僕は月桂樹の茂みの中にいた。なんだか事故現場のバツ印になったみたいな気分だった。

窓から大きな赤ら顔が顔を出した。僕は起き上がると軽やかにスキップしつつ門に向かった。

「おい！」警官が叫んだ。

「ホー！」僕は応え、快調に前進を続けた。

通りかかったタクシーに飛び乗り、クッションに背を沈めながら僕はひとりごちた。

「これでビンゴのために何かしてやるのは金輪際最後だ！」

懐しのフラットに帰り着き、脚をマントルピースに投げ出して鎮静用のウィスキー・アンド・ソーダを流し込みながら、僕は忌憚《きたん》のない言葉を用い、ジーヴスに向かって上記の感情を表明した。

「もう嫌だ、ジーヴス！」僕は言った。「もう二度とこんなのは嫌だ！」

「さりながら、ご主人様――」

「もう絶対に嫌だ！」

「さりながら、ご主人様――」

「さりながら、ご主人様ってのはどういう意味だ？　何が言いたいんだ？」

「さりながら、ご主人様、リトル様は不撓不屈《ふとうふくつ》の精神をお持ちの若紳士であらせられます。そしてまた、かような申しようをお許し願えますならば、あなた様はと申しますと屈服なさりやすく、恩義を施して差し上げる方のご性格でいらっしゃいますゆえ――」

「君はまさかビンゴの奴が永久不変の鉄面皮でもって、またもや僕を何かしらのいまいましい計画に巻き込むつもりだろうって思ってるんじゃあるまいな？」

「さような蓋然性《がいぜんせい》はきわめて高いと申し上げねばなりません、ご主人様」

僕はマントルピースから両脚をさっと降ろし、跳び上がった。ひどく興奮してだ。

「ジーヴス、君の助言を聞かせてくれ」

「はい、ご主人様、わたくしは少々環境の変化をお求めになられるのが賢明であろうかと思料いたします」

「ずらかるってことか?」

「まさしくさようでございます、ご主人様。わたくしにご提案をお許し願えますれば、ご主人様、お考えをお改めあそばされてハロゲートでジョージ・トラヴァース様とごいっしょなされるのはいかがでございましょうか?」

「何だと、ジーヴス!」

「あなた様は、わたくしがいわゆる危険地帯と申します地域の外に、お身を置かれる次第となりましょう、ご主人様」

「おそらく君の言うとおりなんだろうな、ジーヴス」僕は考え深げに言った。「うん、おそらく君は正しい。ハロゲートはロンドンからどれくらいかな?」

「三百三十キロでございます、ご主人様」

「わかった、君の言うとおりだと思う。午後の汽車はあるのかな?」

「はい、ご主人様。今の時間でしたらば十分間に合います」

「よしわかった。バッグに必要なものを詰めておいてくれ」

「すでに済ませてございます、ご主人様」

「ホー!」僕は言った。


不思議なことだが、ジーヴスはいつだって正しいのだ。駅で彼は、ハロゲートはきっとご不快ではございませんでしょうとか言って僕を慰めてくれた。それで、何と、まったく彼の言ったとおりだったのだ。この企画を精査検討する際に僕が看過していた点は、僕は治療中の連中の群れの真っ只中に身を置きはするものの、僕自身は治療を受けるわけではないということだった。そいつが男にどれほどの安息感、満足の念をもたらすものか、きっとおわかりにはならないだろう。

つまりこういうことだ。例えばここにジョージ伯父さんがいる。呪術医《じゅじゅつい》は彼にざっと目をやって、ありとあらゆるアルコール飲料の禁制を申し渡す。それに加えて毎朝八時半に丘を下って王立鉱泉水飲み場まで出かけていって温かいマグネシウム濃塩水を十二オンス摂取するようにと申し向ける。こう言うと大したことはないように聞こえるが、僕が聞いた最新の報告によると、こいつは海水の中で去年の古い卵を二つ、三つ泡立てたようなシロモノにほぼ等しいのだ。それで僕のことを子供時代にだいぶ抑圧してくれたジョージ伯父さんが、この話を鵜呑《うの》みにして言われた通りにやろうと朝八時十五分にベッドからとび出す様は、きわめて喜ばしく心慰められる光景であった。

午後四時になると伯父さんはまたノコノコと丘を下って同じ過程を繰り返す。それで夜になると僕らはいっしょに食事をするのだが、僕は椅子にだらりと寄りかかってワインを啜《すす》り、伯父さんが例のシロモノがどんな味だったかを話してよこすのを聞いてやるのだ。色々な意味で理想的な生活である。

僕はいつも出かける用事はうまく調整し、伯父さんが午後の治療と格闘する様を観察することにしていた。我々ウースター家の者は、誰よりも笑いを愛する一族なのだ。それで二週間目の半ばにこのパフォーマンスを楽しんでいるところで、僕は自分の名前が呼ばれるのを耳にした。ダリア叔母さんがそこにいた。

「ハロー！」僕は言った。「ここで何してるのさ?」

「昨日トムといっしょにこっちに来たの」

「トムも治療を受けるのかね?」地獄の飲料から顔を上げ、期待に満ちた表情でジョージ伯父さんが訊いた。

「ええ」

「あんたも治療を受けるのかね?」

「ええ」

「はあっ!」ジョージ伯父さんは言った。ここ数日来になく幸せそうな顔だった。彼は最後の一滴を飲み干し、それからプログラムの指示通りマッサージ前に爽快《そうかい》な散歩をとるべく我々の許を去っていった。

「雑誌の仕事を休んで来られるなんて、思ってもみなかったよ」僕は言った。「ねえ」愉快な考えが思い浮かんだので、僕は続けた。「まさか潰《つぶ》れちゃったわけじゃないだろう?」

「潰れたですって? そんなことはないわ。あたしがここにいる間、友達があたしの代わりをしてくれてるの。経営は磐石《ばんじゃく》よ。トムったらあたしに何千ポンドもくれて、必要ならもっとくれるって言うの。それであたしはレディー・バブロッキスの『長き生涯の赤裸々なる回想』の連載権を買えたのよ。最高にホットなシロモノなの、バーティー。部数倍増は間違いないし、ロンドン一有名な連中の半分に向こう一年間ヒステリーを起こさせてやれるわ」

「わあ!」僕は言った。「それじゃあすごくうまい具合に行ってるんだ、そうなんだね? つまりさ、その『赤裸々なる回想』とリトル夫人の文章とがあればさ」

ダリア叔母さんはガスパイプのガス漏れみたいな臭いのものを飲んでいた。それで一瞬僕は、彼女が顔をゆがめたのはそいつのせいだと思ったのだ。だが僕は間違っていた。

「あの女の話はよして、バーティー！」彼女は言った。「最悪の女よ」

「叔母さんたちは二人とも仲良くやってたって思ってたけど」

「もうちがうわ。あの女があの原稿掲載を拒否してきたって言ったら、あんた信じられる？」

「なんと！」

「あの女のコックが彼女のところを出てうちに来たからって、それであの女があたしに対して抱いてるっていう不平不満のせい、たったそれだけのせいでよ――」

僕はこの話の展開にまるでついて行けなかった。

「アナトールが彼女の許を去ったって？」僕は言った。「でもあの小間使いの件はどうなったんだい？」

「しっかりなさい、バーティー。あんたわけのわかんないことを言ってるわよ。何が言いたいの？」

「いや、わかってるさ――」

「あんたは生まれてこの方、何もわかってたためしなんかないの」彼女は空のグラスを置いた。「さてと、終わったわ！」彼女は安堵の声をあげた。「神に感謝だわ、これであと二、三分したらトムが飲むところを見られるってわけよ。それだけが心の支えなの。可哀そうな人、ほんとにこいつが大嫌いなのよ。だけどあたしはあの人に、これさえ飲めばアナトールの料理が食べられるように体調を整えられるんだからって言って慰めてあげてるの。ねえバーティー、努力するだけの甲斐はあるってもんよね。料理芸術の巨匠よ、あの男は。時々はあたしも、リトル夫人が彼が出てってあんなに大騒ぎしたのも驚いたことじゃないって思うのよ。だけど、ねえ、そうでしょ、感情とビジネスをごっちゃにすべきじゃないわ。私的な争いごとのために原稿の掲載を拒否する権利なんかあの女にありゃしないのよ。とはいえあの女はあの原稿をよそに載せるわけには行かないわ、だってあのアイディアはあたしのだし、それを証明する証人だっているのよ。もしあの女があれをよその雑誌に売ろうとしたら、告訴してやるわ。そうそう告訴って言えばこのクソみたいなシロモノのことなんだけど、そろそろトムが来てこの硫黄水を飲む時間だわ」

「だけど、ちょっと待ってよ――」

「あ、ところでバーティー」ダリア叔母さんが言った。「あんたのところのジーヴスについて、あたしが前に用いたかもしれない洗練を欠いた表現は、撤回するから。本当に有能な人物だわよ！」

「ジーヴスだって？」

「そうよ、彼が交渉してくれたの。素晴らしくうまいことやってくれたわ。彼は全然損はしてないはず、賭けたって大丈夫よ。あたしが面倒をみといたわ。彼には感謝してるの。だって今の時点で全然文句も言わずに何千ポンドも出してくれるんじゃや、アナトールがいつも料理するようになったら、いったいトムったらどんなことをしてくれるようになるかしらって、想像力のほうでくらくらしちゃうじゃないの。寝てる間に小切手にサインするようになるわよ」

僕は立ち上がった。ダリア叔母さんはこの辺にいていっしょにトム叔父さんを見よう、絶対見逃すべきじゃないと主張して僕を引き止めたが、待ってなどいられなかった。丘を駆け上がり、ジョージ伯父さんにさよならのメモを残し、僕はロンドン行きの次の汽車にとび乗ったのだった。

「ジーヴス」旅の垢《あか》を洗い流した後で、僕は言った。「全部率直に話してくれ。レディー・バブロッキスと同じくらい赤裸々なところを頼む」

「はい、ご主人様？」

「気にしないでくれ、もし彼女のことを聞いたことがないならだが。君がこの騒ぎをどうやって解決したのか話してくれ。僕が最後に聞いたのは、アナトールがあの小間使いを好きだって話だった――理解不能だ！――それで彼は彼女の許を去るのを拒んだっていうんだ。それでどうなった？」

「わたくしはしばしの間、いささか当惑いたしておりましたと、告白せねばなりません、ご主人様。その後、わたくしは幸運な発見にいちじるしく助けられたのでございます」

「どういうことだ？」

「わたくしはたまたまトラヴァース夫人の女中と話をいたしました、ご主人様。その際、リトル夫人が女中をご用命でおられることを思い出しまして、わたくしはその者に、トラヴァース夫人の許を去り、より有利な賃金でリトル夫人の許で働く気はないかと訊ねました。彼女はこれに同意をいたしましたので、わたくしはリトル夫人にお目にかかり、この件の手筈を整えたのでございます」

「それで？　幸運な発見っていうのは何だったんだ？」

「その娘は何年か前に以前のお仕え先にて、アナトールの同僚だったことがあるのでございます、ご主人様。そしてアナトールは、かようなフランス人にはかくも頻繁にありがちなことでございますが、彼女と交際をいたしておりましたのでございます。実を申しますとこの二人は、わたくしが理解いたすところでは、正式に婚約をいたしておりました。ところが、ある朝アナトールが出奔《しゅっぽん》し、住所も残さず、哀れなこの娘の人生から姿を消したのでございます。この発見が事態をいちじるしく簡単なものにしたことは、容易にご理解をいただけましょう。その娘はもはやアナトールになんらの愛情も抱いてはおりません。しかしながら一つ屋根の下で二人のうら若い女性と住まい、その二人ともが彼と……という見通しは――」

「なんてこった！　そうか、わかった！　フェレットを押しこんでウサギをスタートさせるようなもんだな」

「原理は全く同一でございます、ご主人様。その若い娘がまもなく到着との知らせが届いて半時間もせぬうちに、アナトールはリトル家をとび出してトラヴァース夫人の許でお仕えいたす次第となったわけでございます。移り気な男でございます。フランス人の男にはきわめて多くおるものではございませんが」

「ジーヴス」僕は言った。「こいつは天才の仕事だ」

「さようにおおせいただき、まことに有難く存じます」

「それでリトル氏はこの件について何て言ってるんだ？」

「お喜びのご様子でございます、ご主人様」

「下世話な金額の話になるが、奴は――」

「はい、ご主人様。二〇ポンドでございます。先週土曜日にハースト・パークにおかれまして、ご幸運なご選択をなされたとの由にございます」

「叔母さんが言ってたが、彼女は――」

「はい、ご主人様。たいそうご寛厚でいらっしゃいました。二五ポンドでございます」

「やったな、ジーヴス！　大儲けじゃないか！」

「はい、ご主人様。わたくしの口座に相当額を追加できる次第とあい成りました。リトル夫人もかように満足のゆく女中を見つけてくれたことへの謝礼として、ご親切にも一〇ポンドをご恵投下さいました。それからトラヴァース様が――」

「トーマス叔父さんのことか？」

「はい、さようでございます、ご主人様。はなはだ気前よくお振舞いいただきました。トラヴァース夫人とは全く独立に、ということでございます。それからジョージ・トラヴァース様でございますが――」

「ジョージ伯父さんまで君に何かよこしたなんて言ってくれるなよ！　一体どういうわけでだ？」

「実を申しますと、ご主人様、わたくしにもわかりかねるのでございます。しかしながらわたくしは一〇ポンドの小切手をあの方より頂戴いたしました。あなた様がハロゲートにご同行あそばされた件について、わたくしに何らかの功績があったものとのご印象をお持ちでおいでのご様子でございます」

僕はぽかんと口を開けて、この男に見とれた。

「それじゃあみんながみんな君に金を渡してるってわけだ」僕は言った。「それじゃあ全員一致の判断ってことにしたほうがいいな。ほら、五ポンド札だ。受け取ってくれ」

「これはこれは、有難うございます、ご主人様。まことにもって――」

「君が稼いだ莫大な金額からしたら、大したこっちゃないんだろうが」

「いえ、さようなことはございません、ご主人様」

「大体どうして僕が君に金を渡すのか、僕にはわからないんだ」

「おおせの通りでございます、ご主人様」

「とはいえ、受け取ってくれ」

「まことに有難うございます、ご主人様」

僕は座りなおした。

「だいぶ遅くなっちまった」僕は言った。「だけど僕は、着替えて外出してどこかでちょっと食べてくるよ。ハロゲートで二週間も過ごした後で、なんだか腹の中に渦が巻いてるような具合なんだ」

「はい、ご主人様。お召し物の荷解きをいたしておきます」

「ああ、ジーヴス」僕は言った。「ピーボディー・アンド・シムズは柔らかいシルク製のシャツを送ってよこしたかな?」

「はい、ご主人様。わたくしが送り返しましてございます」

「送り返しただって!」

「はい、ご主人様」

僕は彼を一瞬にらんだ。だがつまりだ、つまりだが、だからどうなるというのだ?

「ああ、そうか」僕は言った。「それじゃあ胸元の硬いやつを出してもらおうかな」

「かしこまりました、ご主人様」ジーヴスが言った。

10・バーティー考えを改める

ここ二、三年ばかり、この職業に就いたばかりの若者がわたくしの許を訪れては助言を求めてくることがきわめて頻繁にございますもので、今日ではわたくしは便宜のため、我がシステムをごく短く定式化するに至っております。「機略と知略」――これがわたくしのモットーでございます。知略は、わたくしにとりましてはもちろん常にシネ・クゥア・ノン、すなわち必須条件でございます。一方機略のほうはと申しますと、紳士お側つきの紳士の日常生活の折々に不可避的に出来してまいりますコントルタン、と申しますか、不測の厄介事に対処をいたします際に、わたくしがフィネスと呼んでおりますところの技巧を些少《さしょう》ながら、常々お目にかけておるところであると申し上げてよろしかろうかと存じます。一例を挙げましょう。ブライトン近郊にございます若い淑女がたのためのの学校のエピソードが想起されてまいりました。この一件のはじまりは、ある晩わたくしがウースター様の許にウィスキーとソーダ・サイフォンをお持ち申し上げたところ、あのお方がわたくしに向けていちじるしいご癇気をお示しあそばされた折にさかのぼると申し上げてよろしかろうかと存じます。

ウースター様はここ数日ほど、少なからずご気分が沈みがちなご様子であらせられました。あの方の常のご陽気なお心持ちとはかけ離れたご様子でございました。ウースター様はしばらく軽いインフルエンザにご罹患でいらっしゃいましたので、それに起因する当然の反応であろうかと、考えておりましたものでございます。もちろんさようなことには取り立てて顧慮することなく、わたくしはいつもどおり義務の遂行に努めておりました。そして、ただいま申しました、ウィスキーとサイフォンをお運び申し上げた際にあの方がいちじるしいご癇気を示された晩がやって参ったのでございます。

「まったく、なんてこった、ジーヴス！」明らかに神経を昂ぶらせたご様子であの方はおおせになりました。「せめてたまには別のテーブルに置いてくれたっていいじゃないか」

「ご主人様？」わたくしは申しました。

「毎晩だ。こん畜生」憂鬱げにウースター様はお話をお続けあそばされました。「毎日毎日、君はおんなじ時間におんなじトレイを持ってきておんなじテーブルにそいつを置くんだ。もううんざりだ。言わせてもらう。こういうういまいましい単調さが、何もかもをこんなに恐ろしくいまいましい具合にしてるんだ」

このお言葉に一定の危惧の念を感じたと、わたくしは告白いたさねばなりません。わたくしには以前お仕え申し上げてまいりました紳士がたが、まったく同じお話しようをされるのをお伺いいたした経験がございます。かような場合、それは常にその方がご結婚をなさりたいとお考えでいらっしゃる、ということを意味いたすのでございます。したがいまして、ウースター様がこのようなお話しようをなされましたとき、不穏な思いがいたしましたことをわたくしは認めるにやぶさかではございません。あらゆる意味でかくも快適なあの方とわたくしとの関係を断絶しようとの希望はもとより持つものではございません。またわたくしの経験上申しますと、玄関に奥方が降り立たれた瞬間に、独身時代の執事などは裏口から退出するものなのでございます。

「もちろん君のせいじゃない」ウースター様はいく分平静を回復されたご様子でお続けあそばされました。「君を責めてるわけじゃない。だけど、何てこった。つまりだ、君だって気がついてたはずだ――つまりだ、ここ数日僕はずいぶん真剣に考えてたんだ、ジーヴス。それで結論に達したんだが、僕の人生は空白だ。僕は孤独なんだ、ジーヴス」

「あなた様には大勢ご友人がおありではございませんか、ご主人様」

「友達なんか何になる?」

「エマーソンは」わたくしはご想起を促しました。「〈友人とは大自然のつくりたもうた傑作である〉と語っております、ご主人様」

「うーん、エマーソンに今度会ったら、僕からだと言ってこう伝えてもらいたい。君はバカだ、と」

「かしこまりました、ご主人様」

「僕に必要なのは――ジーヴス、名前は忘れたんだが何とかいう劇を、君は見たか?」

「いいえ、ご主人様」

「何とかいった劇場でかかってるんだ。昨晩出かけたんだ。陽気に元気一杯ブイブイ暮らしてた主人公のところに、突然女の子がやって来て、そいつの娘だって言うんだ。第一幕に伏線はあったんだ、わかるな――で、男には全然まったく初耳の話なんだ。それでだ、無論ちょっとしたひと騒ぎがあって、周りの連中は奴に〈どうする、ホー?〉とか言うんだ。それで奴は〈さて、どうする?〉とか言うんだな。それで皆は〈さあ、どうする?〉とか言って、それでそいつは〈うーん、わかったよ。お前らがそう言うんじゃな！〉って言って、その子を引き取って広い世界へと共に旅立ってゆくんだ。そういうことだ。それで僕が何を言いたいのかっていうと、ジーヴス、僕はそいつがうらやましいってことなんだ。ものすごく陽気なかわいい女の子なんだ。その子がそいつを信頼してまとわりつくんだな。面倒を見てやる存在、といってわかるかな、ジーヴス。僕に娘がいたらよかったんだ。手続きはどうしたらいいんだと思う？」

「ご結婚が、その予備的な手順とみなされておりますものと思料いたします、ご主人様」

「だめだ。僕は養子をとりたいと思ってるんだ。養子縁組ってのがあるだろう、ジーヴス。だけどどうやってそいつを始めたらいいのかが知りたいんだ」

「そのお手続きは、きわめて複雑かつ煩瑣《はんさ》なものと思料いたします。あなた様の余暇時間の妨げとなりましょう」

「うーん、それじゃあどうしたらいいか教えてやろう。僕の姉が来週インドから三人娘を連れて帰ってくるんだ。僕はこのフラットを出て家を買って、みんなでいっしょに暮らすんだ。なあジーヴス、大した計画じゃないか、どうだ？　子供っぽい片言しゃべりだ。小さき足の走り回るパタパタ音だ。どうだ？」

　わたくしは内心の動揺を押し隠しました。しかしながらサン・フロワ、すなわち冷静さを維持せんとの努力は、わたくしの能力にとりましては最大限の試練でございました。ウースター様が概略お話しあそばされた行動方針がもし現実のものとなりました暁には、わたくしどもの心地よい独身世帯の終焉《しゅうえん》が帰結いたすこととなります。わたくしの立場に置かれた者ならば、この時点で否認の声を発する者も間違いなくあるでありましょう。しかしながらわたくしはさような愚策は回避いたしたのでございました。

「かような申しようをお許し願えますならば、ご主人様」わたくしはご提案を申し上げました。「インフルエンザご罹患の後、あなた様は本来のご体調でおありあそばされないものと思料いたします。管見を申し上げてよろしければ、あなた様にご必要なのは海辺にて数日をお過ごしあそばされることであろうかと存じます。ブライトンが好適と存じます、ご主人様」

「君は僕がヨタ話をしてると思ってるのか？」

「滅相《めっそう》もございません、ご主人様。わたくしはただ、ブライトンにての短期ご滞在をお身体の回復に資するものとしてお勧め申し上げておりますに過ぎません」

ウースター様は考え込んでおいであそばされました。

「うーん、君の言う通りじゃないっていう確信はないんだ」あの方はようやく口をお開きになられました。「僕は自分でも多少頭がおかしくなってるような気がしてるんだ。スーツケースに二、三荷物を詰め込んで、明日車で連れてってくれないか」

「かしこまりました、ご主人様」

「それで戻ってきたら、僕は体調万全でこの小さき足のパタパタいう音の件に取り掛かれると思うんだ」

「おおせの通りでございます、ご主人様」

さて、これで一時の猶予はなり、わたくしはそれを歓迎いたしました。しかしながらわたくしには、巧妙な取り扱いを要する危機が出来《しゅったい》しておりますことが理解されてまいりました。ウースター様がこれほどまでにご決意を固めておいでのお姿に接するのは、きわめて稀有《けう》なことでございます。

実際、わたくしの記憶いたします限り、あの方がこれほど断固たるご決意をお示しあそばされたのは、わたくしが率直に不賛成の意を表明いたしたにもかかわらず、紫色の靴下をご着用あそばされたいとご主張なさった折以来のことであったかと拝察いたします。しかしながら、あの折の危機にはわたくしは成功裏に対処をいたしましたし、いずれは本件も幸福な解決へと導くことが可能であろうとの点について、わたくしは決して悲観をいたしてはおりませんでした。雇用主とは馬のごときものでございます。調教が必要なのでございます。紳士お側つきの紳士の中には、彼らを調教するコツをわきまえている者もおれば、わきまえていない者もおります。幸いわたくしにこの点に欠けるところはございません。

わたくしに関します限り、ブライトン滞在はきわめて愉快なものでございましたし、滞在期間を延長したく存じてもおりましたが、ウースター様は依然落ち着かれぬご様子で、二日目の晩にはすっかりこの地にご退屈あそばされ、三日目の午後には荷造りして車をホテルに回すようにとわたくしにお命じあそばされました。晴れた夏の日の午後五時頃、わたくしどもはロンドンへ向かい出発をいたしました。おそらく三キロほど運転いたしましたところで、前方の路上に少なからず活発なご様子で身振りをしておられるお若い淑女を視認したのでございました。わたくしはブレーキを作動させ、自動車を停止させたのでございます。

「何だ?」白日夢からお目覚めあそばされたウースター様はお訊ねになられました。「こんなところで停まるってのはいったいどういうわけだ、ジーヴス?」

「いささか前方に、我々の関心を喚起せんと合図しておられるお若い淑女を拝見いたしたのでござ

います、ご主人様」わたくしはご説明申し上げました。「ただ今その方がこちらに近づいておいでで
ございます」

　ウースター様はじっとご覧あそばされました。

「見えたぞ。たぶん乗せて欲しいんだろうな、ジーヴス」

「あの方の行動に関するわたくしの解釈も同一でございます、ご主人様」

「かわいい子じゃないか」ウースター様はおおせでございました。「幹線道路を歩いてるなんて、いったい何をしてるんだろうなあ?」

「許可なく学校を欠席しておいでのご様子とわたくしには拝見いたされますが、ご主人様」

「ハロー、アロー、アロー!」そのご令嬢が近づいてまいりますと、ウースター様はこうおっしゃいました。「乗りたいのかい?」

「わあ、いいですか?」歓喜もあらわに、ご令嬢はおおせでございました。

「どこまで行きたいんだい?」

「ここから一キロ半くらい行ったところに左折する道があるの。そこで降ろしてくれればあとは歩けます。ほんとにありがとう。靴にとげが入っちゃったんです」

　彼女は後部座席に乗り込みました。赤毛でしし鼻の、たいそう大口を開けて笑うご令嬢でございました。年の頃は十二歳ほどでございましょうか。補助座席を引きおろすと、楽に会話ができるようにとその上にひざをついて座っておいででございました。

「あたしこれからひどく叱られるんだわ」ご令嬢は話し始めました。「ミス・トムリンソンが完全にカンカンのはずなの」

「えっ、そうなのかい?」ウースター様はおおせられました。

「今日は学校が半日だったから、あたしブライトンにこっそり出かけたの。だってあたし埠頭《ふとう》に行ってスロットマシーンをやりたかったんだもの。時間までに戻れば誰もあたしがいないって気づきゃしないって思ったの。でもほら、靴の中にとげが入っちゃったんで、もうこれですごく叱られるんだわ。まあ、いいわ」達観のご境地でご令嬢は申されました。わたくしはひそかにこれに敬服いたしたと告白申し上げるものでございます。「だって、しょうがないじゃない。これ何て車? サンビームじゃない? うちの車はウォルズレイよ」

ウースター様は目に見えてお心をかき乱されたご様子でいらっしゃいました。先にご示唆申しましたとおり、ウースター様はあの折にははなはだお心の動かされやすい状態であらせられ、お若い女性がたに対して、たいそうお優しいご感情をお持ちでいらっしゃいました。ご令嬢の悲しいお話は、あの方のお心に強く訴えたのでございます。

「そりゃひどい」あの方はこうおおせでいらっしゃいました。「何とかする手はないかなあ? なあ、ジーヴス、何とかできないか考えてみてくれ?」

「かような助言を申し上げますのはわたくしには差し出た真似と存じますが」わたくしはお答えいたしました。「しかしながらお伺いとあらば申し上げますが、わたくしは本件問題は調整可能と拝察をいたすものでございます。あなた様がこちらのお嬢様の学校の女性校長に、ご自分はお嬢様のお父上の長年のご友人である旨お伝えあそばされることは正当な口実となろうかと思料いたすものでございます。その際、あなた様はミス・トムリンソンに、たまたま本学の前を通りかかった折、門のところにおられたお嬢様とお会いになり、ドライブにお連れあそばされたとお話しになられるのがよろしかろうと存じます。ミス・トムリンソンのお怒りが、仮に雲散霧消はいたさずともいちじるしく低減するは必定でございましょう」

「まあ、あなたって何てスポーツマンなの！」このご令嬢は少なからぬ熱情を込め、かような所見を明らかになさいました。さらに進んでご令嬢はわたくしにキスをなさいました――この件に関しましては、残念ながらお嬢様は何らかのべとべとする砂糖菓子の類いを食した直後であったとだけ申し述べるに留めておきましょう。

「ジーヴス、うまい考えだぞ！」ウースター様はおおせでございました。「実に手堅い、痛快ってくらいの計画だ。じゃあ僕が君のお父さんの友達ってことなら、君の名前やら何やら色々聞いておいたほうがいいな」

「あたしの名前はペギー・マナリングよ。ほんとにありがとう」ご令嬢はおっしゃいました。「それであたしの父はマナリング教授よ。たくさん本を書いてるの。それくらいは知ってなきゃいけないわ」

「高名な一連の哲学的論稿のご著者でいらっしゃいます、ご主人様」わたくしはあえて言葉を差しはさませていただきました。「今般大評判を博しております。とはいえかような申しようをお嬢様がもしご寛恕くださいますならばでございますが、個人的な印象を申し上げますならば、教授のご見解の多くは、わたくしにはいささか経験主義的と拝見いたされます。学校まで運転を続けてよろしゅうございますか、ご主人様？」

「ああ、頼む。なあ、ジーヴス。変な話なんだが、僕は生まれてこの方女子校っていうものの中に入ったことがないんだ。知ってるかい？」

「さようでございますか、ご主人様？」

「ものすごく興味深い経験になるだろうなあ、ジーヴス、どうだ？」

「さような次第となろうかと拝察いたします、ご主人様」わたくしは申しました。

それから一キロほどご令嬢の指示にしたがって細い道を走り、やがて我々は威圧的な長さと幅を持つ建物の門内に入り、玄関前の車寄せに停車をいたしました。ウースター様とお嬢様が中にお入りになられると、ほどなく小間使いが出てまいりました。

「車は厩舎の方にお回しくださいまし」その者は申しました。

「ああ！」わたくしは申しました。「じゃあすべてはうまくいったわけだな？　ウースター様はどちらへ行かれたのかな？」

「ペギー様がお友達にご紹介なさりにお連れになられました。後で台所に寄ってお茶をあがっていただきたいとコックが申しておりますわ」

「喜んで伺うと伝えておいておくれ。車庫に車を回す前に、ミス・トムリンソンと一言お話しすることはできるかな？」

一瞬の後、わたくしはその者に案内されて客間に招じ入れられておりました。

お美しいが決然たるご意志をお持ちのお方、と申しますのがわたくしがミス・トムリンソンを一目拝見した印象でございました。ある意味女史はわたくしに、ウースター様のアガサ伯母上様を想起させたものでございます。女史には伯母上様と同じく、人を射るがごとき視線と、いかなるナンセンスをも許すものではないという、いわく言いがたい雰囲気とが備わっておりました。

「僭越な真似をいたしておりはせぬかと恐れておりますところではございますが、奥様《マダム》」わたくしはこう切り出しました。「わたくしの雇用主に関しまして一言お伝え申し上げることはお許しいただけようかと存じます。ウースター様はご自分について多くをお語りになられなかった、と拝察いたしておりますが事実はそのとおりでございましょうか？」

「ご自分のことは何一つお話しなさいませんでした。ただマナリング教授のお友達だとおっしゃったきりですわ」

「それではあの方はご自分が、あのウースター氏であられるとはお告げになられなかったのでございますね？」

「あの、ウースター氏ですって？」

「バートラム・ウースター様でございます、奥様」

わたくしがウースター様の御ために申し上げたいことは、あの方は精神的には明らかに取るに足らない人物であらせられますものの、そのお名前の方はほぼ無限の可能性を擁しているということでございます。こう申し上げる趣旨をよりつまびらかにご説明いたしますと、あの方のお名前には、あたかも何者かであるがごとき響きが含まれている、ということでございます。マナリング教授ほどご著名な人物のご親友であると告げられたばかりであれば、とりわけかような効果は強うございます。無論、それは小説家のバートラム・ウースター氏のことであるのか、それとも思想の新学派の創始者たるバートラム・ウースター氏のことであるのかを即座に言い当てることはできぬことでございましょう。しかしその名を知悉《ちしつ》しているとの印象を示さずば己《おの》が無知が露見するとの不安な感覚を人は抱くことでございましょう。わたくしの予見いたしましたとおり、ミス・トムリンソンは晴れやかな顔つきでお頷きになられました。

「ああ、バートラム・ウースターさんですね！」彼女はおおせになられました。

「あの方はきわめてご謙譲な紳士であらせられます、奥様。ご自分の口からは決してさようなことはお匂わせになられません。しかしながら、わたくしはあのお方を深く存じ上げておりますから、もしあなた様があの方に、お若い淑女がたの前にてご講演をしていただけるようにとご依頼あそばされましたならば、たいそうなご光栄とお喜びになられるものと確信をいたすところでございます。あの方は即興演説の名手でございます」

「それはいい考えですわ」ミス・トムリンソンはきっぱりとおおせになりました。「いいことを勧めてくださって感謝いたしますわ。生徒たちに話をしてくださるように必ずお願いいたしましょう」

「その際あの方が――謙譲のお心から――さようなことはご希望でない旨おおせられましたならば――」

「おして是非にとお願いいたしますわ」

「有難うございます、奥様。感謝申し上げます。こうわたくしが申し上げたとはご内密にしていただけますでしょうか。ウースター様はわたくしが僭越をいたしたとお考えあそばされるやもしれませぬゆえ」

わたくしは厩舎に車を回し、中庭に駐車をいたしました。車を降ります際に、わたくしは余念なくそれを見回しました。結構な車でございますし、一見最善のコンディションにあるかのように拝見いたされます。しかしながらどういうわけか、わたくしにはこれから何やら故障がおこるような予感がいたしたのでございます――何かしら重大な故障でございましょう――少なくとも修理には数時間はかかろうかというような故障でございます。

かような虫の知らせというものは、あるものでございます。

ウースター様が厩舎の中庭にお越しあそばされたのは、それから半時間ほど経ってのことでございました。わたくしは車にもたれ、静かに煙草を楽しんでおりました。

「ああ、捨てないでいいんだ、ジーヴス」わたくしが口から煙草を抜き取ろうといたしますと、あの方はおおせられました。「実は僕はタバコの件で来たんだ。ちょっと一本もらえるかなあ?」

「申し訳ございませんが廉価品でございます、ご主人様」

「いいんだ」少なからぬ熱を込めてウースター様はお応えあそばされました。わたくしの拝見いたしましたところ、あの方はいささかお疲れのご様子で、またお目には狂おしいような光が宿っておりました。「おかしな話なんだが、ジーヴス、僕はどうも煙草入れを失くしたらしいんだ。どこにも見つからないんだな」

「そうお伺いして遺憾に存じます、ご主人様。車の中にはございませんでしたが」

「そうか? じゃあどこかで落としたんだな」あの方は廉価品の煙草をおいしそうにお吸いあそばされました。「女の子ってのはかわいいもんだな、ジーヴス」一呼吸おいて、あの方はこうおおせられました。

「まことにおおせの通りでございます、ご主人様」

「無論、彼女らにはちょっと疲れさせせられるって思う奴もいるだろうな、あ――――」

「アン・マス、すなわち集団となると、でございましょうか、ご主人様?」

「それが言いたかったんだ。集団となるとちょっと疲れるな」

「わたくしもさように思いいたしたものであると、告白申し上げねばなりません、ご主人様。若かりし頃、職業生活を始めたばかりの折、一時期わたくしは女子校でボーイを務めておりましたことがございます」

「えっ、本当か？　はじめて聞いたな。なあ、ジーヴス、あー、彼女たちは――えー――あのかわいい子たちは、その頃もずいぶんとクスクス笑ってふざけたりしたのか？」

「ほぼ間断なく、でございました、ご主人様」

「なんだか自分がバカみたいな気がするんだろう？　それで時々みんなして君を見つめたりしたんだろう、どうだ？」

「わたくしがお勤めいたしておりました学校では、ご主人様、男性の来賓が到着なさった折に、お若い淑女がたが必ず仕掛けるゲームがございました。淑女がたは客人の顔を見つめたまま、クスクス笑いをなさるのでございます。そして一番最初に客人の顔を赤らめさせた者には、ささやかな賞品が贈られたものでございました」

「何だって、そりゃひどい。なあジーヴス、ウソだろう？」

「本当でございます。淑女がたはこの気晴らしをたいそう楽しんでおいででございました」

「女の子がそんな悪魔だなんて、僕は思ってもみなかった」

「男性よりもはなはだ性質《たち》が悪うございます、ご主人様」

ウースター様はハンカチで額《ひたい》を拭われました。

「うーん、もう少ししたらお茶の時間だ、ジーヴス。お茶を飲んだら少しは気分がよくなるんじゃないかと思うんだ」

「さように希望いたすところでございます、ご主人様」

しかしながらわたくしはまったく楽観をいたしてはおりませんでした。

わたくしは台所で結構なお茶を頂戴いたしました。バターつきトーストは美味でございましたし、女中らもかわいい娘たちでございました。とは申せほとんど会話はいたしませんでした。学校の食堂室で務めを果たした後、お茶の時間の終了間際に座に加わった小間使いから、ウースター様は気丈にも辛抱なさっておいでだが、興奮気味であられる旨、報告がございました。わたくしは厩舎の中庭に戻りました。そして車をもう一度点検いたしておりますと、マナリングのお嬢様が現れました。

「ねえねえ」ご令嬢は申されました。「ウースターさんに会ったらこれを渡してくれる？」ご令嬢はウースター様の煙草入れをわたくしに手渡されました。「あの人、これをどこかで落としたにちがいないわ。ねえ」ご令嬢は話をお続けになられました。「ものすごくおもしろいことになったわ。あの人、この学校で講演をするんですって」

「さようでございますか、お嬢様？」

「あたしたち講演って大好きなの。座ってかわいそうなオヤジをじっとみつめてやるのよ。それであがっちゃって話ができなくしてやるの。前学期に来た人はしゃっくりが止まらなくなっちゃったのよ。ねえ、ウースターさんもしゃっくりが止まらなくなるって思う？」

「最善を願うほかありませんな、お嬢様」

「すごく面白いことになると思うわ、どう？」

「きわめて愉快でございましょうな、お嬢様」

「あら、戻らなきゃ。一列目を取りたいの」

そしてご令嬢は大急ぎで行ってしまわれました。魅力的なお嬢様でございます。気概に溢れておいでていらっしゃいます。

ご令嬢が去られた直後、心の動揺を誘うような物音がして、ウースター様が角を曲がって姿をお見せになられました。狼狽《ろうばい》なすって。それも激しく。

「ジーヴス！」

「ご主人様？」

「車を出してくれ！」

「ご主人様？」

「出発だ！」

「ご主人様？」

ウースター様は何歩か踊るように足をお進めあそばされました。

「そこに立ったまま〈ご主人様？〉なんて言い続けるのはやめるんだ。出発だ。とにかく出発だ！一刻たりとも無駄にできない。事態は切迫してる。何てこった、ジーヴス！何があったかわかるか？トムリンソン女史がたった今僕に、女の子たちの前で演説しろって言ってよこしたんだ。全校生徒が集合してる前に立って話をしなきゃならない！どんなザマになるか僕にはわかるんだ！車を出すんだ、ジーヴス。コン畜生。急げ！急ぐんだ！」

「残念ながら不可能でございます、ご主人様。車は故障中でございます」

ウースター様は口をぽかんと開けてわたくしの顔をご覧あそばされました。たいそう呆然《ぼうぜん》とされたご様子で、だらんと口をお開きでいらっしゃいました。

「故障中だって！」

「はい、ご主人様。いずれかに具合の悪いところがございます。おそらくは軽微な故障でございましょうが、修理にはいささか時間がかかりましょう」ウースター様はお車の運転はなさいますが、わざわざ機械のことまでは勉強なさらないのんきな若紳士のお一人でございますので、技術的な話をいたしてもかまわないとわたくしは判断いたしました。「作動ギアかと存じます、ご主人様。あるいは排気装置であろうかと」

わたくしはウースター様が好きでございます。あの方のお顔を拝見して、わたくしはもう少しで心とろけるところであったと、認めるものでございます。あの方はわたくしを、一種の無言の絶望をもってお見つめあそばされ、そのお姿には誰もが心揺すぶられずにはおられぬほどでございました。

「じゃあ僕は破滅だ！　それとも」――ひきつったお顔に、わずかばかりの希望のひらめきが伺えました――「こっそりここを抜け出して、野原を横断して走って逃げることはできると思うか、ジーヴス？」

「残念ながら、もはや遅しでございます、ご主人様」わたくしは少々身振りを用いて、接近して来られるミス・トムリンソンのお姿を指し示しました。女史は静かなる決意をもって、あの方のすぐ後ろに歩をお進めでいらっしゃいました。

「ああ、こちらにおいででしたか、ウースターさん」

あの方は覇気のない微笑をお浮かべになられました。

「はい――あー――ここですとも！」

「でも、生徒たちが大講堂であなたをお待ちかねですよ」

「ちょっと待ってください」ウースター様はおおせになられました。「僕は――僕は何を話したらいいのかまるでわからないんですよ」

「何をおっしゃいますの、ウースターさん。何でもよろしいんですのよ。何でも頭に思い浮かんだことをお話しくださいな。明るくお願いしますわ」ミス・トムリンソンはおおせになられました。「明るく楽しく、ですわ」

「ああ、明るく楽しく、ですか？」

「できれば生徒たちに二、三面白い物語をしてくださいましな。けれども同時に厳粛な調子もお忘れなく。うちの生徒たちは人生の門口に立っていて、勇敢で役に立って刺激的なことを聞きたくてたまらないんですの――何かあとになって思い起こせるようなことですわ。ですがもちろん、そんなことはご承知でいらっしゃいますわね、ウースターさん。こちらです。生徒たちが待っておりますわ」


わたくしは先ほど機略と、それが紳士お側つきの紳士の生活において果たす役割についてお話しいたしました。それは元来その者の協同参画が予定されていない場面を共有しようとする場合に、とりわけ必要となって参る特性でございます。すなわち人生の興味深い出来事の多くは閉じられたドアの向こう側にて出来いたすわけでございますから、紳士お側つきの紳士は、事態の進行から絶望的に遅れをとりたくはないと考えるならば、何かしらの関心事がこれから起ころるというときに、――目撃者ではないにせよ――少なくとも聴取者となるために機知を働かせねばならぬのでございます。わたくしは鍵穴に耳をあてるがごとき洗練を欠いた、威厳なき行為には異をとなえるものでございますが、さように身を貶《おとし》めることなく、何らかの工夫をいたしては方策を探し当てて参るのが常でございます。

本件の場合は簡単でございました。大講堂は一階にございまして、大きなフランス窓があり、気候温暖な日のこととて、それは開け放たれておりました。講堂に隣接したポーチ、あるいはヴェランダと申すべき箇所の柱の背後に位置どることで、わたくしはすべてを見聞きすることができたのでございます。これはまさしく見逃したらば後悔いたすような経験でございました。ウースター様は、一言で申し上げれば、疑問の余地なく、ご自分の限界を超克し、更なる高みへと上られたのでございます。

ウースター様はほぼあらゆる望ましい資質を備えた若紳士でいらっしゃいますが、ただ一点、欠けたところがございます。脳みそのことを申しておるのではございません。と申しますのは、雇用主にとりまして脳みそは望ましいものではないからでございます。わたくしが申し上げております資質とは、定義いたすのが難しゅうございますが、おそらく「常ならざる事態」に対処する才能と呼んでよろしかろうかと存じます。「常ならざる」事態に直面された際には、ウースター様は弱々しげにほほ笑まれ、目をとび出させておしまいになられるのが、あまりにもよくありがちなことでございます。あの方には「押し出し」が欠けておいでございます。以前にお仕え申し上げておりましたモンタギュー・トッド様のサヴォア・フェール、と申しますか、臨機応変の才の幾ばくかでも、あの方にお授け申し上げる権能がわたくしにございましたらば、と、しばしばわたくしは願って参ったものでございます。モンタギュー・トッド様はご高名な金融業者であられ、ただいま刑務所におかれまして刑期の二年目をお務めの最中でございます。馬の鞭にてあの方を鞭打とうとの意図を表明しつつトッド様を訪なわれた方が、半時間後には心の底からお笑いあそばされてあの方の葉巻をくゆらしつつお帰りあそばされるのを、わたくしはいく度も目にいたしております。トッド様におかれましては、お若い淑女がたで一杯の講堂にて、即興で二、三お話をなされることなど、児戯にも等しきことでございましょう。実際、あの方でしたらば講演終了までに、お手持ちのお小遣いをあの方が数多《あまた》お持ちの会社のいずれかにご投資なさるようにと、ご一同様を説得しておしまいになられることでございましょう。しかしながらウースター様におかれましては、かようなことは端的に最悪の試練なのでございます。さて、あの方はお若い淑女がたに一目目をお向けになられました。お若い淑女がたは瞬きひとつせぬご様子で、あの方を注視なすっておいでございました。そしてウースター様は目をぱちくりなされると、力なく上着の袖をつつき始めあそばされました。あの方のご様子はわたくしに、舞台に上がって手品師の演《だ》し物の助手をするようにと自らの意に反して説得された末、突然ウサギと固ゆで卵とが頭のてっぺんから取り出されてしまったといった、恥ずかしがり屋の若者の姿を想起させるものがございました。

　こちらの舞台は、ミス・トムリンソンによる短くも、優美なる紹介のスピーチによって進行開始がなされました。

「ガールズ」ミス・トムリンソンはおおせられました。「皆さんの中にはもうウースター氏にお会いになられた方もおいででしょう。バートラム・ウースター氏です。この方のご高名は皆さんもきっとご存じのことと思います」残念なことに、このときでウースター様は、醜悪な、うがいのごときガラガラ声でお笑いあそばされました。そしてミス・トムリンソンの視線をお捉えになると、速やかに鮮紅色におなりあそばされました。ミス・トムリンソンは再びお話を開始なさいました。「ウースター氏は大変ご親切にも、お帰りになられる前に二、三お話をしてくださることにご同意くださいました。これから皆さんがお話に真剣にご注目くださることとわたくしは確信しております。それでは、どうぞ」

最後の二語を口にされる際に、女史は右の手を大きくお振りになられました。そしてウースター様は、それをご自分へ向けられた合図とのご印象の下、咳払いをされてお話をお始めになろうとなさいました。しかしながら女史のお言葉は、お若い淑女がたに向けて発せられたものであった模様で、そしてまたそれはキューないしシグナルの性質を帯びたものであったようでございました。と申しますのは、女史がこの言葉を発するやいなや、全校生徒が一丸となって立ち上がり、一種の大合唱のごときものに突入したからでございます。わたくしは節は忘却いたしましたものの、幸いなことに歌詞のほうは記憶いたしております。かようなものでございました。

ごあいさつ
ごあいさつ
知らないあなたにごあいさつ
ごあいさつ
ごあいさつ

あなたにたくさんごあいさつ
あなたにたくさんごあいさつ
あ・な・た・に！

キー選択にあたっては、歌姫たちにかなりの自由な裁量が与えられており、協調のための努力とよぶべきものは、ほぼ皆無でございました。各生徒様がたはおしまいまで勝手に歌い続け、それから休止して落伍者たちが追いついてくるのを待つのでございます。常ならぬ演し物でございました。また個人的な感想を申し添えさせていただきますならば、わたくしはこれをきわめて痛快であると感じたものでございます。しかしながら、これは痛棒のごとくウースター様を叩きのめした模様でございました。あの方は数歩あとずさりされ、防御されるがごとく腕をお振りあそばされました。そしてやがて喧噪は鎮まり、期待に満ちた空気が講堂内を満たしたのでございます。ミス・トムリンソンは明るく権威ある視線をウースター様にお投げかけになられました。そしてあの方は目をぱちくりなさって、一、二度大きく息をお吸い込みになられ、前方によろよろとお進みあそばされました。

「えー、あのですねえ――」あの方はおおせられました。

これでは演説冒頭としての適切な様式性と威厳に欠けていると、あの方は思い至られたようでございます。

「レディース――」

最前列から銀を被せたような爆笑の声が鳴り響き、あの方は再びお言葉をお止めあそばされました。

「ガールズ！」ミス・トムリンソンがおおせになられました。女史は低く、物柔らかな声で話されましたが、その効果は早速でございました。即座に全校生徒一同の下には完全なる沈黙が訪れたのでございます。ミス・トムリンソンとわたくしとのご面識はごくごく浅くはございますものの、わたくしがこれほど感嘆いたしました女性はほぼ絶無でございます。女史には人心を掌握《しょうあく》する、グリップがございました。

この時点ですでにミス・トムリンソンは、ウースター様の雄弁家としての能力を正確に判断されておられ、感動的な演説の類いはこの方からは期待できないとの結論に到達しておられたものと拝察いたします。

「おそらく」女史はおっしゃいました。「時間も遅くなっておりますし、ウースターさんにはお時間もおありでないことでしょうから、皆さんにはこれからの人生に役立つささやかなアドヴァイスのお言葉を頂戴するだけにいたします。それから校歌を斉唱して解散し、各自夜のお勉強を開始することにいたしましょう」

女史はウースター様をご覧になられました。あのお方はカラーの内側に指をお走らせあそばされました。

「アドヴァイスですか？　これからの人生ですか？　何でしょう？　うーん、わからないなあ――」

「ちょっとした短い助言のお言葉ですわ、ウースターさん」ミス・トムリンソンはきっぱりとおおせになられました。

「あー、えー――ああそうだ――うーん――」ウースター様の脳みそが、機能せんと努力する様を拝見いたすのは痛々しいばかりでございました。「んー、僕にはずいぶんよく役に立ってくれたことをひとつお話ししましょう。あまりたくさんの人は知らないことです。僕がはじめてロンドンに来たとき、ヘンリー伯父さんがいいことを教えてくれました。〈坊主、忘れずに憶えとくんじゃぞ〉伯父さんは言いました。〈ストランド街のロマーノの前に立てば、フリート街にある最高法院の壁の時計が見えるんじゃ。これを知らない大抵の者はそんなことを信じやせん。なぜなら道の途中には教会がいくつもあるからの、そいつが邪魔して見えないものと皆は思う。だが、見えるんじゃ。こいつは知っとく価値があるぞ。これを知らない連中相手に賭けをすればたんまり金が儲かるんじゃ〉それで、なんということでしょう。まったく伯父さんの言うとおりだったのです。これは憶えておくべきです。何ポンドも僕はこれで——」

ミス・トムリンソンは硬く、乾いた咳払いをなさいました。それであの方は途中で言葉をお止めあそばされました。

「おそらくはウースターさん」女史は冷たい、抑揚のない声でおおせになられました。「女生徒たちに何かちょっとした物語をなさった方がよろしいのではないでしょうか。あなたがおっしゃったことは、もちろんきわめて興味深いお話ではございますけれど、しかしおそらく少々——」

「あ、ああ、そうですね」ウースター様はおおせられました。「物語？　物語と？」あの方は完全に取り乱されたご様子でいらっしゃいました。哀れな若紳士でいらっしゃいます。「皆さんは株屋とコーラス・ガールの物語は聞いたことはおありですか？」

「それでは校歌を斉唱いたしましょう」氷山のごとくにご起立なさって、ミス・トムリンソンはおおせになられました。

わたくしは校歌斉唱を聞いては参らないことに決心いたしました。ウースター様がまもなくお車をご必要とされることはまず確実と思われたからでございます。したがいましてわたくしは、準備いたさんと厩舎にとって返したのでございました。

長くはお待ちいたしませんでした。ごく間もなくあの方はよろめき現れあそばされました。ウースター様は表情の読めない、いわゆる謎めいたお顔の持ち主ではいらっしゃいません。それとはまさしく正反対に、そのお顔は清澄なる水盤のごとく、去来する感情を微細に映しだす鏡でございます。わたくしには今や、書物を読むがごとくにご表情を読むことが可能でございました。そしてあの方の最初のお言葉は、ほぼわたくしが予想いたしたとおりのものでございました。

「ジーヴス」あの方は嗄《しわが》れ声でおおせになられました。「あのクソ車の修理はできたか？」

「ただいま完了したところでございます、ご主人様。精励努力して作業をいたしておりました」

「じゃあ、助かった！　出発だ！」

「しかしながらあなた様はこれからお若い淑女様がたにご講演をされるご予定ではございませんか？」

「ああ、あれは済んだんだ！」非常な速さでまばたきを二遍なさりながら、ウースター様はお答えあそばされました。「うん、あれは済んだ」

「ご成功でございましたでしょうか、ご主人様？」

「ああ、うん。その通りだ。ものすごい大成功だった。そよ風のごとく過ぎ去ったってやつだ。だが――あー――もう行ったほうがいいと思うんだ。長居して嫌われちゃあいけないだろ、どうだ？」

「まことにおおせの通りでございます、ご主人様」

運転席に座り、エンジンを始動しようといたしましたまさにその時、なにやら声が聞こえてまいりました。その声を耳になされた途端、ウースター様はほとんど信じられないほどの敏捷《びんしょう》さで後部座席にとび移られました。振り向いて拝見いたしますと座席の下で敷物にくるまっておいでででございます。最後に見えましたのは、あの方の懇請するがごときまなざしでございました。

「あなた、ウースターさんはお見かけにならなかったかしら?」

ミス・トムリンソンが厩舎の中庭に入っておいででいらっしゃいました。一人ご婦人を伴われておいででしたが、そのお方は、異国なまりから推《お》して判断いたしますに、フランスのお生まれとお見受けいたしました。

「いいえ、奥様」

そのフランス女性は母国語にて何事か叫び声を発しておいででいらっしゃいました。

「何か不都合がございましたのでしょうか、奥様?」わたくしは訊ねました。

ミス・トムリンソンは常のご機嫌であそばされれば、いかにその者が心配げな顔つきでおりましたとしても、紳士お側つきの紳士ごときの耳に易々とお悩み事をおうちあけになられるようなお方ではないと、管見をいたすものでございます。女史がそうされたという事実から、どれほど深刻にお心がかき乱されていたものかが、十分に拝察されるところでございましょう。

「ええ、ありましたとも! 植え込みの中で女生徒たちが何人かでタバコを吸っているのを、マドモアゼルがたった今見つけたんですの。質問したところ、皆ウースターさんからあの恐ろしい代物をもらったと申しましたのよ」女史は踵《きびす》を返されました。「庭のどこかにいるにちがいないわ、家の中かしら。あの方は正気じゃないとわたくしは思いますわ。マドモアゼル、おいであそばせ!」

それから一分ほどいたしましたでしょうか。ウースター様はカメのように敷物からお顔をのぞかせあそばされました。

「ジーヴス！」

「はい、ご主人様？」

「エンジンをかけるんだ！　出発するんだ！　走って走って走り続けるんだ！」

わたくしはセルフスターターに足を掛けました。

「学校の敷地外に出るまでは、慎重に運転いたすのが安全かと拝察をいたします、ご主人様」わたくしは申し上げました。「お若い淑女がたを轢《ひ》きかねませぬゆえ」

「うーん、そいつのどこが悪いんだ？」ウースター様はきわめて苦々しげに異論をおとなえあそばされました。

「あるいはミス・トムリンソンをお轢き申し上げるやもしれません、ご主人様」

「やめてくれ！」ウースター様は憧憬を込めておおせられました。「よだれが出てくるじゃないか！」

「ジーヴス」それから一週間ほどいたしましたある夜、わたくしがウィスキーとサイフォンをお持ち申し上げますと、ウースター様はおっしゃいました。「まったく気持ちのいいもんだな！」

「はい、ご主人様？」

「いい気分だ。心地よくて愉快だってことだ。つまりだ、時計に目をやり君が美味《おい》しい飲み物を持ってきてくれるのが遅れやしないかな、って思う。すると君がトレイを持っていつだって時間どおりに入ってくるんだ。一分だって遅れやしない。それでテーブルにそいつを置いて行っちまう。次の晩もやってきてそいつを置いて行っちまう。その次の晩も――つまりだ、なんていうか安全で、心安らぐ感じがするじゃないか。和らぎ！　これだ。和らぎだ！」

「はい、ご主人様。あっ、ところで、でございますが――」

「なんだ？」

「適当なお屋敷はもうお見つけあそばされましたでしょうか？」

「屋敷？　屋敷とは何のことだ？」

「あなた様はこのフラットをご処分なさって、お姉上様のショルフィールド夫人と三人のご令嬢様がたとごいっしょにお住まいあそばされるに十分な広さのお屋敷をご購入されるお心づもりでおいでのものと、わたくしは理解いたしておりました」

ウースター様は激しく身震いをなさいました。

「そいつはヤメだ、ジーヴス」あの方はおおせでございました。

「かしこまりました、ご主人様」わたくしはお答え申し上げました。

訳者あとがき

志ん生の『粗忽長屋』は、「そそっかしい人はここに来ていられるけれども、真面目な人はバカバカしくっていられないから越してっちゃうと、また越してきた人がそそっかしい人ですとこれがいられるというんで、粗忽な者ばかりが」集まって住んでいるという長屋の話であるが、本書を翻訳中、私の脳裏に常に去来していたのがこのくだりであった。

『粗忽長屋』がそそっかしいおバカたちを経木の箱に詰め合わせた江戸前折り詰め弁当なら、本書は贅を尽くしたおバカの宝石箱であろうか。玲瓏《れいろう》たる玉のおバカが完璧にカットされ、研磨されて、燦然と輝きを放っているのだ。そこにはバカでない人はいない。ひとりひとりがそれぞれに完全にバカだ。ニューヨーク、ロンドン、パリと、大西洋の両岸に、あるいは英仏海峡を越えて華やかに舞台を転じながら、まことに清々しいばかりに見事なバカを取り揃えたおバカの博覧会。本書『それゆけ、ジーヴス』*Carry on, Jeeves*（一九二五）を訳しながら、私はそんなふうに感じていた。

近頃はうっかりバカなどと言うと、幼稚園の先生にしかられたりして悲しいのだが、古来、人はバカを愛し、尊敬し、尊重してきた。シェークスピアはバカのことを「智慧の砥石《といし》」と呼んだ。

シーリア　わたしたちが今、「自然」から頂戴した智慧でこうして「運命」をからかっていても、そら、ご覧なさい、「運命」は阿呆をよこしてわたしたちの議論を邪魔だてしようとしているではありませんか？

ロザリンド　本当にね、さすがの「自然」もとても適わない、「運命」ときたら、「自然」の造った阿呆をよこして、「自然」の造った智慧の邪魔をするのですもの。

シーリア　もしかしたら、これも「運命」の企みではなくて「自然」の仕業かもしれない、「自然」から授かった私たちの鈍い智慧では、こんな女神論など戦わせる柄ではないと見て取って、そういう私たちの智慧を磨く砥石にと、「自然」がこの阿呆を送ってよこしたのに違いない、阿呆の愚かさというものはいつでも智慧の砥石になってくれるのですもの……

（『お気に召すまま』福田恆存訳、新潮文庫。原文阿呆は fool）

ここで阿呆とは、プロフェッショナルのバカであるところの道化を指すのだが、ともかくもかくようにバカとは、智慧を磨く砥石たる重責を担ってこの世に遣わされた貴い生き物であったのだ。ジーヴスものに限らず、ウッドハウスの作品にはそれぞれに特色ある智慧の砥石たちが数多登場しては我々の智慧をせっせと磨いてくれる。本書は各種おバカの手軽なサンプラーとしても好適であるが、無論それだけではなく、収録作のそれぞれが長編となりうべきスケールを湛えた大短編であり、波の音のする映画的小品や語り手を違えた変奏などを織り交ぜて、馥郁たるおバカの香気を十二分に堪能させてくれる絢爛豪華な作品集となっている。

本書の刊行は『比類なきジーヴス』*The Inimitable Jeeves*（一九二三）の後になり、ジーヴスものだけを集めた短編集としては二冊目にあたる。とはいえ、第一章から第五章までに収められた短編の雑誌初出は『比類なき』よりも先であり、いずれも第一次大戦中にサタデー・イヴニング・ポスト誌に掲載された最初期のジーヴス短編ということになる。また第一章を除き、これらはレジー・ペッパーという、バーティーの原型と考えられるようなお気楽暮らしでドローンズ・クラブのメンバーでもある青年を主人公とした短編といっしょに、*'My Man Jeeves'* として一九一九年に刊行されている。したがってオリジナルの発表順では第五章と第六章の間に『比類なき』が挟み込まれるような格好になる。更に付記するなら、本書第八章の「フレディーの仲直り大作戦」も、*'My Man Jeeves'* に収録されたレジー・ペッパーものの短編 "Lines and Business"（雑誌初出は一九一二年）をジーヴスものに書き換えた作品である。

レジー・ペッパーものはジーヴスものの原型と言われる。この「フレディー」の場合などその関係は直接的だが、たとえば「ジーヴス登場」でバーティーの婚約者として登場し、後期の長編の重要な登場人物となるフローレンス・クレイ嬢なども、レジー・ペッパーものにすでに登場している。とはいえそちらではクレイ嬢はレジーの年長の従姉妹で、アガサ伯母さんタイプの恐るべき女傑ということになっているのだが。

ウッドハウス作品にジーヴスが初登場するのは、"Extricating Young Gussie"（一九一五。「ガッシー救出作戦」として岩永正勝・小山太一訳『ジーヴズの事件簿』文藝春秋社、二〇〇五年に収録されている）においてである。本書中でも何度も「従兄弟のガッシーがヴォードヴィルの舞台に出ている女の子と結婚しようというのを阻止すべく、アガサ伯母さんにニューヨークに送りつけられた」一件として言及されている。そこでジーヴスは「グレッグソン夫人がご面会でございます、ご主人様」、「かしこまりました、ご主人様。どのスーツをお召しになられますか?」の二言しか口を利かない、ごくごく影の薄いデビューを飾った。したがってジーヴスの本格的なデビュー作は、本書の第二章に収められた「コーキーの芸術家稼業」と見なすことができる。

「コーキー」は一九一六年にサタデー・イヴニング・ポスト誌に発表された。初出時の原題は「ジーヴスにおまかせ("Leave It to Jeeves")」で、単行本収録にあたっては、大幅な加筆修正がなされている。ちょっと長くなるが冒頭部を紹介しよう。

ジーヴス――ご存じの僕の従僕だ――は、ほんとにものすごい男だ。すごく有能なのだ。正直言って彼がいなかったら僕はどうしていいかわからないくらいだ。広い意味で彼は、ペンシルヴァニア駅の大理石の壁を悲しげに見つめながら「案内所」と記された場所に座っている男みたいなものだ。ああいう連中をご存じだろう。彼の所に行って「テネシー州、メロンスカッシュビル行きの次の列車はいつですか?」と訊いてみる。すると彼は少しも考えないで「二時四十三分、十番線、サンフランシスコ乗り換え」と答えるのだ。それでいつだって彼は正しい。うん、ジーヴスはこれとまったくおんなじ全知全能の印象を与えてくれるのだ。

僕の言いたいことを示す好例として、ある朝ボンド街でモンティー・ビンに会った時のことが思い出されてきた。奴はグレイの市松模様のスーツを着て、最高にいかして見えた。それで僕は自分もああいうのを手に入れるまでは絶対に幸せになれないみたいに思ったのだった。僕は奴から仕立て屋の住所を無理やり聞きだし、一時間もしないうちにそいつを誂えていた。

「ジーヴス」その晩僕は言った。「ビン氏が着ていたような市松模様のスーツをこしらえているところなんだ」

「無分別でございます、ご主人様」彼はきっぱりと言った。「あなた様にはお似合いではございますまい」

「なんてバカなことを言うんだ！　ここ何年来で一番っていうような素敵な服なんだ」

「あなた様には不適切でございます、ご主人様」

それで早い話が、そのいまいましいシロモノが到着したところでそいつを着、それで鏡に映った自分の姿を見て、僕はあやうく卒倒するところだったのだった。完全にジーヴスの言ったとおりだ。僕はミュージック・ホールのコメディアンと安手の馬券屋の中間くらいに見えた。だがモンティーはこれとまったく同じ服を着て格好よく見えたのだ。こういうことというのは人生のミステリーであるし、ともかくまあそういうことだ。

無論ジーヴスの服装に関する判断が不可謬だというだけではない。もっと大事なことがある。この男は何でも知っているのだ。リンカンシャーの大穴予想の一件があった。どうやって入手したものか記憶はないのだが、とはいえそいつはホンモノの灼熱のタバスコみたいなやつだったのだ。

「ジーヴス」僕は言った。僕はこの男が好きだし、できるときには彼のために何かしてやりたいと思っていたのだ。「ちょっと金儲けをしたかったら、リンカンシャーの日はワンダーチャイルドを買うんだな」

彼は首を横に振った。

「いいえ、ご主人様」

「だが鉄壁だぞ。僕はこいつに全財産賭けるつもりなんだ」

「お勧めいたしません、ご主人様。あの動物は勝利いたしません。厩舎の方でも二着狙いがせいぜいの馬でございます」

　無論完全なたわ言だ、と僕は思った。一体全体ジーヴスにどうしてそんなことがわかるというのだ？　とはいえ、結果がどうなったかはおわかりだろう。ゴール板直前までワンダーチャイルドがリードしていた。そこにバナナフリッターがやって来て、ハナ差で差し切ったのだ。僕はすぐに家に帰り、ベルを鳴らしてジーヴスを呼んだ。

「今後は」僕は言った。「君の助言なしには一歩だって歩かない。今日から君は自分のことを我が家の脳みそだと思ってくれ」

「かしこまりました、ご主人様。ご満足いただけますよう、あい努めてまいります」

　それで実にまったくその通り、彼はよくやってくれている。僕は少々脳みそが足りない。僕のオツムは、実用よりも装飾向けにつくられているようだ。まあ、おわかりいただけよう。だが僕に五分間、ジーヴスと話しあう時間をくれれば、僕は何についてだって誰にだって喜んで助言をしてやれるようになるのだ。それでそういうわけだから、ブルース・コーコランが困りごとを抱えて僕の所にやって来たとき、僕が最初にとった行動はベルを鳴らして額の突き出たこの男にすべてを委ねることだった。

「ジーヴスにおまかせだ」僕は言った。

ジーヴス初登場の頃というのは、ウッドハウスにとって非常に華々しい時代であったと言える。一九一四年に彼は生涯の伴侶、エセルと出会って結婚している。三十二歳のこの初婚男性と、二度の結婚経験があり、二度とも夫と死別した十歳の娘もちで女優志願のこの未亡人は、ニューヨークで出会って二カ月でたちまち結婚し、一生涯を共に連れ添った。またこの頃、ウッドハウスは小説家としてだけでなく、ミュージカルの世界において一時代を画する活躍をしている。ガイ・ボルトン脚本、P・G・ウッドハウス作詞、ジェローム・カーン作曲の最初のミュージカル *'Miss Springtime'* が、ニューヨークのニュー・アムステルダム・シアターで幕開けしたのが一九一六年の秋である。この三人の天才のコラボレーションは揺籃期にあったアメリカ・ミュージカル史を大きく方向付けた大事件だった。一九一七年だけで、ボルトン／ウッドハウス／カーンのミュージカルは *'Have A Heart'* *'Oh, Boy!'* *'Leave It To Jane'* *'Kitty Darlin'* *'The Riviera Girl'* *'Miss 1917'* の五本もが製作されているし、その後も *'Oh, Lady! Lady!'*（一九一八）、*'Sally'*（一九二〇）等のヒットが続いた。

こういうニューヨークのシアター・シーンでの経験は、小説中にも色濃く投影されている。従兄弟のガッシーの事件をはじめ、『比類なき』に登場したシリル・バジントン＝バジントンのエピソードとか、コーキーの恋人のコーラス・ガールのミュリエルとか、「フゥエディーにキスして」の舞台場面とか、ロッキーの手紙に描かれたニューヨークのナイト・ライフとか、この時代のニューヨークの空気が感じられて楽しい。

本書ではまた、ジーヴス登場はもちろんのこと、ダリア叔母さんやクレイ嬢のように後の短編、長編で大活躍する人物の初登場場面が見られるのも興味深い。また、本コレクションの前二冊『比類なきジーヴス』と『よしきた、ジーヴス』をすでにお読みいただいた読者の方ならば、ビンゴとロージーの家庭生活とか、アナトールがトラヴァース家に雇用されたいきさつとか、そうかと膝を打つ箇所も少なくないに違いない。『比類なき』で初登場したサー・ロデリック・グロソップは本書中の二編に登場するが、彼などは今後長編でも大いに活躍するし、驚くなかれいずれついにはバーティーと「ロディ」、「バーティー」と呼び合う仲になる日が来るのだと言ったら、ちょいとネタバラシが過ぎるであろうか。あるいは、バーティーに罰金五ポンドを科し、親友シッピーに三十日の拘禁という残虐で異常な刑罰を科したあの治安判事は、実はご存じのあの令嬢のお父上で……と、ついついお話ししてしまいたくなるのも、ひとえにうれしいご報告があればこそである。

「ウッドハウス・コレクション」として全三巻の予定で刊行してきた本シリーズであるが、幸い好評を得て、引き続き続刊の刊行が決定した。これも読者の皆様の暖かいお引き立てがあったればこそである。伏してお礼を申し上げたい。次回配本は『ウースター家の掟』で、『よしきた』に続いてガッシーやバセットの登場する長編である。これまた名作の誉れ高き大傑作で、私はこの作品を翻訳できるのがうれしくてたまらない。敬愛するオックスフォードの大哲学者デレク・パーフィット先生に、『よしきた』刊行のご報告をしたところ、「それは素晴らしい！『よしきた』は大名作だが、続く『ウースター家の掟』も大傑作だから翻訳ができるといいですね」と激励を頂いたばかりのところだったのだ。

ちょっと本筋から離れるのをお許し願いたいが、このパーフィット先生というのは、「哲学におけるモンティ・パイソン学派」と呼ばれ、功利主義の正統の継承者にして「人格の自己同一性」や「将来世代への義務」といった分野で非常に影響力のある大著『理由と人格』（勁草書房）の著者たる現代英米哲学界を代表する大哲学者なのだ。どうモンティ・パイソンなのかというと、奇天烈な例を考えては常識の変革を迫る点で、たとえば私が転送装置で火星に移動する時には、いったん身体を分解してあちらで再生するのだが、今回の転送であちらで無事再生したのはよかったが、分解しきれないでこちらに私が残ってしまった、転送の衝撃で心臓に負担がかかったのでこちらの生命はあと五分で尽きるのだが、その前にテレビ電話で火星に無事移動した私と話をした。その際の自己同一性やいかん……と、バカＳＦのごとき問題設定をする点がそうなのだ。また学生時代にはマイケル・パリンと一緒に『オックスフォード・マガジン』誌の編集をやっていたという、真面目に不真面目なオックスフォードの空気をよく体現するスウィートでラブリーな先生なのである。

かくして大好きなパーフィット先生に会いたくて、それより何より続刊祝賀ウッドハウス紀行も果たさねばなるまいと、この夏、私は配偶者と連れ立ってイギリス行き（自前）を敢行したのだった。それで下積み時代のチェルシーの下宿から、パーク・レーンから一筋入ったブラジル大使館脇のタウンハウスまで、ウッドハウスの元住所を何軒も訪ね歩いた。ウッドハウスは自分が一度住んだバークレイ街十五番地のフラットをパーティーの家のモデルにしたのだが、そこは今はなんとセレブな日本料理店、「ＮＯＢＵ」になっていた。ギルバート街の家は転売中とやらで玄関前で不動産屋のお兄さんが携帯電話をかけていた。ウッドハウス永遠の魂の故郷、ダリッジ・カレッジも訪問した。「ウッドハウス・ライブラリー」という名の大学図書館の二階の一部に、ウッドハウス晩年のロング・アイランドの書斎が再現された「ウッドハウス・コーナー」があるのだ。彼の愛用の机と椅子の上に、タイプライター、メガネ、パイプが置かれ、本棚には著作の初版本がぎっしり詰まっている。生涯の友人、ビル・タウンエンドに献呈した、処女作 *'Pothunters'* も展示されていた。ここに若きウッドハウスは「(近いうちに) 世界が瞠目するであろう（もししなければそれとわかろう）

天才の最初の果実をウィリアム・タウンエンドに捧げる。著者P・G・ウッドハウス」と自筆の献辞を書き込んでいるのだ。彼が二年間働いた香港上海銀行にも入ってみた。経済的理由からオックスフォード進学を断念させられたウッドハウスは、昼間はシティーのこの巨大な銀行で働き、夜はチェルシーの下宿の屋根裏部屋で毛布にくるまって書いていたのだ。それこそ「中編小説を一本、短編を三本、あと小説誌に連載を毎号一万語ずつ、全部違う名前で毎月書いてるんだ」みたいな勢いで書いていたのだ。ストランド街のロマーノ（現在は切手商スタンレイ・ギボンズ）の前に立って、フリート街の最高法院の壁の時計が見えるかどうかも確認してきた。見えなかったことを、ここに報告させていただく。

小雨降る寒い日に、交差点で一筋道を間違えたのに気づき復帰しようと入り込んだ細い小路で、若竹七海さんと小山正さんの『イギリスミステリ道中ひざくりげ』（光文社）に「ウッドハウスの初版本を大量に扱う店として有名」とあった古書店「ナイジェル・ウィリアムズ」を発見したときはうれしかった。「単なる偶然ではない。何かしらの意味があるにちがいないのだ。つまり、どうも天の摂理がこの世のバカの世話をしてくれているらしいということで、個人的には僕はこれを全面的に支持するものだ」と語ったバーティーのように、このときの私も感じたと言ったらば不遜に過ぎるだろうか。でも本当にそんなふうに思ったのだ。

パーフィット先生にはオックスフォードで会えた。オール・ソウルズ・コレッジの芝生の中庭で十数年ぶりにお目にかかったパーフィット先生は、やっぱりスウィートでラブリーで中世の僧院の中庭に囲われて暮らしている白い一角獣みたいだった。『よしきた、ジーヴス』を献呈すると、手をグーに握って「イエス！」と言って、とてもよろこんでくださった。

「プロットの面白さは翻訳できるが、いかにも英語らしい文章の面白さを翻訳で伝えるのは難しい。シェークスピアを翻訳するくらい難しいはずだ。ウッドハウスを訳すのは詩を翻訳するようなものだ」と言って、ちょっと何かの詩を諳《そら》んじてくださった。私は気の利いたことが何にも言えなかった。こんな英語もろくにしゃべれないようなモノに大ウッドハウスが訳せるのだろうかと、きっと不安に思われたに違いない。

オックスフォードに行って気がついたのだが、『よしきた』の訳者解説で私は、オックスフォード大学から名誉博士号を授与されたウッドハウスが、モードリン・コレッジからシェルドニアン・シアターに向けて「オックスフォード・ストリート」を歩いたと書いたが、これは完全な勘違いで「ハイ・ストリート」の誤りであった。この場を借りてお詫びと訂正をさせていただく。更に言えば『比類なき』の解説で私は、ジーヴスのテレビ化作品はBBC製作の旨書いたが、これも真っ赤なウソで「シャーロック・ホームズの冒険」と同じグラナダ・テレビ製作が正しかった。申し訳ない。私はアメリカPBCの「マスターピース・シアター」で見たので、BBC製作だと思い込んでいたのだ。今回イギリスで、この「ジーヴス・アンド・ウースター」のDVDコンプリート・ボックスを入手したのだが、HMVでこいつを確認した時には倒れるかと思った。伏してお詫びを申し上げるものである。

それでその、『比類なき』の解説で、私はジーヴスのテレビは面白くなかった旨を書いたのだが、コンプリート・ボックスを所有している現在の私は、遠い記憶だけで物を言うことの浅はかさを痛感している。大変お恥ずかしいことだが、ここに謹んで前言を撤回させていただきたい。ヒュー・ローリーがバーティーを、スティーヴン・フライがジーヴスを演ずるこのシリーズは、全二十三話でジーヴスもののほぼ全作品が網羅されている。一話に短編ならば二編が入り、長編は二話に分けて話が展開される。短編二本で一話という場合、エピソードが独立に二つ並べられるのではなく、相互に有機的に関連した一つの話として語られるから、必然的にストーリーはより複雑になり、混迷の度合いはいや増すことになる。

たとえば本書所収の「ケチンボ公爵」と「ものぐさ詩人」のエピソードは同じ一話に纏められているのだが、そこで公爵とイザベル伯母さんはどちらもバーティーのフラットを自分の甥の所有であると信じて同時にそこに滞在し、しかも双方とも他方の存在を知らないで暮らしているという、すでにして目を覆うような状況設定がなされていたりする。筋やオチが違っていたり、ドタバタが強調されていたりバーティーがあまりにもバカ顔だったり（慣れるとかわいい）と、純粋主義者ならば抵抗を感じる点も多々あるだろうが、それでも私は言いたい。白いメスジャケットを着たバーティーがブリンクレイ・コートの階段を颯爽《さっそう》と降りてくる場面が見られただけでも映像化の意義はあった。ドローンズのパン投げなど、やはり百聞は一見にしかずであるし、ガッシーのメフィストフェレス姿が見られるのだってやっぱりうれしい。惜しくも削られたと思われたエピソードが別の話でうまく使われていたり、ジーヴス以外のウッドハウス作品へのオマージュ的挿話があったりと、ジーヴス役のフライをはじめ、「わかっている」人たちがつくっている。日本のテレビでも放映していただけると楽しいのにと思ったような次第である。

ウッドハウスのテレビと言えば、もう一つ、こちらは本当にＢＢＣ製作の『ウッドハウス・プレイハウス』というのが一九七〇年代に放映されたのだが、そのＤＶＤが今年になって発売されている。これについては「ウッドハウス・ライブラリー」の親切な館員のマリアンさんに教えていただいた。マリナー氏ものが中心で、主演の男女をすべて同じ夫婦者の俳優（ジョン・エルダートン、ポーリン・コリンズ）が演じている。冒頭でロング・アイランドの書斎で執筆中の老ウッドハウスの映像が見られる。ウッドハウス自らによって作品が紹介されるものもある。こちらも非常に面白い。シチュエイション・コメディー形式でちょっと「フォルティー・タワーズ」みたいだが、ドローンズ・クラブの場面などむしろ「モンティ・パイソン」の方の味わいだろうか。近頃は純愛をもてはやすのが流行りのようだが、純なバカ心を愛する心ある若い世代の智慧を磨いて健やかな成長発達を促すためにも、こういう番組はどんどん放映していただきたいものだと願ってやまない。

最後になったが、本書所収の作品の先行訳について触れておこう。戦前の翻訳がいくつかあるが、戦後になってから集英社世界文学全集三十七巻（一九六六年）に、本書の第一章から三章までの三編が、「ジーヴズ物語」として井上一夫訳で収録されている。また同じく第一章と最終章の二編は文春版『ジーヴズの事件簿』にも収められている。井上一夫訳は私をはじめてジーヴスに引きあわせてくれた大恩ある翻訳であるが、今比べてみると拙訳とはだいぶキャラクター造型に違いがあるようだ。刊行されたばかりの岩永・小山訳の方は、ゲラが出た段階で読み比べたが、これまたずいぶんと違ったものになっている。

なお、本書はバーナード・レ・ストレンジに捧げられている。この人物はウッドハウスの遠縁の親戚で、地元で有名な奇人だった彼の兄のチャールズの邸宅をウッドハウスは繁く訪れていた。ノーフォーク、ハンスタントン・ホールというこの館は、エムズワース卿のブランディングズ城、アガサ伯母さんのウーラム・チャーシー邸のモデルのひとつとされており、またこの奇人のチャールズ氏にはジャージー種の牛を育成して品評会に出品する趣味があって、これがエムズワース卿の豚飼い道楽のモデルになったのだそうだ。

本書の刊行にあたっては、引き続き国書刊行会編集長の礒崎純一氏のお世話になった。健やかなるときも病めるときも変わらぬ愛の鞭で叱咤してくださった氏のお陰で、ここにこうして予定通り本書をお届けすることができたのだと、湧きおこる感謝の念を抑えられぬ思いでいる。続刊刊行のご英断も頂戴したことであるし、これからも死なない程度に細く長いおつきあいを頂きたいものだと願うような次第である。心よりお礼を申し上げたい。

森村たまき

P・G・ウッドハウス（Pelham Grenville Wodehouse）

1881年イギリスに生まれる。1902年の処女作『賞金ハンター』以後、数多くの長篇・短篇ユーモア小説を発表して、幅広い読者に愛読された。ウッドハウスが創造した作中人物の中では、完璧な執事のジーヴス、中年の英国人マリナー氏、遊び人のスミスの三人が名高い。とりわけ、ジーヴスとバーティーの名コンビは、英国にあってはシャーロック・ホームズと並び称されるほど人気があり、テレビドラマ化もされている。第二次世界大戦後、米国に定住し、1955年に帰化。1975年、サーの称号を受け、同年93歳の高齢で死去した。

*

森村たまき（もりむらたまき）

1964年生まれ。中央大学法学研究科博士後期課程修了。専攻は犯罪学・刑事政策。共訳書に、ウルフ『ノージック』、ロスバート『自由の倫理学』（共に勁草書房）、ウォーカー『民衆司法』（中央大学出版局）などがある。

ウッドハウス・コレクション
それゆけ、ジーヴス

2005年10月15日　初版第１刷発行
2019年５月20日　初版第８刷発行

著者　Ｐ・Ｇ・ウッドハウス

訳者　森村たまき

発行者　佐藤今朝夫

発行　株式会社国書刊行会
東京都板橋区志村1-13-15
電話03(5970)7421　FAX03(5970)7427
http://www.kokusho.co.jp

装幀　妹尾浩也

印刷　明和印刷株式会社

製本　株式会社村上製本所

ISBN978-4-336-04677-2

ウッドハウスコレクション

比類なきジーヴス
2100円
*
よしきた、ジーヴス
2310円
*
それゆけ、ジーヴス
2310円
*
ウースター家の掟
2310円
*
でかした、ジーヴス！
2310円
*
サンキュー、ジーヴス
2310円
*
ジーヴスと朝のよろこび
2310円
*
ジーヴスと恋の季節
2310円
*
ジーヴスと封建精神
2100円
*
ジーヴスの帰還
2310円
*
がんばれ、ジーヴス
2310円
*
お呼びだ、ジーヴス
2310円